붉은 도끼

붉은 도끼

초판 1쇄 인쇄 2025년 9월 23일
초판 1쇄 발행 2025년 9월 25일

저　자 김태환
발행인 박지연
발행처 도서출판 도화
등　록 2013년 11월 19일 제2013-000124호

주　소 서울시 송파구 중대로34길 9-3
전　화 02) 3012-1030
팩　스 02) 3012-1031
전자우편 dohwa1030@daum.net
인　쇄 (주)유진보라

ISBN ｜ 979-11-92828-98-5*03810
정가 17,000원

잘못 만들어진 책은 교환해 드립니다.
저자와 출판사의 허락 없이 책의 전부 또는 일부 내용을 사용할 수 없습니다.

도화道化, fool는
고정적인 질서에 대한 익살맞은 비판자,
고정화된 사고의 틀을 해체한다는 뜻입니다.

붉은 도끼

김태환 장편소설

도화

작가의 말 ─────────────────────────

　3년만에 책을 내면서 할말이 참 많다. 붉은도끼는 작년에 경상일보 지면에 연재한 신작소설이다. 반구천 암각화 유네스코 등재를 코앞에 두고 관심을 끌만한 소재였다.
　반구천에 드나든 지가 30년이 훨씬 넘었으니 이야기 하나를 완성하는데 꽤나 긴 시간이 걸린 셈이다. 이야기의 뼈대는 30년간의 족적을 그대로 차용했다. 거기에 상상의 살을 붙여 소설로 만들어 낸 것이다. 그렇게 오랜 시간이 걸렸음에도 반구천 암각화를 소재로 쓴 최초의 장편소설이라는 점에서 스스로 위안을 삼는다.
　반구천 암각화의 특이점은 많은 문양들이 한곳에 집중되어 있다는 점이다. 암각화는 두군데로 나뉘어져 있는데 하류쪽에 있는 것이 고래사냥 그림으로 유명한 반구대 암각화이고 상류쪽에 있는 것이 기호가 새겨진 천전리 암각화이다.
　두 암각화가 새겨진 시기는 다소 차이가 나는 것으로 추정하는데 아무 연관도 없이 동떨어진 것이라고 생각하기 어렵다. 왜

냐면 후에 새겨진 천전리 암각화에도 기호 이외에 동물그림이 들어있기 때문이다.

　문명의 발달은 수렵어로시대에서 농경사회로 넘어왔다고 하는데 농경사회로 변화를 했다고 해서 수렵을 아주 중단했다는 뜻은 아니기 때문이다. 지금도 여전히 고래를 잡고 있는 것을 보면 수렵어로는 아직까지 삶의 한 방법이다.

　고래사냥 그림이 새겨진 반구대 암각화의 경우 암각화가 한군데 집중되어 있는 것을 보면 아주 작은 부족이 단독으로 새긴것으로 보기 어렵다. 울산대학교 반구대 암각화연구소 이하우 교수의 주장에 의하면, 당시의 항해술이 상당히 발달되어서 동아시아의 고래사냥 부족이 모두 반구천으로 모였을 것이라고 한다.

　얼마전 SNS상의 뉴스에서 미군이 작전용으로 제작한 지도이야기가 올라왔다. 대부분의 지도가 북쪽을 위로 향하도록 제작되어있다. 그런데 이 문제의 지도는 반대로 뒤집어져 있다. 동아시아의 지도를 거꾸로 뒤집어 한반도를 중심에 놓으면 전혀 다른 느낌이 든다.

　한반도는 유라시아 대륙의 동쪽 끝이지만 태평양을 향한 전진기지이며 동아시아 해상물류의 중심지이다. 물론 미군지도에는 한반도에서 사방으로 날아가는 미사일의 방향과 거리가 표시되어 있다. 이 지도를 들여다보고 있으면 이하우 교수의 주장이 상당히 일리가 있음에 공감이 간다.

인류의 4대문명발상지가 있다. 그 시기가 대략 기원전3000년으로 보는데 반구대 암각화가 새겨진 시대는 기원전6000년으로 추정하고 있다. 그시기에 배를 타고 황하까지 자유롭게 항해를 했다면 문명의 전달이 어떻게 이루어졌는지 상상해볼 수 있다.

고래그림은 그림문자이다. 세밀한 그림으로 이야기를 기록하고 있다. 천전리 암각화는 기호문자이다. 아직 해독을 할 수 없어 안타깝기는 하지만 머잖아 완벽한 해독도 가능하리라 생각한다.

황하에서 탄생시킨 갑골문자가 반구천 암각화 이후에 만들어진 것은 확실하다. 갑골문자를 우리 한민족이 만들었다는 모 소설가의 주장이 있었다. 그 당시 황하지역에 살고 있던 사람들이 우리 한민족이었다는 주장이었다. 그것이 사실인지는 정확히 증명할 수는 없지만 당시의 교류상황으로 보아서 한반도의 그림문자, 기호문자가 영향을 미치지 않았다고 반박할 수는 없다.

소설『붉은도끼』는 반구천 상류 미호천에서 나오는 붉은 홍옥석을 소재로 사용한 소설이다. 치정사건을 다루었지만 흥미를 위한 것이고 읽다보면 반구천 암각화에 대한 새로운 시각에 관심을 가지게 될 것이다.

반구천 암각화의 유네스코 등재를 누구보다 환영하며, 글을 쓰는데 많은 도움을 주신 전 울산대 이하우 교수님께 진심으로 감사드린다. 동의 없이 실명을 사용한 등장인물분들에게도 심심한 감사를 드린다.

차례

작가의 말

붉은 돌도끼 / 10

버드나무 숲 / 29

하카다 / 47

아름다운 호수 / 71

조선인 다케시 / 99

암각화 / 116

유리 / 137

사막 / 152

귀향 / 175

운명 / 189

백운산 그늘의 사람들 / 219

사랑은 어디에서 오나 / 239

흐르는 물 / 262

붉은 도끼

붉은 돌도끼

　내가 붉은 돌을 만나게 된 것은 우연이었다. 그 돌 사진을 보는 순간 심장이 멈춘 것 같았다. 시선이 오래도록 붉은 색깔에 머무르는 동안 온몸에 전율이 일었다. 이제까지 내가 경험해 보지 못한 새로운 세상을 마주하는 느낌이었다. 붉은색은 흡사 유성페인트를 칠해놓은 것처럼 선명했다.
　붉은 돌은 수석밴드의 판매란에 올라와 있었다. 하천에서 나는 돌치고는 수마가 되어있지 않았다. 그냥 망치로 깨어놓은 모양새였다. 붉은 색깔만 아니었더라면 장난으로 올린 돌이려니 했을 것이다. 그런데 놀라운 것은 내어 놓은 돌의 가격이었다. 크기가 15cm에 불과한 작은 돌 하나가 자그마치 30만 원이었다. 돌에 시선이 꽂힌 건 가격 때문인지도 몰랐다. 서너 시간이 지난 다음에 다시 밴드창을 열어보았는데 그때까지 사겠다는 사람이 없었다. 사기는커녕 돌에 대해 물어보는 사람조차 없었다.

나는 돌의 산지로 적혀 있는 미호천이 어딘지 몰랐다. 밴드 프로필을 자세히 살펴보니 울산사람이었다. 반가운 마음에 적혀 있는 번호로 바로 전화를 걸었다. 돌 주인 사내의 이름은 김용삼이었다. 김용삼은 신호음이 두 번 울리기도 전에 전화를 받았다.

"이 돌은 수석이 아닙니다. 보석입니다."

내가 붉은 돌에 대해 묻자 대번에 튀어나온 말이었다. 원래 취미에 깊게 빠져 있는 사람들은 과장이 심하다. 낚시를 하는 사람들은 손바닥만 한 물고기를 이야기 할 때 팔뚝만 하다고 한다. 수석을 하는 사람들도 그에 못지않게 심한 과장법을 쓴다.

내 눈으로 확인하기 전에는 믿을 수 없었다. 김용삼에게 지금 당장 방문해도 되는가 물었다. 그는 흔쾌하게 방문을 수락했다. 김용삼의 집은 붉은 돌의 산지인 미호천과 가까웠다. 초등학교 바로 맞은편이어서 찾기도 쉽다고 했다. 전화를 끊고 나서 바로 차를 몰고 달려갔다. 삼십 분이면 충분히 닿을 수 있는 거리였다. 김용삼의 집 앞에 도착하니 12시 정각이었다.

수석을 오래한 사람의 집은 찾기가 쉽다. 김용삼의 집도 그랬다. 대문 밖에서부터 잡다한 돌들이 쌓여 있었다. 활짝 열어놓은 대문 안 마당에는 돌들이 넘쳐났다. 마당 한쪽 구석에 비가 맞지 않도록 임시로 비가림막을 해놓은 곳이 있었다. 가림막 한가운데 탁자와 나무의자가 놓여있었다.

김용삼은 탁자에 앉아 대문께로 들어서는 나를 바라보고 있었다. 낯선 사람을 대하는 태도가 너무 덤덤했다. 나는 그의 표정과는 동떨어지게 반가운 표정을 지으며 인사를 했다. 그는 엉덩이를 간이의자에서 잠깐 떼었다가 도로 주저앉았다. 탁자 위에 예의 붉은 돌이 놓여 있었다. 나는 그가 권하기도 전에 붉은 돌 앞의 탁자에 앉았다.

"이 돌은 산지에서 완전히 고갈되었습니다."

그는 물어보지도 않은 말에 대답을 했다. 덧붙여 미호천 붉은 돌의 내력을 줄줄 쏟아 놓았다.

"이 돌은 역사가 오래되었습니다."

일본말로 아까다마라고 불리는 홍옥석은 일본인들이 귀하게 여기는 돌이었다. 일본인들은 핏빛처럼 붉은색이 잡귀를 물리친다고 집집마다 붉은 돌을 놓아두었다고 했다. 일제강점기 일본인들은 미호천 상류의 백운산에서 붉은 홍옥석 광산을 개발했다. 여기서 캐낸 홍옥석은 전량 모두 일본으로 가져갔다. 엄청난 양의 홍옥석이 일본으로 건너갔는데, 색감이 떨어지거나 잡석이 많이 섞인 원석은 그냥 폐기시켰다고 한다. 그때 폐기시킨 돌이 오랜 세월이 흐르면서 미호천으로 흘러들어 상당히 먼 거리까지 떠내려갔다는 것이었다.

"지금도 큰물이 지고나면 어쩌다 한 점씩 나오기는 하는데 하늘에 별 따기보다 힘들지요."

"하늘에 별은 따보셨는지요?"

"별요? 따보았지요. 여기."

김용삼은 자리 밑에서 검은 돌 하나를 들어올렸다. 묵직해 보이는 돌을 탁자 위에 쿵 소리가 나도록 내려놓았다. 돌 표면에 붙어 있던 동그란 자석을 떼어 나에게 건네주었다. 자석을 돌 표면에 가져다 대니 쩍하고 달라붙었다.

"신기하죠? 이 돌이 무엇인지 아십니까?"

"글쎄요. 철광석인가요?"

"하….'

김용삼은 한심하다는 표정으로 나를 바라보았다. 수석을 삼십 년했다는 사람이 철광석과 운석을 구분하지 못하느냐고 했다. 몇 해 전에 진주지방에 운석이 무더기로 쏟아져 많은 사람들이 횡재를 한 사실은 알고 있느냐고 물었다. 그 당시 워낙 매스컴에서 떠들어 댔기 때문에 모른다고 말할 수도 없었다. 그러나 정말 눈앞의 검은 돌이 운석인지는 확신이 가지 않았다. 정말 운석이라면 하늘에 있는 별을 따지는 않았어도 떨어진 별을 주운 셈이었다.

"일본인들이 개발했었다는 광산은 찾을 수 있나요?"

"정확한 위치를 알고 있는 사람이 없습니다. 안 그래도 거길 찾아내려고 산을 헤매고 다녔는데 찾지 못했습니다."

나는 농담으로 거길 찾아내거든 같이 광산개발을 하자고 했다. 김용삼은 흔쾌히 그러자고 대답은 했지만 절대로 자기가 발견한 노다지를 남에게 넘겨줄 표정이 아니었다. 당장 눈앞에 있는 붉은 홍옥석 원석을 얼마에 팔아먹을까 애쓰고 있는 모습이 눈에 훤하게 들여다보였다.

한 시간을 떠들다 보니 더 이상 김용삼에게 얻어들을 정보가 없는 듯했다. 홍옥석이 귀하거나 탐이 나서가 아니라 다음에도 한 번은 만나볼 필요가 있을 것 같아 홍정 끝에 20만 원을 주고 붉은 홍옥석을 샀다. "이거 한 덩어리면 반지나 목걸이를 수십 개는 만들 수 있을 겁니다. 이건 수석이 아니라 붉은 보석이니까요."

내 귀에는 돌멩이 하나를 20만 원에 팔아먹은 변명에 지나지 않는 말이었다. 돌이라면 올 한 해 동안 수도 없이 주워들였다. 개수로 따지면 수백 개는 족히 넘을 듯 싶다. 수석을 취미로 삼은 지는 30년이 다되어간다. 그러나 30년 동안 줄곧 수석탐석을 한 건 아니었다. 10년을 수석 취미생활을 하다 20년은 쉬고 최근 들어 다시 탐석을 다녔다.

김용삼에게 20만 원을 주고 구입한 홍옥석을 트렁크에 집어넣고 미호천으로 차를 몰았다. 지도검색을 해보니 미호천은 대곡댐으로 흘러들어가는 물줄기였다. 태화강의 발원지인 백운산에서부터 내려오는 물줄기가 지도상에 선명하게 나타나 있었다. 대곡댐의 시작점이자 미호천의 끝 지점인 유촌 마을로 찾아갔다. 끝에서부터 시작할 생각이었다. 국도에서 경부고속도로와 고속철도를 지나고 나니 작은 마을이 나타났다. 개울가에 도착해 장화로 갈아 신는데 내 또래의 남자가 다가왔다.

"뭐 하시려고 합니까?"

"아. 네. 이 마을에 사십니까?"

남자는 대답대신 나의 위아래를 훑어보았다. 혹시 돌을 주우러 온 것이냐고 먼저 물었다. 그걸 어떻게 알았느냐고 되물으니 올 여름 장마 때 이곳을 다녀간 사람이 수백 명이라고 했다. 그러면서 돌을 주워가면 안 된다고 못 박았다. 나는 주머니에서 명함을 꺼내 남자에게 내밀었다. 남자는 내가 건넨 명함을 한참동안 들여다보았다. 아마도 난생처음 받아보는 명함일 것 같았다. 얼마 전에 출간한 책 표지 사진을 축소해서 만든 명함이었다.

"수석인들이 많이 왔다는 걸 보니 이곳에서 나오는 붉은 돌도 잘 아시겠네요. 저는 돌을 주워 팔아먹으려는 사람은 아닙니다. 일제강점기 때 일본인들이 광산개발을 해서 수탈해 갔다는데, 그 이야기를 조사해서 글로 쓸까하고 온 겁니다."

나는 잠시 내가 소설가라는 사실에 으쓱했다. 명함을 보고 난 남자의 표정은 많이 부드러워졌다. 명함에 찍힌 장편소설은 방금 출간했다고 설명을 했다. 명함을 자세히 살펴보던 남자의 태도는 급하게 돌아섰다.

"지금은 붉은 돌을 찾기가 쉽지 않을 텐데요. 워낙 많은 사람들이 들락거려 작은 쪼가리 하나 찾기가 힘들 겁니다."

나는 돌을 줍기보다는 이야기를 듣는 게 우선이었다. 남자에게 일제강점기 광산개발을 했던 사실을 물어보니 아무것도 알고 있는 게 없었다. 그 이야기를 확인하려면 상류 쪽인 백운산 자락 상동마을의 어르신들을 찾아가야 할 것이라고 했다. 그러면서 명함에 찍힌 책을 한 권 얻을 수 있느냐고 했다. 나는 다음에 들릴 때 꼭 가져다주겠다고 약속했다.

  남자는 못미더운 표정으로 자리를 떴다. 그러나 나는 이야기의 끈을 잡기 위해 붉은 돌의 흔적을 꼭 찾아낼 생각이었다. 하루만에 안 되면 몇 날 며칠이라도 성공할 때까지 달라붙을 각오였다.

  남자가 사라진 뒤 장화를 신고 개울로 내려섰다. 개울물에 장화를 담그는 순간 발밑에서 전류가 흐르는 듯 짜르르한 기운이 다리를 타고 올라왔다. 다리를 타고 올라온 전류는 순식간에 온몸을 휘감았다. 무어라고 형언할 수 없는 기분이었다. 마치 오랫동안 폐가로 방치된 생가에 돌아온 느낌이 이럴까 하는 생각이 들었다.

  바로 물속을 들여다보려던 생각을 접고 고개를 들어 멀리 개울 아래쪽을 바라보았다. 가까운 곳에는 버드나무 숲이 무성했다. 제법 먼 거리에 대곡댐을 가로지르는 삼정교가 눈에 들어왔다. 허공을 가로지르는 콘크리트 다리가 무지개처럼 느껴졌다. 삼정교는 어쩌다 한 번씩 건너다니는 다리였다. 그런데도 멀리 아래쪽에서 바라보는 느낌은 낯선 풍경처럼 느껴졌다.

갑자기 가까이에 있는 버드나무 숲이 일렁이기 시작했다. 얼굴에 바람은 느껴지지 않았다. 파도가 일 듯 숲이 요동쳤다. 바람이 느껴지지 않은 탓인지 버드나무 숲속에 거대한 동물들이 이동하고 있는 듯했다. 멀리 삼정교를 바라 본 순간 눈을 질끔 감아버렸다. 무지개처럼 공중에 걸려 있던 다리가 롤러코스트의 궤도처럼 마구 엉켜져 있었다.

잠시 서 있다 눈을 뜨니 발밑에 냇물이 흐르고 있었다. 작은 물살에 구름이 내려앉아 일렁이고 있었다. 그 구름 사이에 완두콩만한 크기의 붉은 점이 보였다.

"앗!"

나는 작은 비명을 질렀다. 바로 붉은 돌이었다. 손을 뻗어 돌을 집어 올렸다. 어른 주먹만 한 크기였다. 붉은색은 분명 홍옥석이었다. 반대 방향으로 뒤집으니 제법 넓은 붉은 무늬가 있었다. 물에 젖은 붉은 무늬는 방금 흘린 핏빛처럼 붉었다. 갑자기 허기가 심하게 느껴졌다. 점심을 걸렀다는 생각이 드는 순간 버드나무 숲이 심하게 일렁이며 딛고 있는 바닥이 아래로 푹 꺼졌다. 쓰러지지 않으려고 안간힘을 썼다.

허기가 져서 헛것이 보이는 것 같았다. 아까 심하게 흔들리던 버드나무 숲은 고요했다. 바람 한 점 불지 않는 전형적인 맑은 가을날이었다. 한 떼의 사람들이 개울 아래쪽에서 올라왔다. 나와 같은 목적으로 떼를 지어 온 탐석꾼들 같았다. 이렇게 좁은 개울

바닥에 떼로 몰려와 홍옥석을 찾아내면 남아있는 돌이 없을 것 같았다. 수석에 미친 사람들의 열정은 항상 도를 넘어서기 일쑤였다.

사람들은 점점 내가 있는 곳으로 가까이 다가왔다. 나는 손에 든 주먹돌을 생각하며 우쭐한 마음이 들었다. 아무리 먼저 와서 개울을 뒤진다 해도 홍옥석을 찾아내는 것은 그리 쉽지 않을 것이다. 모두가 빈손으로 개울바닥을 헤매다 올라오는 것이 분명했다. 가까이 다가오면 방금 탐석한 홍옥석을 자랑할 참이었다.

사람들이 가까이 다가올수록 나는 두 눈을 크게 떴다. 지금 꿈을 꾸고 있는가 싶어 손등으로 눈을 비벼보기도 했다. 고개를 뒤로 돌려 상류 쪽을 바라보았다. 아무것도 보이지 않았다. 신기한 것은 방금 전에 보았던 마을이 보이지 않는 것이었다. 뒤돌아 본 것은 혹시나 영화 촬영팀이 있지나 않을까 하는 생각에서였다. 내 앞으로 가까이 다가온 사람들은 모두가 동물의 털가죽으로 옷을 지어 입은 원시인 차림이었다. 영화 촬영장의 한 복판에 들어와 있는 것 같았다. 주위를 빙 둘러봐도 영화 촬영팀은 보이지 않았다. 버드나무 숲은 그대로인데 멀리 보이던 삼정교 난간이 보이지 않았다.

여섯 명의 사내들이 내 앞으로 다가왔다. 진짜 곰 가죽으로 어깨에서부터 무릎까지 덮는 옷을 입고 있었다. 모두 수염을 달았는데 진짜 수염처럼 보였다. 분장사가 대단히 공을 들인 것 같았다. 그들은 나를 보고도 본체만체했다. 내가 서 있는 개울가로 걸어와 그대로 지나쳐 갔다. 나를 완전히 무시하는 것 같았다. 자기네끼리 무슨 말을 주고받았는데 한 마디도 알아들을 수 없었다. 아마도 원시인 분장이니 싸구려 중국인 단역배우들인가 보았다.

"따자 하오. 니 하우 마."

내가 어설픈 중국어로 인사를 마쳤을 때였다. 천둥을 치는 듯한 굉음이 천지를 흔들었다. KTX열차가 지나가는 소리인가 생각하는 순간 귓속에서 띵 하는 소리가 들리는가 싶더니 눈앞이 캄캄해졌다.

다시 눈을 떴을 때 아내가 앞에 있었다. 둘러보니 병실이었다. 팔에 주사바늘이 꽂혀있고 수액이 규칙적으로 떨어지고 있었다. 미호천의 개울물 가운데 서 있던 몸이 어떻게 순간이동을 해서 병원으로 왔는지 알 수 없었다.

"여보. 이제 정신을 차렸어요?"

"응? 내가 정신을 잃었었나?"

"그놈의 돌이 사람 잡겠어요."

나는 병실 안을 휘 둘러보았다. 혹시 원시인 복장을 한 사람들이 있지 않을까 하는 생각이 들었다. 지금 꿈을 꾸고 있는 것인지 영화촬영을 하고 있는 것인지 머릿속이 혼란스러웠다. 다시 눈을 질끈 감았다. 머리에 지끈지끈 통증이 있었다. 물속에서 건져 올린 붉은 무늬가 있는 돌은 어떻게 되었을까? 아무래도 KTX열차가 지나가는 소리에 놀라 정신을 잃었던 것 같았다.

"여보. 누가 나를 병원으로 데려왔지?"

"누구긴요. 그 마을에 사는 분이었지요. 당신이 그분에게 명함을 주었다면서요? 그분이 아니었으면 저체온증으로 큰일 날 뻔했대요. 사람도 없는 외딴마을 개울에 가서 쓰러지면 어떻게 해요."

아내의 설명을 듣고 나니 사태를 짐작할 수 있었다. 하필이면 물 가운데서 쓰러진 것이었다. 그런데 그때 나와 가까운 곳에 있던 사람들은 원시인 차림의 단역배우들이었는데 이상하다는 생각이 들었다. 아내의 설명으로는 마을 사람들이 일부러 개울에 나갈 일이 없으니 그 남자가 아니었으면 오랜 시간이 지나도 발견이 되지 않았을 것이라고 했다. 영화촬영 이야기를 했더니 무슨 헛것을 본 것이냐고 했다.

대답할 말이 없었다. 일렁이던 버드나무 숲과 롤러코스터 궤도처럼 구부러지던 삼정교 상판은 또 어떻게 이야기해야 하나 생각하다가 입을 다물기로 했다.

"당신도 참 돌에 단단히 미쳤나 봐요. 점심도 굶고 돌을 주우러가서 쓰러지다니요. 그러니 저혈당 쇼크가 오지요. 내 참 쓰러진 사람이 주먹 안에 돌은 꼭 쥐고 쓰러졌더라네요. 헐."

나는 주먹 안에 쥐고 있던 돌은 어찌했느냐고 물었다가 또 한 번 아내에게 퉁박을 맞았다. 돌 때문에 쓰러졌으면서 정신을 못

차리고 또 돌 타령이냐는 것이었다. 변명할 말이 없었다.

 이제 정신을 차렸으니 훌훌 털고 집으로 가면 되겠구나 하고 가볍게 생각했다. 그러나 누웠던 상체를 벌떡 일으키는 순간 핑 하고 현기증이 일었다. 구역질까지 났다. 다시 상체를 눕힐 수밖에 없었다.

 "이게 어떻게 된 거지?"

 계속 구역질이 났다. 속이 뒤집어질 것 같았다. 토를 했는데 아무것도 올라오지 않았다. 급하게 간호사가 달려오고 급기야는 담당의사가 달려왔다. 의사는 주머니에서 작은 손전등을 꺼내 내 눈에 비추어 보았다. 그러더니 자신의 집게손가락을 내어 보이며 몇 개냐고 물었다. 참 웃기는 질문이었지만 손가락이 자꾸 좌우로 빠르게 움직였다. 정확하게 몇 개인지 세어볼 수도 없었.

 "이석증과 저혈당쇼크가 같이 온 것입니다. 이비인후과에서 정확한 검사와 치료를 받아야하겠습니다."

 나는 어쩔 수 없이 병원에서 5일을 더 보내야했다. 달팽이고리관 부근의 뼈에 심한 염증이 있어 수술이 아니면 치료가 불가능하다는 판정이 나왔기 때문이었다. 부분 수술이지만 전신마취를 하지 않으면 안 되었다. 인위적으로 다시 정신줄을 놓을 수밖에 없었다. 수술은 잘되었고 빠르게 회복이 되었지만 왠지 몸이 공중에 살짝 떠 있는 기분이 들었다.

 일주일을 그냥 허비하고 말았지만 달라진 것은 아무것도 없었다. 외출을 하려고 차를 탔다가 트렁크에 넣어 둔 홍옥석 생각이 났다. 그날 김용삼에게 구입한 홍옥석을 트렁크에 넣어 두었었다. 그동안 아무도 차를 만진 사람이 없으니 돌은 트렁크 안에 그대로 있었다. 바로 옆에 개울에서 직접 주운 주먹만 한 돌도 같이 있었다. 반가운 마음에 얼른 돌을 집어 들었다. 한쪽 면에는 완두콩만한 붉은색 점이 찍혀있고 반대쪽에는 제법 붉은 무늬가 넓게 들어가 있었다. 붉은색 이외의 바탕은 거뭇한 반점이 섞인 연녹색이었다.

붉은색 무늬는 낚싯줄에 걸린 물고기 형상 같기도 하고 무희의 춤사위 같기도 했다. 돌을 이리저리 돌려보다가 좁은 면을 아래로 하고 바라보았다. 점점 어떤 형상이 떠올랐다. 보면 볼수록 형상은 구체적으로 보였다. 감은 두 눈과 오똑한 코에 입모양도 선명한 얼굴 모양이었다. 더구나 아래쪽으로 홀쭉하게 좁아진 부분은 영락없는 턱을 연상시켰다.

돌의 전체적인 모양이 사람 얼굴 형상으로 보이는데 붉은 문양을 들여다보니 흉측한 생각이 들었다. 바로 사람의 이마에서 흘러내리는 붉은 핏물로 보이는 것이었다. 더 정확하게는 눈 위 이마를 도끼에 찍혀 흘러내리는 핏물로 보였다. 결코 보기 좋은 문양은 아니었다.

수석을 하는 사람들은 돌에 대해 까다롭다. 돌의 끝자락이 뒤로 돌아가거나 윗부분이 뒤로 자빠진 돌은 취하지 않는다. 기가 빠져나간다는 근거 없는 믿음 때문이다. 남한강 오석이 최고의 돌이라며 선호하는 반면 휘황찬란한 색이 들어간 돌은 별로 좋아하지 않는 편이다. 그런데도 붉은 홍옥석은 별도로 취급했다. 일본인들이 악귀를 쫓아낸다는 믿음으로 붉은 돌을 선호했다고 하니 그 말에 따르는 것 같았다. 홍옥석의 붉은 색감은 일본인이 아니라 중국인이 좋아할 만한 진한 붉은색이었다.

내 머릿속에서 도끼에 찍힌 이마라는 생각이 자리 잡자 무섭다는 생각은 들지 않고 선명한 도끼의 형상이 떠올랐다. 도끼와 함께 떠오른 사람이 있었다. 벌써 20년 전에 나와 멀어진 K였다. 20년이란 세월이 흘렀지만 그가 남긴 한 마디는 내 청신경을 흔들었다.

"마치 도끼로 머리를 내려치는 것 같았습니다."

K가 한 말이었다. 나는 그 말을 듣는 순간 정말 도끼로 내 머리를 내려치는 느낌이 어떨까 생각해보곤 했다. 그런 생각을 할 때마다 머리가 아팠다. 실제로 그런 통증을 느껴보지는 못했지만 간접적인 아픔이 내 머리를 때렸다.

K는 지역에서 알아주는 시인이었다. 고등학교 교과서에 자신의 시가 실렸다고 자랑질을 하고 다녔으니 지역이 아니라 전국에서 알아주는 시인인지도 몰랐다. 나와는 동갑내기였는데 교수와 학생으로 만났다. IMF금융위기로 완전 파산을 맞은 나는 인생 모두를 새로 시작한다는 각오로 지역대학의 문창과를 찾아갔었다.

K는 문창과 교수였다. 일 년 전에 뇌출혈로 사지에서 빠져 나온 그는 삶을 성찰하는 깊이가 무척 무겁게 느껴지는 사람이었다. 뇌출혈이 찾아오던 때의 느낌을 말할 때는 죽음 앞에 맞대면 하고 서 있는 사람 같았다.

"누군가 갑자기 도끼로 머리를 내리치는 것 같았습니다."

그의 한 마디는 그가 발표해 왔던 그 어떤 시보다도 내 머릿속을 강타했다. 금융위기로 일 년을 방황하다 출가를 포기하고 문학을 선택한 내 앞에 그의 존재는 사뭇 강렬했다.

학기가 시작되고 얼마 지나지 않아 반구대 암각화에 가게 되었다. 그가 뇌출혈로 쓰러지기 전에 발표한 시집이 반구대 암각화였다. 반구대의 자연환경과 암각화 속의 문양들과도 대화하며 써낸 그의 시는 감미로웠다. 많은 여성독자들의 마음을 사로잡기에 안성맞춤이었다.

"내 사랑은 오늘도 별을 보고 누워 있네.

대곡천이 흐르는 바위절벽 위에서.

내 사랑 물속에 찰랑이는 별들을 바라보고 있을 거네

나는 콘크리트 덤불 속에서 대곡천 물소리를 듣네.

눈을 감아도 출렁이는 별빛

오늘 밤도 쉬이 잠들 수 없네."

그는 암각화 속에 누워 있는 여인의 모습이 자신을 기다리고 있는 수천 년 전의 여인이라고 했다. 원래는 고래잡이를 나간 선장의 와이프일거라고 추정을 하지만 자신은 그 그림을 보는 순간 갑자기 아주 먼 옛날의 사랑을 알아보았다고 했다. 사랑 사랑 사랑. 그의 시는 사랑으로 시작해서 사랑으로 끝을 맺었다.

우리는 운동화를 신은 채 가뭄으로 말라버린 대곡천을 건너 암각화 앞으로 갔다. 19명의 학생 중에 유일한 남자였던 나는 그의 조수나 마찬가지였다. 그가 시키는 대로 스프레이 물통과 밧줄을 준비해 갔다. 스프레이로 바위벽에 물을 뿌리자 암각화 무늬들이 선명하게 나타났다. 새끼를 데리고 있는 대왕고래의 모습도, 작살에 맞은 고래의 모습도 선명했다. 손바닥을 대고 고래의 모습을 쓰다듬기까지 했다. 뒤이어 호랑이의 모습과 사슴도 나타났다. 모두가 그의 시 속에 등장하는 그림들이었다. 그의 시는 암각화 속에 나타난 모든 그림들과 대화를 나누고 있었다. 결정적인 그림은 누워 있는 선장의 아내였다.

"여기 내 사랑이 누워있습니다. 수천 년 동안 나를 기다리고 있었네요. 어때요? 참 어여쁘죠?"

그는 정말로 어여쁜 연인에게 키스를 하듯 바위 면에 입술을 댔다. 나는 옆에 서서 그의 볼근육이 미세하게 움직이는 것까지 지켜보았다. 진정한 사랑의 감정이 아닌 타인에게 보이기 위한 퍼포먼스라는 게 느껴졌다.

"선장 와이프가 너무 헤프게 생겼어요."

어색한 미궁의 분위기 속으로 빠져드는 걸 잡아챈 것은 장 선생이었다. 장 선생은 명문여대 출신으로 수강생 중에 제일 연장자였다. 분위기는 한 순간에 수렁 속에서 쑥 빠져 나왔다. 너도 나도 이구동성으로 떠들었다.

"그러게요. 아무리 그래도 여자인데 다리를 큰 대자로 벌리다니."

"호호호. 그러게요. 선장 와이프가 아니라 어린 계집아이 같아요."

스무 명이나 되는 어른들을 감성의 바다로 몰아넣기는 역부족이었다. 낙담한 그의 표정은 고래사냥에 실패하고 빈손으로 돌아온 선장 같았다. 그는 암각화를 배경으로 단체사진을 찍는 걸로 만족해야 했다.

문화적인 활동과는 담을 쌓고 살아온 나로서는 암각화와의 만남은 신선한 충격이었다. 그날은 운동화를 신은 채로 대곡천을 거슬러 올라가 천전리 각석까지 갔다. 물길을 따라 걸어 올라가다 보면 깊은 소를 우회해야 하는 구간도 있었다. 내가 먼저 경사진 바위 면을 올라가 나무에 밧줄을 걸고 내려왔다. 한 명씩 밧줄을 잡고 비탈진 바위 면을 지났다.

그날의 암각화 트레킹은 두고두고 잊히지 않을 추억으로 남게 되었다. K가 천전리 각석 앞에서 문양 하나를 가리켰다.

"이게 무슨 그림일까요?"

"음. 보리쌀을 그린 것 같은데요."

연장자인 장 선생이 보리쌀이라고 하자 모두 고개를 끄덕였다. 그는 여자들만 서 있는 앞에서 당당하게 음부라고 말했다. 다산을 기원하는 의미로 새긴 여자의 음부라는 것이었다. 내 생각에는 그가 멋대로 해석을 하는 것 같았다. 여성의 음부라고 하기에는 선이 너무 단순하고 유치했다.

"홍성범씨."

그가 내 이름을 불렀다. 갑작스런 부름에 당황스러웠다.

"네에."

"이걸 무슨 그림이라고 생각하나요?"

나는 그가 이야기한 여성의 성기 같지는 않다고 했다. 둥그스름한 타원형이 반으로 갈라져 있으니 반 나눔을 의미하는 기호가 아닐까 했다. 수강생들 모두가 내 의견에 공감하는 뜻으로 고개를 끄덕였다. 그는 내가 아주 현실적인 감각을 지닌 사람이라고 했다. 그의 말뜻을 해석해 보면 나는 시와는 거리가 아주 먼 사람이었다. 명료한 현실도 안개 속에 감추어 놓고 바라보는 게 시인의 마음가짐이라면 나는 싹수부터 틀려먹은 남자였다.

"콩알을 둘로 쪼갠다는 의미로 보았군요."

한참동안 그림을 들여다보던 그가 낮은 소리로 중얼거렸다. 나는 그의 머리를 쳐다보았다. 내가 더 시인의 자질을 갖추고 있는 것인지, 아니면 더 현실적이어서 그런지, 그의 말 속에 들어있는 쪼갠다는 단어에서 도끼를 연상했다.

─도끼로 장작을 쪼개다─

─도끼로 머리를 쪼개는 것 같았죠─

두 번째 문장은 그가 한 말이었다. 나는 어디엔가 감추어져 있는 내 내면의 뼈에 금이 가는 소리를 들었다.

버드나무 숲

　내가 유촌 마을을 다시 찾은 것은 퇴원을 하고 일주일이 지난 후였다. 당분간 소설쓰기도 중단하라는 아내의 충고를 그대로 받아들일 수 없었다. 우리네 삶에 쉼이라는 것은 결코 존재하지 않는다는 것이 나의 생각이었다. 쉰다고 생각하는 그 시간에도 삶은 끊어지지 않고 연속되는 것이다. 인생에서 빠르거나 느린 시간은 절대 존재하지 않으며 누구에게나 시간은 공평한 속도로 흘러간다. 산다는 것은 매 순간을 다른 세상으로 나아가는 것이다.

　내 건강을 염려하는 아내의 마음은 헤아리고도 남았다. 아내는 참으로 사랑스런 사람이다. 다음 생에도 누군가를 선택해야 한다면 나는 망설임 없이 아내를 선택할 것이다. 전생이 있었다면 분명 지금의 아내와 함께 살다 온 것이 분명하지 싶었다. 그러나 사랑하는 아내의 말을 따르느라 내 인생의 속도를 늦출 수는 없다.

유촌 마을을 다시 찾게 된 것은 김인후의 전화 때문이었다. 김인후는 유촌 마을 냇가에서 처음 만난 남자의 이름이었다. 그는 전화를 걸어 대뜸 책을 얻을 수 있겠느냐고 했다. 그날 했던 약속이 떠올랐다. 그날 개울에서 쓰러지지만 않았더라면 벌써 그와의 약속을 지켰을 것이다. 장편 외에도 내 단편이 실려 있는 몇 권의 문학지를 함께 챙겼다.

그의 집은 유촌 마을의 첫 입구에 있었다. 유촌이라는 이름으로 미루어 예전부터 버드나무가 많았던 마을이라는 걸 알 수 있었다. 고속철도 밑을 지나 바로 좌회전을 하니 그의 집이 나타났다. 그가 마당 앞에 나와 기다리고 있었다.

"소설가 선생님 멀쩡하시군요."

그가 내 얼굴을 꼼꼼히 들여다보고 나서 내뱉은 말이었다. 죽을 고비를 넘기기는 했지만 외양이 달라진 것은 아무것도 없었다. 더구나 처음 왔던 날 입었던 옷을 그대로 입고 왔으니 달라진 것이 아무것도 없을 수밖에 없었다.

"일단 안으로 들어가셔서 커피나 한 잔 하시지요."

나는 집 안으로 들어가면서도 지붕 서까래는 어떤 상태인지 기둥과 대들보의 상태는 어떤지 살폈다.

"집이 좀 누추합니다. 내가 태어나기 전에 지은 집이니 벌써 60년이 넘었죠."

"그래도 집이 좋은데요."

지은 지 60년이 넘은 집이니 좁은 마루를 지나 바로 안방으로 들어가는 구조였다. 부엌은 안방에서 문을 내고 입식으로 바꾸어 생활하기에 불편함이 없어 보였다. 김인후는 커피포트에 물을 끓였다. 물이 끓는 동안 가져 온 책을 그에게 내밀었다.

"이렇게 작가님에게 직접 책을 받아보기는 처음입니다."

그는 소설가가 대단한 존재라도 되는 것처럼 감격스러워했다. 첫 장을 열어 겉표지 안쪽에 있는 프로필을 유심히 읽어보았다. 그는 이렇게 유명한 소설가님이 자기 집을 방문해 주어서 영광이라고 했다. 쑥스럽지만 별다른 대꾸를 하지 않았다. 그가 컵에 믹스커피를 넣고 뜨거운 물을 부어넣는 걸 가만히 지켜보았다.

가족관계를 물어볼까 하는데 그가 먼저 말을 했다. 이곳은 원래 자기가 태어난 집이고 가족은 진주에서 살고 있다고 했다. 어머니 혼자 살고 있다 최근에 돌아가시고 자기 혼자 들어와 살고 있는 것이라 했다.

"작가님하고 나하고 만난 것이 대단한 인연인 것 같습니다. 그날 제가 아니었으면 큰일 날 뻔했지요."

김인후의 설명대로라면 그가 아니었으면 나는 미호천의 싸늘한 물속에 코를 박고 죽었을 것이다. 김인후는 나와 헤어져 집으로 돌아가 바로 명함을 보고 전화를 걸었다고 했다. 아무리 신호가 가도 받지 않자 바로 냇가로 달려왔던 것이다. 개울물 안에 쓰러져 있는 나를 발견하고 바로 구조에 들어갔다고 했다. 119에

신고부터 하고 심폐소생술을 실시해서 호흡을 찾아놓았다고 했다.

"잠시 죽었다 깨어나셨는데 저승구경은 잘 했습니까?"

"저승이라고요?"

그때 마침 지진이 일어난 듯 우르르르 하고 집이 흔들렸다. 나는 깜짝 놀라 두 눈을 크게 떴다.

"놀라셨군요. KTX열차가 지나가는 소리입니다. 10분마다 한 번씩 지나가죠."

나는 그 소리에 정신까지 흔들리는 느낌이었다. 그날 개울에서 쓰러진 것도 열차가 지나가는 순간이었던 것 같았다. 김인후는 고속열차의 소음 때문에 집을 팔 수가 없다고 했다. 약간의 보상을 받기는 했지만 마을 사람들이 받고 있는 피해는 이만 저만이 아니라는 것이다. 유촌 마을 바로 아래 있던 삼정 마을은 대곡댐에 수몰되어 사라졌는데 자신들의 마을도 그때 수몰지구로 들어갔어야 했다고 했다.

"참 세상이 불공평해요. 수몰되어 떠나간 삼정 마을 사람들이 가끔씩 우리 마을에 찾아와요. 고향을 떠난 사람들이 하는 소리가 똑같아요. 옛날이 그립다는 것이죠. 그런 사람들에게 내가 그러죠. 우리 집을 사서 들어오라고요. 그런데 아무도 우리 집을 사겠다는 사람은 없더라고요."

김인후는 나에게 수몰지구 이야기를 소설로 쓰고 싶냐고 물었다. 나는 사실 수몰지구에는 별 관심이 없었다. 대곡댐이 물을 담기 전에 문화재를 발굴하는 기간이 있었다. 나는 그 기간에 아무런 자격도 없이 발굴현장을 누비고 다녔었다. 백련정이 있던 계곡은 풍광이 뛰어났다. 돌밭도 넓게 펼쳐져 있었고 삼국시대에 화랑들이 와서 심신 수련을 하던 곳이었다. 개울 바닥의 넓적한 바위에는 주먹이 쑥 들어가는 수직으로 뚫린 구멍이 있었는데 깃대를 꽂아 놓던 구멍이었다.

내가 수몰 예정지구에서 취해 온 것은 육식공룡의 발톱이 찍힌 큼직한 돌 하나와 그런대로 보아줄 만한 평원석 한 점이 전부였다. 김인후는 내가 수몰지구 이야기를 하자 반가운 고향친구를 만난 기분이라고 했다. 자신은 어릴 적부터 백련정 계곡에서 놀았다고 했다. 학교 소풍도 그곳으로 갔다는 것이었다. 지금은 백련정이 봉계마을 들어가는 입구로 옮겨져 있다고 했다.

"지금 사람들이 기억하고 있는 것도 세월이 지나면 모두 잊히고 말겠지요?"

"기억은 쉽게 사라지겠지만 기록은 오래가겠지요."

김인후는 작가가 그런 사라질 이야기들을 써야할 의무가 있지 않느냐고 했다. 나는 굳이 수몰지구의 이야기를 쓰고 싶은 생각은 조금도 없었다. 오로지 붉은 홍옥석에 얽힌 이야기를 찾고 싶었다.

내 이야기를 듣고 난 김인후는 뒤 돌아서 장롱을 열었다. 장롱 안에는 무명 솜을 넣어 만든 오래된 이불이 가득 들어있었다. 그의 어머니가 사용하던 것으로 짐작되었다. 이불을 넣어둔 아래쪽에 서랍이 두 개 있었다. 맨 아래쪽의 서랍을 열더니 두툼한 서류뭉치를 꺼내었다. 서류뭉치에서 묵은 곰팡이 냄새가 났다. 김인후는 빈 커피 잔을 옆으로 밀어놓고 서류뭉치를 내 앞에 내려놓았다.

"여기 소설이 있습니다. 그대로 옮겨 쓰시기만 하면 소설이 될 것입니다."

김인후는 멀뚱히 바라보고 있는 내 앞에서 무거운 표정을 지었다. 다시 장롱 안의 서랍에서 물건 하나를 꺼내 서류뭉치 위에 올려놓았다. 그것은 바로 미호천에서 나오는 홍옥석이었다. 손바닥만 한 크기에 납작하면서 좀 길었다. 자세히 살펴보니 붉은 돌도끼였다. 경주박물관이나 암각화 박물관에서 볼 수 있는 연녹색 돌도끼는 보아왔지만 진한 홍색의 돌도끼는 난생 처음 보는 물건이었다.

"이게 무엇입니까? 홍옥석으로 만든 돌도끼가 아닙니까?"

"분명히 돌도끼가 맞지요? 이게 사람도 죽인 돌도끼입니다."

김인후는 내가 묻기도 전에 붉은 돌도끼와 서류뭉치에 얽힌 이야기를 풀어놓았다. 서류뭉치와 돌도끼는 그의 작은 할아버지에게서 받은 물건이라고 했다. 돌도끼로 죽인 사람은 일제강점기 두서 주재소에 근무하던 일본인 순사였다고 했다. 자신이 나서서 작은 할아버지를 독립운동가로 등록하려고 서류뭉치를 들고 보훈처를 드나들었는데 아직까지 성공하지 못했다고 했다.

"작은 할아버지의 이야기로는 분명 이 돌도끼로 일본인 순사를 죽였다고 했습니다. 그러면 독립운동을 한 것이 맞지 않습니까?"

김인후의 이야기는 서류가 전부 한자와 일본어로 쓰여 있는데 무식한 보훈처 직원들이 읽지 못한다는 것이었다. 나는 고대문자나 외계문자도 아닌 이웃나라 문자를 해독하지 못한다는 것이 말도 안 된다고 그에게 말했다.

"작가님이 이걸 읽어보시고 소설로 써주시면 제일 좋을 것 같습니다. 우리 집안이어서가 아니라 박상진 의사 같은 훌륭한 독립운동가가 있었던 우리 울산의 자랑이 아니겠습니까?"

"작은 할아버지는 언제 돌아가셨습니까?"

"돌아가시기는요. 올해 104세이신데 아직도 살아계십니다. 두동 면사무소 앞에 있는 연화노인요양원에 계시죠."

나는 104세의 노인이 아직도 살아있다는 사실에 놀라움을 금치 못했다. 당장 노인을 만나보고 싶었다. 제 삼자에게 전해 듣는 이야기보다는 믿음이 갈 것 같았다. 일본인 순사를 돌도끼로 살해했다면 가벼운 사건은 아닌 것이다. 나는 김인후에게 당장 작은 할아버지를 만나러 가자고 했다. 그런데 김인후의 대답은 실망스러웠다. 작은 할아버지가 말을 듣기는 해도 말을 하지 않는다는 것이었다. 그렇다면 찾아가 보아야 아무 소용이 없었다. 묵직한 서류뭉치를 전부 읽어 보는 수밖에 도리가 없었다.

김인후가 나에게 설명한 작은 할아버지의 행적은 소설감이 될 만한 이야기였다. 해방되기 전 해에 두서면 주재소에 근무하는 일본인 순사를 살해하고 일본으로 잠입해 독립운동을 하다가 귀국하지 못했다는 것이었다. 독립운동가 중에 일본순사를 직접 살해한 경우는 많지 않았다. 대부분 일본순사에게 괴롭힘을 당한 독립운동가들이 많았다. 사실로 밝혀진다면 독립운동사에 획기적인 사건으로 기록될 것 같았다. 더구나 증거로 돌도끼까지 남아 있으니 더할 나위 없이 흥미를 끌 수 있을 것 같았다.

"일본인들이 아까다마라고 부르는 홍옥석도 수탈해간 것이 맞습니다. 이 돌도끼가 바로 홍옥석으로 만든 물건이 아닙니까. 일본인들이 광산개발을 한 이야기를 알아내는 것보다 더 재미있지 않겠습니까?"

"그렇지요. 이게 우연이 아니라는 생각이 듭니다. 서류는 제가 가져가서 읽어보고 돌려드리면 되겠지요?"

"물론 그래야지요. 이 돌도끼도 가져가세요. 직접적인 증거물이니까 이해하는데 도움이 되겠지요."

김인후에게서 받은 서류뭉치와 붉은 돌도끼를 가지고 집으로 돌아오면서 신이 났다. 성공한 사냥꾼의 귀가길이 이럴까 하는 생각이 들었다. 집에 들어서기가 바쁘게 서재로 들어갔다. 보따리를 풀어 서류뭉치를 헤쳐 보는데 아내가 커피 잔을 들고 서재로 들어왔다.

"무척 신나는 일이 있었나 봐요?"

35년을 함께 산 사람이니 내 발자국 소리만 들어도 기분을 알아맞히었다. 신이 날 수밖에 없는 게 작품 하나를 거저 얻은 것이나 마찬가지인 셈이었다. 내가 기분이 좋으면 아내도 덩달아 기분이 좋게 마련이다. 그것이 부부인 것이다.

아내는 서류를 뒤적이는 내 옆에 바짝 다가와 붉은 돌도끼를 집어 들었다.

"어머. 이건 뭐죠?"

"보면 모르겠소?"

"돌도끼가 아녀요?"

"그렇지? 분명 돌도끼가 맞지? 그걸로 사람을 죽였다네요."

"옛?"

아내의 몸이 순식간에 얼어붙었다. 손에 들었던 도끼를 탁 소리가 나도록 책상 위에 내려놓았다. 나는 얼어붙은 아내의 얼굴을 빙긋 웃으며 바라보았다.

"소설이라는 게 재미있고 즐거운 이야기만 쓰는 게 아니잖소."

"그래도 이런 흉측한 물건을 왜 집안에 들여요?"

아내는 정말 무서움을 느끼는지 말을 하면서도 볼이 가볍게 떨렸다. 아내를 달랠 생각으로 김인후에게 들은 이야기를 대충 추려서 들려주었다. 곁들여서 산 사람이 무섭지 죽은 사람은 무서울 게 없다고 했다. 그래도 아내는 불안감을 완전히 떨쳐버리지는 못하는 것 같았다. 혹시 돌에 안 좋은 기운이 들어있지는 않을까 하는 염려였다.

"핏빛처럼 빨간색깔이 께름칙하지 않아요?"

"께름칙하기는. 일본인들은 붉은색이 악귀를 물리친다고 집안에 놓아둔다고 들었소."

"어쨌든 전 보기 싫어요."

아내는 더 이상 토를 달지 않고 서재에서 나갔다. 나는 천천히 글을 읽어나가기 시작했다.

첫 장에 적혀 있는 것은 아라비아 숫자로 1에서 10까지 번호를 매겨놓은 문장이었다. 나는 히라가나로 쓰여 있는 첫 문장을 읽어보고 그것이 십계명인 것을 알아보았다. 6번 문장에 빨간색으로 밑줄이 그어져 있었다.

−6. 간음하지 마라−

나는 작가로서의 상상력을 무한대로 펼쳐 보았다. 간음을 경계하는 것은 기독교 뿐 아니라 불교에서도 마찬가지였다. 천수경에 나오는 사음중죄 금일참회라는 대목을 보면 짐작할 수 있다. 성의 문제는 인간을 구속하는 족쇄와도 같은 것이다. 십계명을 적어 넣은 맨 끝에 번호도 없는 문장이 한줄 적혀있었다.

-남의 아내를 탐하지 마라-

첫 장을 넘겼다. 다음부터는 숫자 따위는 보이지 않고 연속된 문장이 적혀 있었다.

-내가 고향을 찾아 온 것은 얄팍한 향수 때문이 아니다. 부산항을 떠난 지 올해로 꼭 50년 만이다. 내 나이 78세이면 살 만큼 살았다. 무엇보다 홀가분한 것은 에리코에게 할 만큼 했다는 사실이다. 나에게는 그것이 제일 중요하다. 에리코는 작년에 내가 지켜보는 가운데 편안하게 생을 마감했다. 이제는 내 곁을 떠난 에리코가 마츠오에게 간다 해도 어쩔 수 없다. 다케시라는 일본식 내 이름은 이제 영원히 사라졌다. 예전이름인 김재성으로 남은 생을 살아가겠지만 이름 따위는 아무 소용이 없다. 나는 숨만 쉬고 있을 뿐 이 세상과 저 세상의 중간쯤에 잠시 머물러 있을 뿐이다.

내 인생의 어느 시점에서부터인가 한 가지 깨달음이 있었다. 연이란 것은 죽음으로 끝나는 것이 아니라는 것이다. 안타깝게도 인간의 능력으로는 연의 고리를 모두 헤아릴 수 없다. 마치 수만 가닥의 줄이 뒤엉켜 있는 것과 같아서 그 시작과 끝을 알 수가 없다. 그래도 이 생에서 내가 풀어야할 엉겨 붙은 고리는 모두 풀어놓고 가는 게 도리인 것 같다.

50년이면 강산이 다섯 번이나 바뀔 시간이다. 그러나 고향산천의 모습은 별로 변한 게 없다. 언양에서 경주로 가는 좁은 길이 고속도로로 바뀌면서 꾸불꾸불하던 옛길이 모두 사라진 것과 한실 마을이 있던 반구골짜기가 사연댐이 생기며 바다가 되어 있는 정도였다. 영축산에서 신불산 간월산을 거쳐 가지산과 백운산에 이르는 능선의 모습은 오십 년 전과 조금도 달라진 게 없다.

산천은 의구한데 인걸은 간데없다고 읊은 시조가 있었다. 고향산천은 예와 같은데 사람들은 달라져 있었다. 오십 년이 지난 시점에 나를 알아보는 사람은 아무도 없다. 나의 아내였던 김순조도 이제는 이 세상 사람이 아닌지 찾을 수 없다. 다행히 큰 집의 조카며느리가 유촌에 살고 있어 만날 수 있었다. 조카도 이 세상 사람이 아니어서 홀로 된 조카며느리가 옛집을 지키고 있었다.

조카며느리에게 들은 이야기로는 김순조는 한국전쟁이 터지면서 어디론가 떠나갔다고 했다. 가족들이 모두 어디로 흩어졌는지 알 수 없다는 것이었다. 이제 와서 굳이 그들을 찾으려고 애를 쓰고 싶지는 않다. 나도 그렇지만 그들도 벌써 나에 대한 기억을 지워 버렸을 것 같다.

나는 마지막 노후를 보내기 위한 약간의 돈을 가지고 왔다. 당분간은 큰집 조카며느리에게 의지하기로 했다. 자식들은 모두 객지로 떠나보내고 혼자 집을 지키고 있던 조카며느리는 싫은 내색을 하지 않았다. 벌써 환갑을 넘긴 나이라 외로움을 타는 것 같았다. 전쟁이 끝나고 지은 집이라고 했는데 두 노인이 살기엔 크고 넉넉했다. 생활비는 매달 섭섭하지 않게 쥐어 주었다.

처음에 내가 하는 일이라고는 예전 기억이 남아 있는 곳을 찾아다니는 일이었다. 내가 다니던 학교며 면서기로 근무했던 면사무소 터를 찾아가 보기도 했다. 대부분의 건물은 남아 있지 않았다. 한국에 오자마자 찾아낸 곳이 백련정이었다. 학교 다닐 때 소풍을 갔던 곳이기도 하고 에리코를 처음 만난 곳이기도 했다. 흐르는 물줄기가 예전과 달라진 곳도 많이 있었는데 정자만큼은 예전 모습 그대로였다. 나는 금방이라도 젊은 시절의 에리코가 정자에서 불쑥 튀어 나올 것 같은 기분이 들었다. 한동안은 거의 매일 백련정에 갔다. 유촌 마을에서 백련정까지는 그리 멀지 않았다. 아침밥을 챙겨먹고 곧장 택시를 불러 백련정으로 가서 하루종일 지내다 저녁때가 되어 돌아오는 날이 많았다.

조카며느리는 이해심이 많았다. 아침밥을 먹고 집을 나가 저녁이 되어서야 돌아오는 나를 위해 과일이며 떡 같은 간식거리를 매일 챙겨 주었다. 비가 오는 날이나 몹시 추운 겨울날이 아니고는 매일 백련정에서 하루를 보냈다. 정자에 붙박이처럼 붙어 지내자 내 모습이 정자에 달린 풍경처럼 보이는가 보았다. 내가 잠시 소피를 보러 자리를 비웠다 돌아오면 그 새에 찾아온 손님이 반갑게 인사를 했다.

"반갑습니다. 오늘은 왜 할아버지가 안계시나 했어요."

그러면서 사람들은 내가 왜 정자에 붙박이가 되었는지 이유를 묻곤 했다. 나는 젊은 에리코를 추억하기 위해서라고 대답할 수 없었다. 늙은이가 시간을 보낼 곳이 마땅찮아서라고만 대답했다. 사람들은 일본말투가 배인 내 어눌한 말에도 흥미를 느끼는가 보았다.

한 번은 백련정에 갔는데 삼정 마을 노인들이 놀러왔다. 그들은 바로 윗동네에 살고 있는 나의 존재를 알아보았다. 이미 나의 존재가 그들의 입에 오르내리고 있었다. 노인 하나가 내일이 자신의 생일잔치인데 참석하면 어떻겠느냐고 물었다.

나는 끝까지 그 노인의 청을 거절했다. 혹시라도 내 나이 또래의 늙은이를 만나 나를 알아보는 걸 원치 않았기 때문이었다. 그러지 않으리라는 보장이 없었다. 예전 친구들이 대부분 저세상으로 떠났겠지만 아직 남아있는 친구가 있을 수 있었다.

—자네가 전읍리의 김재성인가? 이게 도대체 얼마만인가? 그때 면서기로 다니지 않았었나. 자네가 일본으로 갔다는 이야기가 돌기도 했네만. 우리는 모두 죽었을 거라고 했네. 어떤 사람은 김일성이가 좋아 북으로 갔다는 사람도 있었고. 그래 어딜 갔다 이제 나타난 것인가?—

분명 이렇게 떠들어 댈게 분명했다. 생각만 해도 끔찍한 일이다. 나는 조카머느리 외에는 아무도 만나지 않는 게 상책이라고 생각했다. 지금 살아 있는 것이 산 것이 아니라고 생각했다. 삶과 죽음의 중간지에 잠시 머물러 있는 것이라 생각했다.

지난 세월의 추억은 모두 에리코와 연관된 것들이었다. 에리코를 처음 만난 것이 두서면사무소에 서기로 다니던 때였다. 물론 에리코를 우연히 만난 것은 아니었다. 당시 에리코의 남편은 언양주재소에 있다가 두서주재소로 온 일본인 순사 마츠오였다. 면사무소와 주재소는 밀접한 관계에 있어 마츠오를 만나는 일은 자연스럽게 이루어졌다.

중학교에서 일본어를 배운 나는 마츠오와 소통하는데 아무런 장애가 없었다. 마츠오는 나의 일본어 발음이 본토사람과 구분이 안 될 정도라며 좋아했다. 공교롭게도 마츠오와 나는 같은 동갑내기였다. 그는 식민지에 근무하면서도 조선사람들에게 거만하게 굴지 않았다.

마츠오는 주말이면 자전거를 타고 전읍에 있는 우리 집까지 놀러왔다. 마을 사람들은 면서기로 근무하는 내가 일본인 순사친구까지 둔 것을 매우 부러워했다. 그런 사실 때문에 아버지와 형님은 알게 모르게 목에 힘을 주는 것 같았다. 마을에 어려운 일이 생기면 아버지가 나에게 청을 넣는 식이었다. 사소한 것이지만 그런 것이 다 아버지나 형님이 술이라도 한 사발 얻어먹고 이루어지는 일들이었다.

나의 아내 김순조는 마츠오가 우리 집에 오는 날이면 친정 오라비가 온 것보다 더 분접을 떨었다. 닭을 잡네, 떡을 하네, 야단

법석이었다. 나의 아내 김순조와 에리코는 동갑이었다. 거기다 하나씩 둔 아이들 나이까지 같았다. 나에게는 아들이 있고 마츠오에게는 딸이 있었다. 마츠오는 농담삼아 두 아이가 크면 사돈을 맺자고 했다. 나와 아내도 망설임 없이 그러자고 했다.

그런데도 내가 에리코를 처음 만난 것은 한참 뒤였다. 둘이 생활하는 곳이 관사여서 그랬는지는 몰라도 에리코가 바깥나들이를 별로 즐기지 않는 것 같았다. 그러던 어느 날 마츠오가 에리코를 데리고 우리 집에 오겠다고 했다. 나중에 안 사실이지만 에리코가 조선인 면서기 가족을 만나보고 싶어 한 것은 아니었다.

마츠오는 처음 만날 장소로 백련정을 이야기했다. 백련정은 나와 마츠오가 일전에 한 번 다녀온 적이 있었다. 아마도 돌아가 에리코에게 경치가 참 좋은 조선의 정자에 대해 이야기 한 것이 호기심을 자극한 것 같았다.

나는 예의상 먼저 백련정에 가서 마츠오를 기다리기로 했다. 아내는 집에서 음식장만을 한다고 따라나서지 않았다. 마츠오가 부인과 아이를 데려올 것이므로 나는 어린 아들을 데리고 갔다. 예상과는 달리 마츠오는 나보다 먼저 백련정에 와 있었다.

"어서오시게. 하하하."

마츠오는 호탕하게 웃었다. 나를 골려 주려고 작정하고 일찍 출발한 것 같았다. 당황하는 내 마음 속을 들여다보며 즐기는 듯 했다.

"이쪽은 우리 집사람 에리코일세."

기모노차림의 전형적인 일본여인이 아이 손을 잡고 서 있었다. 나는 에리코와 처음 눈이 마주치는 순간 심장이 얼어붙는 듯했다. 인사를 해야 하는데 갑자기 일본어를 다 잊어버린 사람처럼 말문이 열리지 않았다.

"와다시와 에리코데스. 도죠 요로시쿠 오네카이 시마스."

지금까지 들어본 일본어 중에서 제일 감미로운 발음이었다. 백련정을 감아 돌아가는 대곡천 물소리도 그렇게 청량하지는 않았다. 내가 정신을 못 차리고 있는데 딸아이가 제 엄마와 똑같은 인사를 했다. 그제서야 엉거주춤 인사를 건네었다. 아들은 일본어를 한 마디도 가르치지 않았기 때문에 멀뚱히 내 얼굴만 바라보았다.

내 안에 감추어져 있던 자존심 같은 것이 남아있어 아들에게 일본어를 한 마디도 가르치지 않았던 것인데 그 순간에는 후회가 막심했다. 에리코는 시골놈처럼 쭈볏대는 아들놈이 귀엽게 생겼다고 감탄사를 연발했다.

"어떤가? 자네 부인처럼 건강하지도 못하고 일을 할 줄도 모른다네."

에리코가 마츠오에게 살짝 눈을 흘기었다.

"이렇게 아름다운 부인에게 일을 시켜서는 안 되지요."

에리코가 나를 정면으로 바라보며 환하게 웃었다. 오십 년이 지난 지금도 그때의 미소를 잊을 수가 없다. 무수한 날들을 지우려고 애를 써 보았지만 허사였다.

그날은 백련정의 경치를 함께 즐기다가 전읍의 우리 집에 들러 아내가 정성들여 차린 밥을 먹고 헤어졌다. 지금은 우리 집에서 있었던 일들이 거의 기억이 나지 않는다. 그때 아내가 닭을 잡았었는지 토끼를 잡았었는지 기억나지 않는다. 내 기억에 남아 있는 것은 오로지 에리코 뿐이었다. 백랍처럼 하얀 얼굴에 웃을 때마다 옴폭 패여 들어가는 보조개가 내 머릿속에 화인처럼 깊게 각인 되었다. -

하카다

 한자와 히라가나로 쓴 글을 읽기가 상당히 번거로웠다. 보통 일본어 표기는 한자에 조사만 히라가나를 붙여 쓰기 마련인데 히라가나로만 쓰인 곳이 많았다. 휴대폰의 번역기능을 사용해 읽을 수밖에 없었다. 시간가는 줄 모르고 읽어 나가다보니 어느새 밤이 깊었다.

 아내가 서재로 찾아왔다. 한 번 어딘가에 몰두하면 물불을 못 가리는 내 성격을 잘 아는지라 걱정이 되는가 보았다. 맥없이 개울 바닥에 쓰러지기도 하는 체력으로 밤을 새웠다가는 큰일이겠다 싶어 찾아 온 것이다.

 "참 좋으시겠어요. 이 나이에도 재미있는 일이 많기도 하시니."

 "그럼, 사는 날까지 재미는 있어야지. 무료하게 사는 것은 생명에 대한 배반이오."

 나는 말을 뱉어 놓고 피식 웃었다. 가벼운 대화에 너무 거창한 말을 뱉어낸데 대한 자괴감이었다. 아내의 손목을 슬쩍 잡았다. 환갑을 지낸 나이답지 않게 부드러웠다. 내친 김에 손목을 잡아끌어 무릎 위에 앉혔다. 무릎에서 미끄러지지 않게 양팔로 아내의 엉덩이를 감싸 앉았다. 아내가 뜨악한 표정으로 나를 응시했다. 싫지만은 않은 표정이었다.

"당신 요즘 이슬만 먹고 살았군. 몸이 여치보다 가벼워."

"어머, 뭐예요. 말라깽이라고 흉보는 거예요?"

"흉은? 프로포즈하는 거야."

그날 밤 아내를 힘차게 안았다. 정말 오랜만에 안아보는 아내의 몸은 몰라보게 여위어 있었다. 젊은 시절 풍만하던 젖가슴은 살이 완전히 빠져 나가 빈 껍질만 남아 있었다. 행위 중에도 서글픈 생각이 들었다. 밤이 깊은 탓인지 아내는 행위가 끝나고 나서 금방 잠이 들었다. 아내를 위해 기꺼이 팔을 내주었는데 좀 더 가벼워진 느낌이 들었다.

아내와 같이 잠들려고 눈을 감았다. 힘을 좀 쓰고 나면 쉽게 잠이 드는 게 정상인데 잡생각이 꼬리를 물고 달려들었다. 방금 전에 읽은 일기문 때문이었다.

-남의 아내를 탐하지 마라-

분명 김재성이란 사람이 일본인 순사의 아내를 탐한 것이었다. 치정 때문에 일본인 순사를 살해했다면 독립운동과는 동떨어진 이야기였다. 면서기로 근무하면서 일본인 순사와 친구로 지낸 내용도 독립운동가로 내세우기에는 꺼려지는 부분이었다. 더구나 김재성의 아버지나 형님도 위세를 업고 살았다고 적고 있었다. 글의 분위기로 보아서는 독립운동가가 아니라 친일파로 낙인 찍혀야 되는 상황인 것이다. 아무래도 김인후가 작은 할아버지를 독립운동가로 등록하려 한 것은 무리가 있어 보였다. 그런데 김재성씨가 한국으로 돌아온 뒤 굳이 일기를 써 놓은 이유를 알 수 없었다. 그리고 신석기 시대에나 사용했던 돌도끼가 일기와 함께 보관되었던 사실도 이해가 가지 않았다. 돌도끼에 생각이 닿자 미호천 홍옥석 생각이 났다. 미호천에서 쓰러지던 날 김용삼에게 구입한 홍옥석과 유촌 마을 냇가에서 쓰러지기 전에 주운 것이었다.

늦게 잠든 탓에 해가 중천에 올라서야 눈을 떴다. 외출준비를 하느라 화장을 하고 있던 아내가 기지개를 켜는 나를 바라보았다.

"더 주무시지 그래요?"

너그러움이 묻어나는 말투였다. 간밤의 정사가 영향이 있었으려니 생각하니 슬그머니 웃음이 났다. 아내도 나를 바라보며 빙긋 웃었다.

"같이 더 잘까?"

"무슨 말씀이세요. 할아버지. 아침 차려 놓았으니 얼른 드세요."

 할아버지라는 말에 한 방 맞은 나는 자리에서 일어나 거실로 나갔다. 대충 흩어진 머리카락을 쓸어 넘기고 주차장으로 내려갔다. 트렁크를 열고 간밤에 생각했던 홍옥석 두 점을 집어 들었다. 김용삼에게 구입한 돌이 색감도 더 빨갛고 컸다.

 들어오다 우체함에 꽂혀 있는 신문을 챙겨들고 집으로 들어왔다. 식탁 위에 돌과 신문을 올려놓고 수저를 들었다. 간밤에 힘을 좀 쓴 탓인지 밥맛이 좋았다. 수저를 부지런히 놀리면서도 곁눈질로 식탁 위에 놓아 둔 홍옥석을 바라보았다. 이상한 기분이 들어 자꾸 시선이 홍옥석으로 쏠렸다. 꼭 누군가 나와 식탁에 마주앉아있는 기분이었.

 나는 수저를 내려놓고 자리에서 벌떡 일어섰다. 식탁에 놓아 둔 두 점의 홍옥석 중에 하나를 집어 들었다. 유촌 마을 냇가에서 쓰러지기 전에 내가 발견한 홍옥석이었다. 얼마 남지 않은 밥그릇을 비울 생각도 잊고 개수대에서 돌을 물로 씻었다. 말랐던 돌이 물기를 머금자 선명한 연녹색으로 바뀌었다. 붉은 색감은 핏빛처럼 선홍색으로 도드라져 보였다.

 나는 물에 젖은 돌을 들여다보며 손을 부들부들 떨었다. 먼저 본 대로 돌 전체의 모양은 사람의 얼굴 모양이었다. 가운데 돌출된 부분은 영락없는 코였다. 코 밑으로 적당한 거리의 인중이 있고 그 아래 가로로 패인 입이 있었다. 코 위 양쪽에는 약간씩 들어간 부분이 틀림없는 눈의 위치였다.

'아.'

내 입에서 가벼운 신음소리가 모르는 사이에 나왔다. 오른쪽 눈 윗부분에 대각선으로 붉은 금이 가 있고 그 금에서 붉은색이 흘러내리는 듯했다. 마치 칼이나 도끼로 입은 상처에서 선홍빛 핏물이 흘러내리는 듯했다.

대충 식사를 마무리하고 돌과 신문을 들고 서재로 갔다. 책상 위에는 어젯밤에 읽다 놓아 둔 서류뭉치가 그대로 놓여있고 그 옆에 붉은 홍옥석 돌도끼가 놓여 있었다. 홍옥석 두 점을 돌도끼 옆에 내려놓고 신문을 서류뭉치 옆에 가지런히 놓자 뭔가 완벽하게 조합이 이루어진 기분이었다.

버릇처럼 지방신문을 먼저 펼쳤다. 사회면은 대충 제목만 훑어보고 문화면을 펼쳤다. 가끔씩 울산 시인들의 시가 실리기도 하고 문화계 소식이 실렸다. 문화면에서 눈길을 끈 것은 암각화 발견 50주년 기념 학술대회 소식이었다.

천전리 각석은 1970년에 동국대 문명대 교수팀이 울산지역의 불교유적을 탐사하는 과정에서 발견되었다. 이어서 반구대 암각화도 발견되었고 고래그림 암각화로는 세계에서 유일한 유적으로 유네스코 등재를 앞두고 있었다. 나는 20년 전에 K시인 덕에 반구대 암각화를 처음 접했었다.

살인을 저지르는데 사용했다는 신석기 시대의 붉은 돌도끼와 미호천에서 발견한 두 점의 홍옥석, 그리고 암각화 발견 50주년 기념 학술대회, 그리고 104세나 된 전읍에 살던 노인, 그냥 순서도 없이 책상 위에 올라있는데 모두 우연이 아닌 것 같았다.

물건의 공통점은 대곡천이었다. 반구대 암각화가 있는 대곡천을 따라 올라가면 백련정이 있고 삼정 마을이 있고 버드나무에서 이름을 딴 김인후의 집이 있는 유촌 마을이었다. 유촌 마을은 전읍리에 속해 있는 작은 마을이고 거기서부터가 수석인들에게 알려진 홍옥석산지 미호천이었다. 김인후의 말로는 전읍이라는 지명이 동전을 만들었던 마을이라는 것이었다. 암각화를 새기던 시대가 청동기 시대였다는 점과도 관련이 있는 듯했다.

나는 신문에서 암각화 학술대회 내용을 주의 깊게 읽었다. 다 읽고 난 뒤 즉시 전화를 걸어 사흘 후에 있을 학술대회에 참여 신청을 했다. 책상 위에 놓인 물건들을 번갈아 바라보았다. 무엇인가 대단한 이야기의 끈을 잡아 낸 것 같았다. 돌도끼를 들어 얼굴 모양의 홍옥석을 내리찍는 시늉을 해보았다. 얼굴 모양의 돌이 실물보다는 작은 주먹만 한 것이어서 실감이 나지는 않았다.

돌도끼를 들어 날이 얼마나 예리한지 손끝으로 만져보았다. 생고기를 썰기는 힘들지만 배추나 무 따위 채소를 써는 것은 무리가 없어 보였다. 숫돌에 오래 갈기만 하면 고기를 써는 것도 가능해 보였다. 도끼로 사람의 두개골을 내려치는 상상을 해보았다. 그러자 K가 생각났다.

-마치 도끼로 머리를 내려치는 것 같았습니다-

K가 20년 전에 19명의 문창과 학생들에게 한 말이었다. K는 50년 전에 도끼로 살해당한 일본인 순사의 느낌을 정말 똑같이 느끼고 있었을까?

K는 시집 반구대를 출간하고 한동안 시를 쓰지 못했다. 모두들 뇌수술의 후유증 때문이라고 생각했다. 그래도 대학에서 문학 수업을 진행하는 데는 무리가 없었다. 글을 쓰는 것과 창작 강의는 전혀 별개의 것이었다.

나는 K와는 반대로 그동안에 갇혀 있던 시적 감성이 폭발했다. 일주일에 두 번 수업이 있었는데 갈 때마다 두 세편의 시를 써냈다. K도 놀라고 같이 수업을 들었던 19명의 학생들 모두가 신기한 눈으로 나를 주목했다.

무슨 일에나 한 번 빠져 들면 물불을 가리지 않는 성격이라 시에 빠진 나는 그야말로 미친듯했다. 자정이 넘은 시간에 자다가 벌떡 일어나 차를 몰고 경주로 달려가 왕들의 무덤을 찾아가는 것은 약과였다. 비가 억수같이 퍼붓는 날에 간월재를 넘어 신불산을 오르기도 했다. 반구대 암각화에도 일주일에 두세 번은 들락거렸다. 반구대 암각화 입구의 식당은 하도 자주 드나들다보니 단골이 되었다. 식당이름은 -암각화 사진 속으로- 였다. 초대형으로 출력한 암각화 사진을 식당 안팎으로 걸어놓고 있었.

그렇게 몸으로 달려간 곳마다 시가 태어났다. 그런데 반구대 암각화만은 예외였다. 가는 횟수는 제일 많은데 단 한 줄의 시도 나오지 않았다. K가 이미 숱한 시를 써낸 탓인지도 몰랐다. 반구대를 들락거리며 얻은 것은 암각화 사진 속으로 식당 앞의 작은 개울 건너편에 있는 너럭바위에서 공룡발자국을 발견한 것이었다. 공룡발자국 발견 소식은 지역의 매스컴에 한동안 오르내렸다.

암각화를 소재로 시를 쓰지 않은 것은 K때문인지도 몰랐다. 그가 농사지은 밭에 들어가 함부로 작물을 훔치는 행위를 하고 싶지는 않았다. 문창과 수업을 받는 학생 중에는 그가 즐겨 사용하는 시어를 그대로 베껴 쓰는 사람도 많았다. 내용은 다르지만 언어의 운율을 그대로 가져다 쓰면 누구의 작품인지 모호한 현상이 생기기 마련이었다. 모방은 창조라고 하지만 그것은 엄연한 도둑질이나 마찬가지였다.

그해 가을 추석 전날에 K의 집에 갔다. 그날이 K의 아내를 처음 만난 날이었다. 그의 아내는 들어온 추석선물들을 정리하고 있었다. 대부분 그의 손을 거쳐 등단한 제자들이 보내온 감사선물이었다. 선물 중엔 과일 인삼 더덕 따위의 농산물도 있었고 양주나 영양제 따위도 있었다. 그의 아내는 이건 누가 보내왔고 누구는 무엇을 보내왔다는 식으로 K에게 보고를 하듯 일러 주었다. K의 표정을 보니 웃음이 나왔다. 마치 성공한 사냥 수확물을 메고 온 원시시대 사냥꾼의 모습을 보는 듯했다. 사업특성상 명절

선물 따위는 거들떠보지도 않았던 나에게는 유치한 소꿉장난처럼 보였다.

　-내가 건네준 작은 조약돌 하나
　소중히 주머니에 넣는 소녀가 있다면
　나는 사랑하려네-

그 당시 내가 쓴 시였다. 나의 아내는 조약돌 따위는 쓰레기장에 휙 날려버릴 현실적인 여자였다. 보잘것없는 선물보따리를 소중하게 챙기는 그의 아내를 보는 순간, 시가 아닌 어떤 얄궂은 감정의 소용돌이가 일기 시작했다. 해소병 환자처럼 야윈 볼에 움푹 패인 볼우물이 신들의 신전에서 시중을 드는 시녀와 같은 느낌을 주었다.

그날 이후로 나의 시는 서정을 벗어나 장르를 규정할 수 없는 모호한 방향으로 내달리기 시작했다. 누군가는 고삐가 풀린 야생마 같다고 했다. 시가 방향성을 잃어버리자 아내와의 갈등도 최고조에 달했다. 결혼 10년차가 넘었으니 권태기가 올만도 한 시점이었다.

나의 한 해는 그렇게 혼돈 속에서 저물어갔다. 새해가 되면서 문창과는 더 많은 학생들로 미어터졌다. 이미 등단한 그의 제자들도 모두 모이니 나의 존재감은 더 왜소해 보였다. 아직 등단과정도 거치지 않은 나의 시는 유치한 것으로 치부되곤 했다.

학기가 시작되고 얼마 지나지 않아 그의 집에 다시 들리게 되었다. 그가 사는 아파트입구에 들어서면서부터 내 가슴은 마구 요동치기 시작했다. K가 시어로 사용하는 사랑이라는 느낌은 이런 것일까 생각했다. 그의 시에서 사랑은 말을 하지 않아도 다 알아들을 수 있고 눈을 감고 있어도 다 볼 수 있다고 했다. 천 년이 지나도 사랑은 단번에 알아 볼 수 있는 것이라고 했다. 이렇게 미친 듯 흔들리는 가슴이 사랑인 것인가?

그날 나는 보아서는 안 될 것을 보고 말았다. 그가 잠시 화장실에 간 사이 책상 위에 놓여있던 월간문학지를 펼쳐보았다. 겉표지에서 그의 이름을 보았기 때문이었다. 잡지에 실린 그의 시를 보고 싶은 것은 당연했다. 그의 시가 실려 있는 페이지를 펼친 순간 그 자리에 얼어붙어 버렸다. 제목부터가 내가 지난 가을에 써서 제출한 시였다.

혈관 속을 흐르는 피들이 모조리 거꾸로 흐르는 기분이었다. 잠시 후 거실 소파에서 세 사람이 마주앉았다. K와 그의 아내가 같은 소파에 앉고 나는 맞은 편 소파에 앉았다. 두 사람의 시선을 동시에 받아야 했다. 그의 천연덕스런 눈길을 마주보는 순간 온몸이 오글거렸다. 요부의 침실에서 도망치는 순진한 요셉처럼 후다닥 밖으로 뛰쳐나가고 싶었다. 그러나 그녀의 눈길 앞에서 꼼짝할 수 없었다.

그녀가 탁자 위에 놓인 사과를 먹어보라고 포크를 들어 나에게 내밀었다. 세상에 어떤 조각가가 저토록 아름다운 손 모양을 만들 수 있을까 생각했다. 그날 있었던 일 중에 그녀의 손 모양 말고는 기억나는 게 없었다. 그때 먹었던 과일이 사과였는지 배였는지도 기억이 가물가물했다.

 K의 집을 나오니 어둑한 저녁이었다. 반구대 암각화로 달려갔다. 암각화 앞의 수면이 제법 올라와 있었다. 옷을 입은 채로 물을 건넜다. 물은 허리 높이까지 차올랐다. 바닥에 부드러운 퇴적물이 쌓인 뻘밭이어서 자칫하면 빠져 나오지 못할 수도 있었다. 무사히 물을 건넜을 때는 물에 빠진 생쥐 꼴이었다. 어둑하게 밀려온 어둠 탓에 거적을 덮고 큰 대자로 누워 있는 선장 아내의 그림을 찾아낼 수 없었다. 어디쯤이라는 대충의 위치만 짐작할 수 있었다.

 벽에 양손을 대고 오랜 시간 생각에 빠졌다. 도대체 아내를 가진 남자가 돌 속에 새겨진 문양 따위를 사랑해서 될 일인가 싶었다. 시라는 것이 아이들 장난과도 같다는 생각이 들었다. －시는 죽었다－ 내 혼자 단독으로 내린 결정이었다.

 그날 이후로 나는 K를 만난 적이 없다. 물론 그의 아내도 만난 적이 없었다. 그러나 모나리자의 미소를 기억하듯이 그녀의 박꽃처럼 여윈 볼과 대리석 조각 같던 손 모양은 세월이 가도 잊히지 않았다. 정확하게 이야기 하자면 잊히지 않는 정도가 아니라 가끔씩 나타나 내 꿈을 어지럽혔다.

 처음 몇 년은 가끔씩 꿈속에서 K가 나타났다. 그는 언제나 수술대 위에 누워있는 모양으로 나타났다. 그는 언제나 죽어 있었다. 그다음엔 의사가 도끼로 그의 두개골을 열었다. 두개골이 열리고 뇌가 나타나면 의사가 가만히 뭐라고 중얼거렸다. 자세히 들여다보면 순두부처럼 몰랑몰랑한 그의 뇌 표면으로 까만 벌레들이 오글거리며 기어 다녔다. 그것은 벌레가 아니라 글자들이었다. 의사가 병을 들어 알코올을 들이 부으면 까만 글자들이 모두 바닥으로 흘러내렸다.

-별 것도 아닌 것이 사람을 잡고 있네-

의사가 중얼 거리는 소리를 들으면 꿈은 즉각 중단되었다. 그런 꿈을 꾸고 나면 하루 종일 기분이 우울했다.

나는 붉은 돌도끼를 내려놓고 어제 읽다 덮어 둔 서류를 펼쳤다. 덮어 놓은 부분을 다시 읽어보고 다음 장을 넘기는데 문맥이 연결되지 않았다.

-에리코와 딸 유리를 데리고 도착한 곳은 하카다에 있는 에리코의 친정집이었다. 마츠오의 본가는 히로시마의 한가운데 있었는데 흔적도 없이 사라지고 없었다. 에리코가 찾아갈 수 있는 곳은 친정집 밖에 없었다.

이상하게도 에리코의 친정집이 낯설지 않았다. 에리코의 집에서 내 눈을 사로잡은 것은 붉은 돌이었다. 배구공만한 크기였는데 빨간 물감을 칠해 놓은 것처럼 진한 붉은색이었다. 미호천 상류의 백운산 자락에서 캐낸 원석을 가공한 돌이었다. 붉은 돌들이 일본으로 반출된다는 사실은 알고 있었지만 실제로 일본의 가정집에서 보게 되니 감회가 남달랐다.

에리코는 오랜만에 친정부모를 만나면서도 즐거운 기분이 아니었다. 조선으로 건너갈 때는 마츠오와 함께 했었다. 그의 부모들은 이미 마츠오의 사망소식을 알고 있었다. 식민지에 가서 남편을 잃고 대신에 어린 딸을 데리고 온 것이었다.

전쟁이 끝나고 난 뒤라 일본에는 에리코처럼 과부가 된 여인들이 넘쳐났다. 처녀들이 결혼할 상대 남자를 구하기가 쉽지 않았다. 많은 젊은이들이 전쟁이 끝나도 돌아오지 못했다. 그들의 목숨을 앗아간 제국도 미망인이 된 여인들까지 돌볼 여력이 없었다.

에리코의 친정식구들은 나를 눈여겨보았다. 사지에서 딸을 구해 온 은인이기는 한데 어떤 관계인지 짐작할 수 없었기 때문이었다. 에리코를 일본으로 데려다 준 것으로 나의 소임은 다한 것이었다. 내가 할 일은 다시 해방된 조선으로 돌아가는 일이었다. 그런데 나는 귀국하는 걸 잊어버린 사람마냥 에리코의 집에서 시간만 죽이고 있었다.

그동안에 에리코는 나와 부딪치는 걸 일부러 피했다. 이제 할 일을 다 했으니 당신의 나라로 돌아가라는 말을 차마 할 수 없었던 모양이었다. 이웃사람들이 나를 이상한 눈으로 바라보았다. 처음에는 내가 조선 사람인지도 모르는 눈치였다. 멀쩡한 젊은 남자가 많지 않은 상황에서 나의 존재는 호기심 덩어리였다. 처음에는 에리코의 남편으로 생각하는 사람들이 많았다.

겨울이 깊어진 어느 날 에리코의 아버지가 나를 불렀다. 그동안에 내가 한 일이라고는 다다미방에 숯불을 넣는 정도였다. 에리코의 아버지는 정색을 하고 나에게 말을 건넸다.

"그동안 에리코에게 이야기는 다 들었네. 내 사위 마츠오와 친한 친구였고 많은 도움을 주었다는 이야기를 들었네. 두 사람의 우정을 위해 우리 딸을 이곳까지 데리고 와 줘서 진심으로 고맙네. 이제는 자네의 나라로 돌아가야 하지 않겠나?"

나는 가슴이 덜컹 내려앉았다. 기다리고 있던 넘어야 할 산이 눈앞에 갑자기 나타난 것이었다. 나는 심호흡을 한 뒤 내 결심을 털어놓았다.

"나는 조선으로 돌아가지 않을 것입니다. 이곳에서 일본남자 마츠오로 살고 싶습니다."

에리코의 아버지는 말뜻을 정확하게 이해했다. 단도직입적으로 에리코에게 청혼을 한 것이었다. 에리코의 아버지는 잘 알겠으니 당사자인 딸에게 물어보고 결정을 내려주겠다고 했다.

다음날 오전 에리코가 공원으로 산책을 나가자고 했다. 일본에 와서 처음으로 갖는 둘만의 시간이었다. 공원은 집에서 한참

떨어져 있었는데 일부러 걸어서 갔다. 겨울인데도 바람이 불지 않아 포근했다. 공원에 다다르기 전에 에리코가 입을 열었다.

"언제부터 절 사랑하셨나요?"

나는 에리코의 첫 질문에 말문이 턱하니 막혀버렸다. 백련정에서 당신을 처음 본 순간부터라고 말하려다가 그만두었다. 대신에 두서없는 말을 빙 둘러댔다. 사랑이라는 것은 자기 자신도 언제부터 시작되는 것인지 알 수 없는 것이라고 했다. 아마 그 근원을 따지면 수천 년 전부터인지도 모른다고 했다. 사랑하는 사람들이 만나는 것은 결코 우연으로 만나지는 것이 아니라고 했다. 나는 내가 하는 말들이 지어낸 것이 아니라 진심으로 그렇다고 믿고 있었다. 그게 아니라면 어떻게 갑자기 만난 사람이 수천 년 전에 만났던 것 같은 기시감이 든단 말인가.

에리코는 결혼은 현실이라고 대답했다. 조선에 남아있는 김순조와 어린 아들은 어떻게 할 것이냐고 물었다. 그 물음에는 대답할 수 없었다. 나는 거기에 대해서는 대책이 없노라고 아마도 내가 미친 것 같다고 했다. 그냥 미친 남자로 살고 싶다고 했다. 이번 생에서 에리코를 보지 못하고 산다면 일찍 죽어서 다음 생을 기다리는 것이 낫겠다고 했다.

"당신을 처음 만난 날이 좋았어요. 백련정이란 정자도 아름다웠고요. 당신의 아들도 귀여웠죠. 마츠오와는 사돈을 하자고 약속하지 않았나요? 그리고 당신의 아내는 맛있는 음식을 정성껏

차렸지요. 그 모든 것들과 등을 져야 하는데 괜찮겠어요?"

에리코는 현실을 정확하게 짚었다. 그 모든 소소한 아름다운 것들을 포기할 만큼 사랑이 중요한 것인지 묻고 있는 것이었다. 나는 결정은 내가 하는 것이 아니며 모든 일은 인연의 고리에 엮이어 이루어지는 것이라고 했다. 내가 이 땅에 태어나고 싶어서 태어난 것이 아니듯 삶의 방향도 모두 내가 마음먹은 대로 이루어지는 것은 아니라고 했다. 에리코가 결혼을 승낙하지 않아도 곁에서 머물며 머슴처럼 살 것이라고 했다. 그러나 에리코의 마지막 질문에는 대답할 수 없었다. 나는 그만 말문이 턱 막혀 버리고 말았다.

"당신이 마츠오를 죽였나요?"

나는 말없이 바닥을 내려다보며 걸었다. 시인도 부정도 아닌 애매한 것이었다. 에리코는 주님이 우리를 용서하실까 물었다. 십계명의 첫머리에 나오는 것이 —살인하지 말라—인데 어떻게 용서 받을 수 있겠느냐고 했다. 이미 죽은 자의 아내를 사랑하는 것은 간음이 아니라고 해도 살인의 죄를 어떻게 피할 수 있느냐고 했다.

마음에 음심을 품기만 해도 간음이라고 했는데 나는 분명 간음의 죄를 범하고 있었다. 백련정에서 에리코를 처음 본 순간부터 간음의 죄를 범한 것이었다. 백련정에서의 만남 이후에도 나는 꾸준히 에리코를 만났다. 그녀가 주일이면 빠지지 않고 언양

성당에 나간다는 사실을 알고부터는 나도 신앙을 받아들이기로 했다.

두 손을 모으고 기도하는 에리코의 모습은 하늘에서 내려온 선녀와도 같았다. 내가 걱정스러운 것은 그녀가 천황폐하의 만수무강이나 전쟁에서의 승리를 기도하는 것이었다. 전쟁은 필시 한쪽이 패배해야 끝나는 것인데 백인으로 오신 주님이 동양인이 승리하는 걸 용납하지 않으실 것 같았다.

나는 매번 감사의 기도를 드렸다. 매주 에리코를 만나는 것으로 더 이상 바라는 게 없었다. 전쟁의 결말 같은 것은 아무 관심이 없었다.

에리코는 언제부턴가 성당에 나가지 않았다. 마츠오가 죽고 나서부터인지 일본으로 건너오고 나서부터인지는 정확하게 기억나지 않는다. 성당에는 나가지 않지만 성경을 잣대로 나를 재어 보고 있었다. 제법 넓은 공원을 한 바퀴 도는 동안에 나눈 대화는 몇 마디에 불과했다. 나는 끝내 예수님은 서로를 사랑하라고 했다고, 원수까지도 사랑하라고 했다고 말하지 못했다.

마지막으로 집으로 돌아오면서 그녀가 한 말은 조선으로 돌아가라는 것이었다. 나는 그녀의 말을 듣고 낙담하기는커녕 가슴 한구석에 투지 같은 걸 불사르고 있었다.

−당신을 두고 가지는 않겠소−

에리코에게 한 말은 아니었다. 나 자신에게 그리고 운명의 매

듭을 만들고 있는 신들에게 던지는 도전장이었다. -

  나는 잠시 노트를 덮었다. 지금까지의 내용으로 보아서는 김재성 노인이 독립운동가로 등록되기는 글러먹은 것이었다. 보훈처 직원이 일본어를 모른다고 해도 어떤 방법으로든 내용을 알아내었을 것이다. 독립운동가를 찾아내기보다는 친일파로 등록하려고 했을 것 같았다. 일본인 순사를 살해했다고는 하지만 완전히 독립운동과는 거리가 먼 치정에 의한 살인사건이었다. 마침 사건이 일어나고 얼마 지나지 않아 일본이 패망하고 조선이 해방되는 바람에 일본인 순사 살해사건은 흐지부지 되고 말았을 것이다. 유촌 마을의 김인후에게 사건의 전말을 전해주고 보훈처 같은 곳은 얼씬도 하지 말라고 일러 주어야 할 것 같았다.

  화장실에 다녀와서 노트를 펼치기 전에 붉은 도끼를 집어 들었다. 적당한 무게감이 느껴지며 든든한 느낌이 들었다. 손으로 들고 사용하는 것보다는 손잡이 나무 끝에 끈으로 매달아 사용하면 좋을 것 같았다. 얼마 전에 대곡박물관 전시관에서 연녹색 돌도끼를 보았던 기억이 떠올랐다. 대곡박물관은 대곡댐에 물을 담기 전에 발굴조사에서 나온 유물들을 보존하기 위해 새로 세운 곳이었다.

  살인도구였거나 말거나 박물관에 기증한다면 대단히 반겨할 것 같았다. 아직까지 국내에서 붉은 돌도끼가 발견된 적은 없었던 걸로 알고 있다. 그런데 김재성 노인이 어떻게 도끼를 구하게 된 것인지 궁금했다. 분명히 붉은 돌도끼를 살인도구로 사용했던 것 같은데 50년 동안이나 일본에서 생활하다 돌아온 사람이 어떻게 돌도끼를 보관하고 있었을까 궁금했다.

글을 읽어보면 내용을 알 수 있겠지만 궁금증에 비해 글을 읽는 속도는 더딜 수밖에 없었다. 모바일 폰의 번역기능이 아니었으면 한 달이 되어도 모두 해석해 내기가 힘들 것 같았다.

붉은 도끼의 날을 손끝으로 만져 보았다. 도끼날에 손을 베일 것 같지는 않았다. 숫돌을 사다가 돌도끼의 날을 갈아볼까 생각하다가 그만두었다. 그래도 중요한 유물인 것 같은데 함부로 원형을 훼손해서는 안 될 것 같았다

옆에 같이 놓아둔 김용삼에게 구입한 홍옥석을 집어 들었다. 삼각뿔 모양을 하고 있는데 돌도끼보다 무게가 가벼웠다. 손에 들고 표면을 유심히 들여다보니 미세한 균열이 눈에 들어왔다. 균열이 있는 돌은 통째로 가공하는 게 불가능하다. 김용삼에게 속았다는 생각에 화가 났다. 연마석을 만들 모암은 무조건 크고 봐야 하는 것이다. 삼각형의 돌을 둥글게 가공하면 원래 크기보다 반 이상이 줄어들게 마련이다.

돌도끼를 들어 날이 아닌 뿔 부분으로 균열이 있는 부분을 살짝 내려쳤다. 균열이 좀 더 선명해졌다. 조심스럽게 서너 번 더 내려치니 맥없이 둘로 갈라졌다. 갈라진 면은 겉면보다 어두운

색이었다. 삼각형의 돌이 한 번 더 쪼개지고 나니 면이 더 날카로워졌다.

나는 얼른 외출복으로 갈아입고 집을 나섰다. 동네 가운데 있는 철물점으로 갔다. 농촌에서 사용하는 낫을 가는 숫돌을 찾으니 그런 물건은 취급을 하지 않는다고 했다. 대신에 낱장으로 파는 샌드페이퍼가 있다고 했다. 100번 샌드페이퍼와 400번 그리고 1000번을 다섯 장씩 샀다.

집으로 돌아와 싱크대 위에 칼도마를 놓고 100번 샌드페이퍼를 깔았다. 깨진 홍옥석 원석의 크기는 10cm정도였다. 한 손에 쥐고 갈기에는 딱 맞았다. 돌을 갈아대는 것이 얼마나 끈질긴 인내력을 요구하는지는 짐작하고 있었다. 그러나 무슨 일이든 시작하면 끝을 보고 마는 성격이었다. 샌드페이퍼 위에 물을 뿌려가며 한 시간 정도 꼼짝 않고 돌을 갈아댔다. 처음에는 갈리는 표시조차 나지 않았다. 차츰 시간이 지날수록 연한 흙빛물이 갈려나왔다.

두 시간을 갈고 나니 제법 갈아낸 티가 났다. 그러나 실제로 사용할 수 있는 칼날을 만들어 내려면 하루 두 시간씩을 갈아도 한 달이 넘게 걸릴 것 같았다. 한 달이 부족하면 일 년이 걸려서라도 꼭 만들어 낼 각오였다. 싱크대 위를 말끔히 치우고 나니 허기가 졌다. 냉장고 안에서 김치 하나만 꺼내놓고 보온밥솥에서 남은 밥을 폈다. 잘 먹는 게 잘 사는 거라고 말들을 하는데 나는 잘 못

살고 있는 것이었다. 먹는 것은 대충 배만 채우면 그만이었다.

　순식간에 배를 채우고 설거지까지 마친 뒤 다시 서재에 와서 책상 앞에 앉았다. 돌도끼를 손에 들고 내가 유촌 마을 미호천에서 주운 얼굴형상의 돌을 내려다보았다. 정말 김재성 노인이 일본인 순사를 돌도끼로 내려쳤을까?

　붉은 도끼를 내려놓고 읽다 접어놓은 부분을 펼쳤다. 얼른 이야기의 결말을 알고 싶었다.

　―에리코의 아버지는 두 사람이 내린 결론에 대해 들어보지 않아도 다 알고 있는 듯했다. 딸의 표정만으로 알 수 있을 것 같았다. 단 한 순간도 에리코의 얼굴에서 웃음이 나타나는 걸 볼 수 없었다. 그대로 가다가는 에리코의 얼굴이 대리석처럼 차갑게 굳어질 것 같았다. 나는 권유를 무시하고 막무가내로 버티었다.

　조선으로 다시 돌아간다고 생각하면 가슴이 바위에 눌린 것처럼 답답해왔다. 해방된 조국에서 나를 어떻게 대할지도 미지수였다. 일본인의 힘을 믿고 알게 모르게 행세를 해왔던 아버지나 형님이 무사한지도 알 수 없었다. 따지고 보면 해방된 조국에서 모든 사람들의 잘잘못을 따지는 것부터 옳지 못하다는 생각은 들었다. 책임이 있다면 나라를 끝까지 지켜내지 못한 이씨 왕가에 있었다. 백성들은 땅에 뿌리를 내리고 살아있는 것만으로 책임을 다한 것이다.

일본에는 해방이 되어도 귀국하지 않은 조선인들이 제법 많았다. 그들이 귀국하지 않는 이유는 한 가지 뿐이었다. 귀국해본들 별 뾰족한 수가 없었다. 어렵기는 하지만 일본에서는 그동안 살아온 방법이 있었다. 전쟁이 끝났으므로 더 나빠질 일은 없을 것 같았다. 나는 되도록 조선 사람들을 만나는 것을 피했다.

전쟁으로 젊은 남자들의 숫자가 턱없이 부족한 사회에서 내가 할 수 있는 일은 수없이 많았다. 잘만하면 전쟁으로 미망인이 된 부유한 여자를 만나 풍족한 생활을 할 수도 있었다. 그러나 내가 일본에 머무는 이유는 새로 여자를 구하는 것과는 거리가 먼 것이었다. 에리코의 집에 소소한 수리를 하다 보니 옆집에서도 수리요청이 들어왔다.

겨울이 가고 다음 해 봄이 오자 집수리 일이 바빠졌다. 전쟁으로 집을 돌볼 여유가 없어 미루어 놓았던 일이 집집마다 쌓여 있었다. 면서기를 했지만 시골에서 나고 자란 덕에 기본적인 연장을 다룰 줄은 알았다. 서너 달 쯤 집수리 일을 하자 솜씨 좋은 목수라는 소리를 들었다.

집주인들이 품삯으로 주는 돈이나 물품은 모두 에리코에게 가져다주었다. 직접 건넨 것이 아니라 에리코의 방문 앞에 놓아두는 걸로 만족해야 했다. 에리코는 돈이나 물품에 대해서는 일절 말을 하지 않았다. 문 앞에 놓아둔 물건은 금방 사라졌다. 어떻게 생각하면 나는 숙식을 제공받는 하숙생 같은 존재였다.

그래도 좋았다. 매일 에리코를 보는 것만으로 더 이상 바랄 게 없었다. 어느 날 일을 마치고 돌아오니 내 방 안에 얇은 여름옷이 가지런하게 놓여있었다. 가슴이 뭉클했다. 가족으로 대접받는 느낌이 들었다. 옷을 들어 냄새를 맡아보기도 하고 품에 꼭 안아보기도 했다. 천을 사다가 집에서 직접 지은 옷이었다. 옷감을 사다가 마름질을 하고 재봉틀을 돌리는 에리코의 모습이 떠올랐다. 옷을 만드는 내내 내 생각을 했을 터였다.

한참동안 행복한 상상에 빠져 있던 나는 갑자기 옷을 바닥에 내려놓았다. 한 번도 접촉해 보지 않은 내 몸의 치수를 어떻게 알았을까 생각해보니 그게 아니었다. 나를 생각하면서 옷을 만든 것이 아니었다. 나와 키가 비슷했던 마츠오를 생각했던 것이 분명했다. 내가 입을 옷이지만 마츠오 생각을 했을 게 분명했다. 어쩌면 옛 추억에 젖어 눈물을 흘렸을지도 모르는 일이었다.

그런 생각을 하자 절망감이 밀려왔다. 섣불리 에리코의 마음을 움직여 보겠다고 생각했던 내가 어리석었다. 그러나 다시 조선으로 건너가겠다는 생각은 하지 않았다. 깊은 수렁에 빠져 있는 기분이 들었지만, 내색을 하지 않기로 굳게 마음을 다잡았다. 어떤 상황이 닥쳐도 나에게는 오로지 에리코 뿐이었다.

한 여름이 되어도 에리코의 마음은 차가운 얼음장 같았다. 그나마 나에게 위로가 되는 것은 에리코의 가족들이었다. 에리코의 부모는 차가운 에리코를 보며 안타까워했다. 에리코의 딸 유리는 이제 여섯 살이었다. 조선에 있을 때부터 나와 자주 만났던 사이라 서먹함이 없었다. 아직 어린 나이라 그런지 제 아버지 마츠오가 있던 자리에 나를 대신 채워 넣는 것 같았다.

조선에 남겨두고 온 가족이 생각나지 않는 것은 아니었다. 제일 괴로운 것은 유리와 동갑인 아들의 존재였다. 아들과의 즐거웠던 한 때를 생각하면 저절로 눈물이 났다. 어려서부터 나고 자란 백운산 자락의 고향산천이 뼈에 사무치도록 그리워질 때도 있었다.

그럴 때마다 에리코집의 현관에 있는 아까다마석을 쓰다듬었다. 고향에서 건너온 유일한 물건이었다. 조선에서도 유일하게 고향에서 나온 돌이니 한결 마음이 갔다. 특히나 하루 일을 마치고 지친 몸을 이끌고 집으로 돌아올 때면 현관에 있는 아까다마석이 나를 반겨주는 느낌을 주었다. -

아름다운 호수

　나는 읽던 서류를 덮어놓고 붉은 돌도끼를 집어 들었다. 아직까지 붉은 돌도끼에 관한 이야기는 나오지 않고 있었다. 그러나 사랑에 눈이 멀어 조국과 가족을 버리고 낯선 땅에서 살아가는 남자의 심정을 이해할 수 있을 것 같았다. 고향 까마귀만 보아도 반갑다는 이야기가 있는데 고향에서 건너온 돌이야 말해 무얼 하랴 싶었다.

　붉은 돌도끼를 손바닥으로 슬슬 문질러 보았다. 사람을 죽였다는 물건이지만 흉측하다는 생각은 들지 않았다. 오히려 언젠가는 내가 움켜쥐었었다는 기시감이 들며 애착이 갔다. 오른손으로 도끼를 들어 왼손바닥에 내리찍는 시늉을 해보았다. 책상 앞에 놓아둔 사람머리 형상의 붉은 돌이 이야기를 걸어오는 듯했다.

　돌도끼를 내려놓고 김용삼에게 구입한 깨진 홍옥석을 페이퍼에 갈기 시작했다. 언젠가는 면도를 할 수 있을 정도로 날카로운 돌칼을 만들어 내겠다는 각오로 어금니를 앙다물었다.

　한 시간 정도를 갈다가 목이 말라 정수기에서 물을 받아 마시고 있는데 휴대폰이 울렸다. 오영수문학관의 관장이었다. 자신이 소설을 쓰지는 않지만 지역의 소설가들에게 지대한 관심을 가지고 있는 사람이었다. 소설가 오영수를 알리기 위해서는 지역의 소설가들이 큰 역할을 해주어야한다고 했다.

　관장은 내일 오영수문학관 문학기행이 있는데 참석해 줄 수 있느냐고 물었다. 문학기행의 내용을 듣고 난 뒤 단번에 승낙을 했다. 바로 대곡댐을 돌아보는 행사라고 했기 때문이었다. 수자원공사의 협찬으로 대곡댐을 돌아보는 행사라고 했다.

　안 그래도 수자원관리사무소를 찾아가 배를 얻어 타고 대곡댐을 한 바퀴 돌아볼 생각을 하고 있던 참이었다. 전화를 끊고 나서 갈던 홍옥석을 챙겨 넣고 돌도끼를 집어 들었다. 세상 모든 일이 난데없이 저절로 이루어지는 것이 아니라 모두 얽히고설킨 인연에 따라 일어나는 것 같았다. 붉은 돌도끼를 잡은 느낌이 왜 이렇게 자연스러운지 알 수 없었다.

　또 다시 전화벨이 울렸다. 유촌 마을의 김인후였다. 김인후는 작은 할아버지의 일기를 얼마나 읽었는가 물었다. 나는 사실대로 말하지 않을 수 없었다. 히라가나가 너무 많아 속도가 더디다는 걸 알려주었다. 이제까지 읽은 내용으로는 김재성씨를 독립운동가로 등록하기는 무리인 것 같다고 했다. 그리고 일기의 한 부분이 없어진 것 같다고 했다.

 일본순사인 마츠오의 사망사건이 빠져 있었다. 나중에 그 부분이 나타나는지는 알 수 없었다. 김인후는 전화로 독촉하는 듯한 기분을 준 것이 아닌가 걱정이 되어서인지 천천히 읽어보아도 된다고 변명처럼 말했다. 그러면서 시간이 되면 유촌 마을에 잠시 놀러 오라고 했다. 그 말끝에 당시에 홍옥석 광산에서 일을 했다는 노인을 찾았다고 했다.

 홍옥석이라는 말에 당장 달려가겠다고 했다. 가능하면 홍옥석 광산에도 찾아가보고 싶었다. 재수가 있으려면 일본으로 건너갔다는 색감 좋고 덩치도 있는 홍옥석 원석을 구했으면 했다.

 김인후는 전보다 더 반가운 얼굴로 나를 맞았다.

 "선생님의 장편소설을 밤새워 다 읽었습니다. 정말 재미있더군요. 보통분이 아니라는 걸 알겠더군요. 선생님이라면 우리 작은 할아버지 이야기도 멋지게 써 주실 것 같습니다."

 내 소설이 재미있다고 하는 말을 듣는 것보다 더 좋은 일은 없을 것이다. 그러나 김재성씨의 이야기를 멋진 소설로 쓸 수 있겠다는 자신감은 없었다. 지금 일어나고 있는 일들이 소설로 다가오는 것이 아니라 모두 운명처럼 엮어져 있는 굴레를 돌고 있는 기분이었다.

 김인후는 자기 차에 나를 태우고 하동 마을로 갔다. 미호천을 따라 상류로 올라가다보면 다시 고속철도 교각 아래를 지나야 했다. 마침 다리 아래를 지나는데 고속열차가 지나갔다. 차 안에서도 섬뜩한 굉음이 몸을 흔들었다. 홍옥석을 구해 놓았다는 노인의 집은 고속철도를 지나 하동 마을의 첫 번째 집이었다. 노인은 마당에서 벼이삭을 훑고 있었다. 콤바인이 벼를 베고 남은 자투리에 남아있는 벼이삭을 낫으로 베어와 손으로 낟알을 훑고 있었다. 내가 찾아온 용건을 말하자 간이 상수도 가에 놓아 둔 홍옥석을 가리켰다.

"저기 있구먼요. 필요하면 가져가시오."

김인후가 수돗가에 있는 커다란 돌덩이를 들고 왔다. 축구공만한 크기의 돌은 제법 무게가 있어 보였다. 나는 돌을 어떻게 구했는지 물었다. 노인은 올해 큰 장마에 제방이 무너질 정도로 큰물이 졌다고 했다. 물이 빠진 다음 무너진 제방 아래에서 주워왔다고 했다. 그러면서 홍옥석에 얽힌 이야기를 들려주었다.

노인은 1960년대에 부산사람들이 백운산에서 홍옥석을 캐냈다고 했다. 자신의 나이는 80세인데 일제강점기에 광산개발을 한 이야기는 모른다고 했다.

"그땐 먹고 살기가 팍팍해서 지게질을 했다오. 이렇게 붉은 돌을 지게에 가득 지고 내려오면 일당을 주었지요. 그때는 일을 하고 싶어도 일자리가 없었으니까."

노인이 기억하는 것은 분명 일제강점기가 아닌 60년대의 이야기였다. 년도는 기억하지 못해도 박정희 대통령시절이라고 했다.

지금 광산이 있던 위치를 알고 있느냐고 물었더니 저수지 위쪽인 것은 확실한데 정확하게 기억할 수 없다고 했다. 더 이상 노인에게 얻을 정보가 없었다.

　노인에게 돌 값으로 3만원을 건네주니 깜짝 놀라며 황송해했다. 불편한 몸을 억지로 일으켜 세우더니 마루 위에 놓아둔 늙은 호박 한 덩이를 내어 주었다. 그럴 줄 알았으면 5만 원을 드릴 걸 잘못했다는 생각이 들었다. 반곡의 김용삼에게 구입한 돌 값에 비하면 반값도 안 되는 금액이었다. 노인은 친절하게도 내년에도 큰물이 져서 붉은 돌이 나오면 주워 놓을 테니 가지러 오라고 했다. 붉은 돌을 차에 싣고 김인후의 집으로 돌아왔다.

　김인후는 지금까지 내가 읽어본 작은 할아버지의 일기내용에 대해 매우 궁금해했다. 나는 사실대로 이야기를 해주었다. 독립운동을 한 내용은 없고 일본순사의 부인에게 빠져 치정살인을 한 것 같고, 일본에 간 것도 순전히 여자 때문인 것 같다고 했다.

　김인후는 믿어지지 않는다는 표정이었다. 나는 아직까지 확정을 할 수는 없고 내용도 중간에 빠져 있는 것 같다고 일러주었다. 결정적으로 일본인 순사를 살해한 내용이 빠져 있고 일본에서 생활하는 부분을 읽고 있는 중이라고 설명해 주었다. 김인후는 다 읽어보아도 중요한 부분이 없으면 보훈처에 찾아가 보겠다고 했다. 아마도 보훈처에서 중요한 부분을 빼놓고 돌려주지 않았을지도 모른다고 했다.

"작은 할아버지가 여기서 백련정까지 택시를 타고 다니셨다는데 거리가 얼마나 되지요?"

"이곳에서 대충 십리 정도입니다. 그리 멀지는 않지요. 내가 어릴 적에 그곳으로 소풍을 갔었으니까요."

나는 김인후에게 대곡댐 물이 잠기기 전의 이야기를 들었다. 어린 시절에 살았던 유촌 마을과 인근 마을의 상황을 전해 들었다. 경부고속도로가 생기기 전의 이곳 상황은 지금과 판이하게 달랐었다고 했다.

"아주 예전부터 이곳이 엄청 중요한 지역이었던 것 같아요. 전읍이라는 마을 이름이 동전을 만들었던 곳이면 꽤 중요한 곳이지 않았겠어요. 그리고 경주에서 언양 양산을 거쳐 부산으로 내려가는 길목이기도 했지요. 지금은 길이 좋아 잘 모르는데 인보에서 언양으로 가는 곳에 약간의 언덕길이 있어요. 예전에는 그곳에 산적들이 나타나기도 했다고 하더군요."

이야기를 나누다보니 어느새 날이 저물었다. 못다 한 이야기는 다음에 들려달라고 하고 자리에서 일어서려는데 김인후가 만류했다. 이왕에 이야기를 시작했으니 저녁을 해줄 테니 먹고 하룻밤을 자고 가라고 붙잡았다.

"소설가 선생님하고 하룻밤 같이 자는 것도 대단한 영광일 것 같습니다."

"허허. 예쁜 처녀가 잡으면 생각을 좀 해보겠지만 이건 아닌 것 같은데요."

 대답은 그렇게 했지만 엉덩이가 떨어지지 않았다. 김인후는 급하게 저녁을 차리느라 분접을 떨었다. 마당 한쪽에 있는 배추를 한 포기 뽑아다 끓는 물에 데치고 냉장고 안에 들었던 돼지갈비를 통째로 삶았다. 냉장고 안에서 밑반찬을 꺼내놓는데 없는 게 없었다. 손수 만든 것이냐고 물으니 아니라고 했다. 진주본가에 살고 있는 부인이 만들어 놓은 것이라고 했다. 두 집 살림을 하는 것이 힘들지 않으냐고 물으니 오히려 좋은 점이 많다고 했다.

 간혹 가다가 애인을 불러들여 같이 지내는 것은 아니냐고 농을 걸었다. 김인후는 빙그레 웃으며 나를 빤히 쳐다보았다. 소설을 쓰려면 많은 경험이 필요하니 그런 걸 다 겪어봐야 하는 것 아니냐고 오히려 반문했다.

 "솔직하게 말해봅시다. 작가님은 결혼생활을 하면서 한 번도 다른 여자와 섹스를 해본 적이 없으십니까?"

 나는 맹세컨대 단 한 번도 그런 적이 없다고 대답했다. 그는 믿을 수 없다는 표정으로 머리를 절레절레 흔들었다. 요즘 세상에 삼강오륜의 가르침대로 사는 사람이 도대체 어디에 있느냐고 했다. 나는 그가 질문을 제대로 하지 못했다고 말할 수는 없었다. 다른 여자와 섹스를 해본 적이 없느냐고 물었기 때문에 그렇게 대답한 것뿐이었다. 만약에 마음속에 다른 여인을 품은 적이 없었느냐고 물었다면 대답은 달라졌을 것이다. －간음하지 마라.－ 마음속에 품는 것은 죄가 아니라면 나는 죄인이 아니다. 그러나 내 스스로 용서가 되지 않는 것은 또 어떻게 해야 될지 모르겠다. 김인후에게 마음속에 품은 여인 이야기까지 할 필요는 없었다.

"여자는 그렇다 치고 술까지 안 드시는 것은 아니겠지요?"

김인후는 싱크대 안에서 담금주를 꺼내었다. 내용물을 보니 커다란 고구마 같은 것이 담겨져 있었다. 흔히 보아온 인삼주나 하수오주와는 거리가 먼 약재였다. 궁금해 하는 나에게 내용물에 대해 자랑을 늘어놓았다. 가까운 산에서 자기가 손수 캔 것인데 백봉령이라는 약재라고 했다.

"이건 산신령이 내어 주어야 캘 수 있는 것입니다."

그의 말로는 산삼은 산신령이 주지 않아도 싹을 보고 캐면 되지만, 백복령은 싹이 없기 때문에 어디에 묻혀 있는지 찾아내기가 쉽지 않다는 것이었다. 소나무가 죽어 썩은 뿌리에서 자라는데 쇠꼬챙이로 땅속을 찔러보고 캔다고 했다. 오늘 밤에 담금주 한 병을 다 마시면 커다란 소나무 한 그루에 맺힌 정기를 다 먹게 되는 것이라 했다.

그가 따라주는 담금주를 단숨에 들이켰는데 독주였다. 기대했던 솔향기는 나지 않았다. 둘이서 한 병을 비워내기는 힘들 것 같았다. 김인후도 첫 잔은 시원하게 들이켰다. 빈 잔을 상 위에 내려놓으며 상체를 부르르 떨었다. 마침 고속열차가 진동을 일으키며 지나갔다. 절묘한 타이밍이었다. 고속열차는 십오 분에 한 대씩 지나다녔다. 열차소리 대문에 밤잠을 설치는 것이 아니냐고 했더니 자정이 넘으면 다니는 횟수가 많이 줄어든다고 했다.

밤이 깊어 갈수록 소음은 점점 더 크게 들렸다. 김인후는 소음 때문에 팔리지도 않는 집에서 혼자 생활하는 이유는 따로 있다고 했다. 꼭 팔 목적이었다면 대곡댐에 수몰될 당시 마을 전체가 떠났어야 했다고 했다. 아래동네인 삼정 마을까지 물이 차고 유촌 마을은 살아남았을 때 사람들은 모두 안도의 숨을 쉬었다고 했다.

수몰이 되고 나서 몇 해 후에 고향을 떠나간 수몰민들이 한 번씩 유촌 마을을 찾아온다고 했다. 떠나가지 않은 사람들은 떠나지 못해서 불만이고 떠나간 사람들은 사라져 버린 고향이 그리워 불만이라고 했다.

"내 혼자라도 고향집에 와서 누워 있으면 내가 온전히 살아 있는 것 같아요. 여기 있었으니 작가님도 만난 것이 아닙니까. 자, 한 잔 더 합시다."

김인후도 나도 점점 취기가 올랐다. 김인후는 예전에 고향 동산을 지키던 소나무가 죽어 뿌리에 정기를 모았다가 자신에게 몽땅 내어주는 것이라며 주저 없이 마셔댔다. 시간이 자정 가까이 되었을 때 술병이 비었다. 김인후는 술을 한 병 더 내어 오겠다고 했는데 몸이 흔들리고 혀가 꼬부라져 더 마시는 것은 무리일 듯했다.

 술상을 대충 밀어놓고 이부자리를 폈다. 늦가을 날씨가 쌀쌀했지만 보일러를 켜놓았는지 방 안이 훈훈했다. 김인후는 자리에 눕자마자 바로 코를 골았다. 나도 일부러 눈을 꼭 감고 있었는데 고속열차가 지나가는 소리가 몸을 흔들어댔다. 쉽게 잠이 오지 않았다.

 유촌 마을에 처음 왔던 생각이 떠올랐다. 예전부터 버드나무가 많아 유촌이라 불렀다는 생각을 하다가 마을 아래쪽 냇가에 무성하게 들어서 있는 버드나무 숲이 떠올랐다. 미호천 냇물 가운데 서 있다 쓰러지던 때의 기억이 떠올랐다. 그때 일렁이던 버드나무 숲이 눈앞에 선연하게 떠올랐다. 롤러코스트 궤도처럼 흔들리던 삼정교의 모습도 떠올랐다.

 사실은 버드나무 숲이 움직인 것이 아니라 내 몸의 평형 유지 기관에 이상이 생긴 것이었다. 그런데 그때 당시에 나타났던 원시인 복장의 사람들은 도대체 어떻게 된 영문인지 이해가 되지 않았다. 영화 촬영 중이었다고 생각했었는데 김인후의 대답은 그때 유촌 마을을 찾아온 사람은 아무도 없었다고 했다.

 그렇다면 내가 보았던 것은 무의식 속에 나타났던 환영이었다. 그때 보았던 원시인 복장의 무리들을 떠올려보았다. 아무리 생각해 보아도 영화에서나 보았음직한 모습이었다. 실제로 원시시대에 살았던 사람들의 모습은 우리가 상상하는 것과는 많이 다를 것 같았다. 넘쳐나는 정보화 시대를 살아가는 우리들은 진실과는 거리가 있는 착각 속에 사는 것인지도 모른다.

원시인이 나오는 영화가 한 두 편이 아니겠지만 입고 있는 복장은 대개가 비슷하기 마련이다. 아무도 본 사람이 없기에 처음에 설정해놓은 모습이 계속 반복되다가 사실인 것처럼 굳어지게 되는 것이다. 내 기억 속에 저장되어 있는 정보들이 모두 진실이라고 단정 지을 수는 없을 것 같았다.

고속열차가 또 한 대 지나갔다. 밤이 깊어서인지 소리는 더 크게 들렸다. 잠이 소리를 덮어버려야 할 텐데 쉽지 않을 것 같았다. 오히려 소리의 그물에 엉켜 하룻밤을 온전히 망쳐놓을 것 같았다. 김인후는 입을 떡 벌리고 코를 골며 깊은 잠에 빠져 있었다. 시계를 들여다보니 벌써 새벽 두 시였다. 내일 아침 9시면 오영수문학관으로 가야하는데 이제 겨우 7시간밖에 남지 않았다. 억지로라도 한 숨 자두어야 하는 상황이었다.

한동안 고속열차가 지나가는 소리가 멈추었다. 그래도 잠은 오지 않았다. 숫자를 세기 시작하다가 울산에서 서울까지 거리가 400km라는 생각을 했다. 울산역에서 고속열차를 타고 서울역까지 가는데 정확하게 2시간 10분이 걸린다. 평균시속은 얼마인가? 나는 산술능력은 그리 뛰어난 편이 아니다. 쓸데없는 생각을 하다 보니 어느 결에 잠이 든 것 같았다. '쇄액'하고 방 안을 흔드는 소리에 눈을 번쩍 떠보니 새벽이었다.

김인후는 벌써 잠자리에서 일어나 주방에서 아침준비를 하고 있었다. 내가 깨어 난 기척을 알아차리고 주방문을 빼꼼 열고 얼굴을 들이밀었다. 된장국 냄새가 먼저 달려왔다.

"잘 주무셨습니까? 열차소리 때문에 힘드셨지요?"

내가 대답을 하려는 찰나에 또 열차의 소음이 방 안 공기를 흔들었다. 눈곱처럼 남아있던 잠의 찌꺼기들이 몽땅 달아났다.

"아. 진짜 보통문제가 아니군요."

"이 이야기도 소설 속에 꼭 넣어주셔야 합니다. 고향을 떠나기는 싫고 소리는 시끄럽고. 아이고."

"이름 없는 소설가보다는 국토교통부 장관을 모셔다가 하룻밤 재워 보내야겠습니다. 허."

나는 김인후가 차려준 아침밥을 먹고 대충 세면을 마친 다음 곧장 오영수문학관으로 갔다. 이미 문학관 마당에는 행사에 참가할 문인들이 모여 있었다. 모두 낯익은 얼굴들이었다. 그 중에 처음 보는 남자가 한 명 있었다. 최영숙 관장이 낯선 남자를 우리에게 소개했다.

"울산 수자원공사의 윤원기 차장님을 소개합니다."

"윤원기라고 합니다. 여러분을 모시게 되어서 영광입니다."

남자의 얼굴에 존경의 빛은 나타나지 않았다. 그렇다고 거만하게 보이지도 않는 수수한 표정이었다. 초면인데도 부담이 전혀 느껴지지 않았다. 말투에서 이 지역 사람이 아니라는 것이 느껴졌다.

　세 대의 승용차에 네 명씩 타고 대곡댐으로 출발했다. 내 차에 최영숙 관장과 윤원기씨가 함께 탔다. 대곡댐 입구의 대곡박물관까지는 잘 아는 길이었다. 선두에서 문학관을 출발해 언양 시내를 빠져 나왔다. 경주로 가는 국도를 타고 곧장 반곡까지 갔다. 반곡초등학교 맞은편에 있는 김용삼의 가게가 눈에 들어왔다. 다음에 김용삼도 한 번 만나볼 생각이 있었다. 붉은 홍옥석 원석을 캐내던 광산을 찾으러 가볼 생각이었다.

　반곡마을을 지나 조금만 더 가면 반구대 암각화로 들어가는 입구였다. 500미터쯤 더 가면 대곡댐과 천전리 각석으로 들어가는 입구였다. 20년 전부터 숱하게 드나들던 곳이라 눈을 감고도 찾아갈 수 있는 길이었다.

　"선생님은 이곳 지리를 잘 알고 계시네요."

　뒷좌석에 타고 있던 윤원기씨가 물었다. 나는 초면인데도 장난기가 발동했다.

　"초행길인데도 전생에 와 보았던 길 같아요."

　"아하. 그러세요. 제가 하려던 말인데요."

　두 사람의 대화에 앞자리에 타고 있던 관장이 끼어들었다.

　"어허. 초면에 두 분이 왜 이러시나? 나는 소설가들만 거짓말을 하는 줄 알았더니 그게 아니네요."

"죄송합니다. 앞으로는 진실만 말하겠습니다."

윤원기씨의 대답에 세 사람은 함박웃음을 터뜨렸다. 그러는 사이 대곡 박물관 주차장에 닿았다. 주차장 바닥엔 샛노란 은행잎이 수북하게 쌓여 있었다. 월요일이라 박물관 문은 닫혀 있었다.

세 대의 차에서 내린 일행은 수자원공사 윤원기 차장의 안내로 댐 입구의 현황판 앞으로 갔다. 커다란 현황판엔 댐에 관한 모든 자료가 적혀있었다. 댐 축조공사를 시작한 것은 1999년 4월 21일이었다. 담수를 시작한 것은 2004년 11월 30일었다. 그러니까 K시인과 처음 반구대 암각화를 보았을 당시에 이미 댐 공사가 시작되었었다. 내가 삼정 마을과 백련정을 찾았을 당시에는 한창 댐공사를 하면서 문화재 발굴을 하고 있을 당시였다.

현황판 설명을 마치고 일행은 삼삼오오 짝을 지어 댐을 향해 올라갔다. 댐 왼쪽으로 올라가는 길은 완만한 경사로 이루어진 포장길이었다. 길가엔 왕대나무 숲도 있고 은행나무가 가로수로 심어져 있었다. 드문드문 길가에 피어 있는 노란 들국화가 일행의 발길을 붙잡았다. 나는 윤원기 차장과 나란히 이야기를 나누며 올라갔다. 나이는 나보다 여섯 살이 아래였다. 그가 내 말투를 듣고 고향이 충청도냐고 물었다. 울산에서 30년을 넘게 살았어도 말투만큼은 변하지 않는 모양이었다. 충북 괴산이 고향이라고 하자 자기 아버지의 고향이 괴산이라고 했다. 이야기를 좀 더 하다 보니 괴산군 장연면 오가리라는 지역까지도 똑 같았다. 나는 열한 살 때 그곳을 떠나왔지만 매년 할머니의 산소에 벌초를 다녔다.

"아버지의 고향이지만 고향 분을 만난 것처럼 반갑네요."

"이렇게 만난 것이 우연이 아니라는 기분이 드네요. 이런 행사가 아니었어도 대곡댐을 한 번 방문하려고 생각하고 있었어요."

나는 지금 대곡천을 배경으로 소설을 쓰려고 준비하고 있다는 사실을 말했다. 수자원공사에 부탁해서 배를 타고 대곡댐을 둘러보고 싶었던 참이라고 말했다. 윤원기 차장은 배는 안 된다고 단호하게 못 박았다. 작년에 수몰민을 태우고 성묘를 갔다가 익사 사고가 발생한 뒤 배 운항을 금지하고 있다고 했다.

"배를 타지 않아도 댐 안의 전경을 한 눈에 내려다 볼 수 있는 전망대가 있습니다. 앞으로는 더 높은 곳에 전망대를 새로 만들 예정입니다. 전망대 이름까지 지어 놓았는걸요. —호수정원 전망대— 어떻습니까?"

"괜찮겠군요."

댐 높이까지 오르자 철망으로 만든 대문이 도로를 막고 있었다. 문 옆으로는 산으로 올라가는 가파른 좁은 계단이 설치되어 있었다. 작은 팻말에 태화강 백리길 탐방로란 안내판이 붙어 있었다.

"이 길로 가면 댐 끝인 유촌 마을까지 갈 수 있습니다. 거기서부터 미호천이라 부르는데 백운산의 태화강 발원지까지 갈 수 있습니다."

 유촌 마을과 미호천이라는 말에 내 가슴이 가볍게 뛰었다. 어젯밤에 잠을 자고 온 곳도 유촌 마을이었다. 취수탑이 있는 곳을 지나 멀리 호수 끝을 바라보았다. 대충 방향을 짐작할 수 있었다. 물길은 두 갈래로 갈라지는 데 서쪽이 유촌 마을이 있는 두서면 쪽이고 오른쪽이 박제상 유적지가 있는 두동면 방향이었다. 예전에 담수를 하기 전 다녀보았던 길은 어디가 어딘지 기억해 낼 수 없었다. 백련정이 있었던 위치도 어디쯤인지 가늠할 수 없었다.

 윤원기 차장에게 물어보아도 자신은 담수가 되기 전에 와본 적이 없어 전혀 알 수가 없다고 했다. 그런 기록들은 대곡박물관에 가면 자세히 알 수 있을 것이라 했다. 그런데 공교롭게도 월요일이라 박물관은 문이 닫혀 있었다.

 일행들은 주댐과 수문댐의 중간에 위치한 전망대에 모였다. 나무데크를 깔아 놓아 12명이 널찍하게 둘러앉았다.

 "어떻습니까? 아름답지요?"

 "네. 너무 아름다워요."

 구름 한 점 없이 맑은 가을 하늘과 새파란 물빛, 거기다 호수를 둘러싼 산에 울긋불긋 물든 단풍이 환상적인 조화를 이루고 있었다. 윤원기 차장은 지금의 전망대 옆에 있는 뾰족한 봉우리 위에 전망대를 새로 세울 예정이라고 했다.

 "이 골짜기의 이름이 대곡천입니다. 말 그대로 큰 계곡이란 뜻이죠. 그런데 대곡 말고 다른 이름이 있습니다. 무엇인지 아시겠습니까?"

아무도 대곡천의 다른 이름을 알지 못했다. 나는 단번에 미호천이라는 걸 알아차렸다. 어제 잠을 잤던 유촌 마을부터는 미호천이라고 부르니 그 하류도 그렇게 불렀을 것 같았다. 내가 자신 없는 말투로 미호천이라고 답하자 윤원기 차장은 놀라는 표정이었다.

"네, 미호천입니다. 예전에 호수가 생기기 전에 지은 이름인데 어떻게 아름다운 호수가 있는 천이라고 지었을까요? 신기하지 않아요? 이 미호천에는 아름다운 호수가 세 개나 있습니다. 아래에는 사연댐이 있고 여기 대곡댐이 최근에 생기고 또 하나가 있습니다. 다들 잘 모르죠. 미호천 상류로 올라가면 백운산 아래 복안저수지라는 호수가 있습니다. 바로 미호라고도 부르죠. 거기는 우리 수자원공사 관할이 아니고 농어촌 공사 관할이죠."

시인 한 사람이 이렇게 아름다운 곳을 왜 시민들에게 일찍 개방하지 않느냐고 했다. 그러자 윤원기 차장은 개방을 안 한 것이 아니고 홍보가 되지 않아 모르고 있는 것이라고 했다. 혹시나 하고 길을 잘못 들어 이곳에 찾아왔던 사람들은 흥미를 느끼지 못하고 한 번 쓰윽 쳐다본 다음 휑하니 가버린다고 했다. 예술적 감성을 지닌 사람들이라야 이곳의 가치를 알아볼 것이라 했다.

일행은 간단하게 챙겨온 간식을 먹었다. 과일을 가져온 사람도 있고 과자를 가져온 사람도 있었다. 따끈한 커피를 챙겨온 사람도 있었다. 나는 김인후의 집에서 자고 나온 터라 아무것도 준비를 하지 못했다. 변명을 하느라 유촌 마을에서 자고 온 이야기를 했다. 그러다 보니 미호천에서 나오는 홍옥석 이야기를 하지 않을 수 없었다. 어쩌면 이번 행사에 초대를 받은 것도 운명 같다는 말도 곁들였다.

"머잖아 이곳을 배경으로 장편소설이 한 편 나오게 될 겁니다. 기대하셔도 됩니다. 지금 이 자리에서 일어난 일들이 모두 소설 속에 녹아 들어갈 수도 있습니다."

"하여간 홍성범 작가님 열정은 알아줘야 해요. 잠시도 쉬지 않고 다음 작품으로 뛰어드네요."

일행은 돌아가며 준비해온 시를 낭송하기로 했다. 먼저 박경자 시인이 자신의 자작시 낭송을 했다. 수몰민들의 애환을 생각하고 지은 시인지 고향마을의 우물과 감나무를 소재로 한 시였다. 다음은 오늘 처음 만나는 김은경 시인의 차례였다.

"저는 이 모임에 초대받았을 때 깜짝 놀랐습니다. 내가 좋아하는 K시인의 반구대를 너무나 사랑하기 때문입니다. K시인의 반구대는 항상 무디어져 가는 내 감성을 깨우곤 합니다.

나는 타인의 입에서 K가 튀어 나오는 걸 듣고 깜짝 놀라지 않을 수 없었다. 갑자기 불벼락을 맞은 것처럼 온몸이 달아올랐다. 그의 시가 김은경 시인의 입에서 튀어나오기도 전에 K의 목소리가 고막을 후려쳤다.

　-도끼로 내 머리를 내려치는 것 같았습니다- 이번에는 볼우물이 움푹 들어간 파리한 얼굴과 함께 미호천에서 주운 사람 얼굴 형상의 홍옥석이 같이 떠올랐다. 그리고 서재에 놓아둔 붉은 돌도끼가 함께 떠올랐다.

　-내 사랑 오늘도 별을 보고 누워 있네

　대곡천이 흐르는 바위절벽 위에서-

　시 낭송의 첫 구절 외에는 들리지 않았다. 고개를 들어 멀리 댐 아래쪽을 바라보았다. 여기서 조금만 내려가면 천전리 각석이 있을 것이고 거기서 좀 더 아래로 내려가면 반구대 암각화가 있을 것이다.

　김은경 시인의 낭송이 끝나고 다른 사람이 연달아 낭송을 했다. 그러나 내 귀에는 아무것도 들리지 않았다. 벌써 20년이라는 세월이 훌쩍 흘러갔다. 손도 한번 잡아보지 않은 사람이 머릿속에 생생하게 살아있다. 누군가 나도 의식하지 못하는 사이에 두개골을 열고 이상한 칩 같은 걸 심어 놓은 것 같다. 어쩌면 생각만으로 가슴이 용암처럼 들끓는가?

　"홍성범 선생님은 가을 속에 푹 빠지신 것 같아요."

　오영수문학관 최영숙 관장이 말을 걸지 않았으면 상상 속에서 헤어 나오지 못했을 것이다. 수몰된 자기 마을에 와서 물속으로 걸어 들어갔다는 이야기가 있다. 몸은 현재에 있으면서 마음이 온전히 과거로 돌아가 있었기에 그랬을 것이다. K는 지금 어디에 있을까? 나는 김은경 시인에게 K의 근황을 물었다.

"그걸 모르고 계셨어요?"

K가 호주로 떠나간 지가 벌써 오 년이 넘는다고 했다. 내가 시드니에 갔느냐고 물으니 아니라고 했다. 시드니와는 정 반대쪽인 호주 서쪽에 있는 퍼스라는 곳으로 갔다고 했다. 그가 가끔씩 국내의 잡지에 발표하는 시는 호주의 사막에 관한 것이라고 했다. 그의 시를 읽어보면 이미 이 땅을 떠난 사람 같다고 했다. 퍼스라는 곳이 어떤 곳인지는 몰라도 이 세상과 저 세상의 중간쯤에 위치한 곳일 거라고 했다.

나는 또 한 번 놀라지 않을 수 없었다. 내가 시드니에 한 달간 머문 것이 오 년 전이었다. 주로 시간을 보낸 곳은 시드니 공항 동쪽 리틀베이 바닷가였다. 사암으로 이루어진 바위절벽이 해안선을 이루고 있는 곳이었다. 내가 머물던 스트라스필드에서 리틀베이로 가려면 안클리프를 지나 시드니 공항의 활주로를 관통하는 지하터널을 통과해야 했다.

오 년 전이라면 내가 리틀베이로 가기 위해 공항 활주로 밑을 지날 때 K가 탄 비행기가 내 머리 위로 지나갔을지도 모르는 일이었다. 설령 그랬다 한들 달라지는 것은 아무것도 없었다.

리틀베이의 너른 바위 위에는 여러 곳에 조그마한 동판이 붙어있다. 그곳에서 실종된 사람들의 이름을 적어 놓은 명판이다.

자세한 설명 없이 이름 앞에 로스트란 단어 하나만 적혀 있었다. 낚시를 왔다가 실족한 사람도 있었겠지만 대부분 자살한 사람들일 것 같았다.

나는 누군가가 몸을 던진 리틀베이의 절벽 위에서 낚시를 했다. 어떤 날은 구루퍼라는 대형 어종이 낚시에 걸리기도 했다. 구루퍼가 아닌 블랙피쉬라는 물고기는 우리나라의 숭어만큼이나 흔했다. 낚시는 한 시간 정도만 하고 그만두었다. 남은 시간에는 맥없이 남극이 있음직한 방향을 바라보며 멍때리기를 했다. 리틀베이에서 사라진 사람들은 모두 남극으로 가지 않았을까 하는 생각을 했다.

아이러니 한 것은 남극을 바라보는 해안에서 왜 사막을 꿈꾸었나 하는 점이었다. 가 보지 않았지만 대부분의 호주 땅은 사막으로 이루어져 있다고 했다. 여행사에 사막으로 가는 방법을 물었더니 비행기로 퍼스나 다윈으로 가서 그곳에서 사륜구동을 빌려 가는 게 좋다고 했다. 여행사 직원이 일행은 몇 명이나 되느냐고 묻길래 나 혼자라고 했더니 단번에 노를 연발하며 코믹한 웃음을 날렸다. 사막을 그렇게 장난으로 접근하는 것은 아니라고 단호하게 못 박았다. 유서를 써 놓고 리틀베이로 사라진 사람과 같은 취급을 하는 것 같았다.

그때 왜 사막으로 가고 싶었을까? 내가 생각하는 사막은 삶이 끝나는 곳이었다. 죽음으로 가는 관문으로 택한 것이 사막이었다. 사막에 무엇이 있는지 알지도 못하면서 막연하게 가고 싶었던 것은 혹시 K가 아니었을까? 그때 무리를 해서라도 사막으로 갔었다면 K를 만났을까?

호주의 사막은 그 후에 내 작품에서 나왔다. ─낙타와 함께 걷다─라는 단편을 썼는데 광주사태를 소재로 쓴 것이었다. 말미에 죽음을 앞둔 주인공이 호주사막으로 가기 위해 시드니 공항에서 비행기를 타고 퍼스로 간다는 것으로 끝을 맺었었다.

"K시인은 혼자서 호주로 갔나요?"

나는 가장 중요한 질문을 했다. 그가 그곳에서 무엇을 하더라도 나와는 상관없는 일이었다.

"아니오. 혼자 사막에서 어떻게 지내겠습니까. 부인하고 함께 갔지요."

부인이라는 말에 긴장이 풀어지며 한숨이 크게 나왔다. 그때부터 사막에 가고자 하는 열망이 내 안에서 꿈틀거린 것이 우연이 아니었다는 생각이 들었다. 혹시나 하는 생각에 김은경 시인의 명함을 받아 챙겼다.

전망대에서 시낭송을 끝내고 대곡박물관 주차장으로 내려왔다. 내 차에 최영숙 관장만 태우고 곧장 천전리 암각화로 갔다. 나머지 사람들은 걸어서 천전리 암각화를 지나 반구대 암각화까지 걸어서 갔다. 대곡박물관 주차장에서 천전리 각석까지는 1km가 채 넘지 않는 가까운 거리였다. 그래도 차를 타고 먼저 도착한 나는 천전리 각석 앞에 있는 문화해설사를 찾아 안내를 부탁했다. 평일이라 관람객이 뜸한 터라 우리의 방문을 매우 반가워했다.

　천전리 각석 문양은 관람자가 바라보기에 아주 좋은 거리와 각도에 위치해 있었다. 눈에 익은 문양 앞에 서자 K가 떠올랐다. 입모양이 약간 비뚤어지며 웃는 모습이 방금 전에 본 것처럼 선명하게 떠올랐다. 그는 둥근 원 안에 세로로 굵직하게 새겨진 문양이 다산을 상징하는 여성의 성기를 그린 것이라고 했다. 더러 수긍하는 사람도 있었지만 내가 보기에는 전혀 이치에 닿지 않는 것 같았다. 아무리 원시시대 사람들이라 하더라도 부끄럽게 남녀의 성기를 함부로 새기지는 않았을 것 같았다. 남자의 성기 문양이 없는 걸 보아도 짐작할 수 있었다.

　문화해설사에게 문제의 문양을 가리키며 의미를 알고 있느냐고 물어보았다. 돌아온 대답은 －전혀 모른다－ 였다. 아래 부분에 있는 한문은 신라시대에 새겨진 것이라 내용을 정확하게 판단할 수 있지만 고대 그림내용은 아무도 해석하지 못한다고 분명히 못 박았다.

　아무도, 라는 말을 듣는 순간 이상하게 반발심이 일어났다. 도대체 원시시대 사람이 새겨놓은 내용을 이 정도로 과학이 발달한 시대의 사람들이 해석을 못하다니 하는 생각이 들었다. 원시인들이 그렇게 복잡한 생각을 새겨 넣었으리라고 생각되지 않았다. 어릴 적에 흙바닥에 작대기로 그림을 그리던 생각을 해보았다. 흔히 그릴 수 있는 문양이 소유를 나타내는 둥근 원이라고 생각하면 겹으로 그린 원은 여러 겹의 방어막을 그린 것일 가능성이 높았다. 하나의 독립된 부족을 뜻하는 것일 수 있었다.

복잡하게 생각하지 말고 단순하게 생각하면 그림문자를 풀어가는 게 그리 어려운 일이 아닐 것이라는 생각이 들었다. 암각화 바로 앞에 그림을 알아보기 쉽게 그려 넣은 안내판을 부분 부분으로 나누어 사진을 찍었다. 한번 그림문자 해독에 도전해 볼 생각에서였다.

나머지 일행들은 천전리 각석은 패스하고 맞은 편 바위 절벽으로 난 산길로 접어들어 반구대로 내려갔다. 나는 천전리 각석을 뒤로 하고 최영숙 관장을 태우고 반구대 암각화 입구에 있는 집청정으로 바로 갔다. 걸어서 온 일행들은 벌써 집청정에 와 있었다. 집청정에서 맛깔나는 비빔밥으로 늦은 점심을 먹었다.

점심을 먹은 후에 모두 걸어서 반구대 암각화로 갔다. 나는 일부러 김은경 시인과 함께 걸었다. K에 대해 더 알고 있는 게 있는지 물었다. 혹시나 그의 아내에 대한 소식도 얻어 들을 수 있지 않을까 하는 막연한 기대감이 있었다. 그녀가 가까운 곳이 아닌 큰 바다 건너편의 다른 대륙에 있다는 것이 아픔으로 다가왔다. 이 생에서 만나지 못하면 다음 생에서 만나면 되지 하던 생각이 너무 방만하고 나태했었다는 자괴감이 들었다. 이 생에서도 아득

한 저 쪽에 있는 사람을 어떻게 저 세상에서 만난단 말인가.

"한 번씩 국내의 시 전문잡지에 시를 발표하고 있어요. 그때마다 근황을 조금씩 알려오더군요. 선생님과는 잘 아는 사이세요?"

"아니오."

나는 단호하게 부인했다. K와 연관된 내 속마음을 조금이라도 내보여서는 안 되었다. K가 발표한다는 시 잡지의 이름을 더 물어보는 걸로 대화는 끝이 났다.

암각화 속으로 라는 이름의 음식점 앞의 나무다리를 건넜다. 다리를 건너면 우측으로 대나무 숲이 우거져 있다. 그 대나무 숲이 끝나는 지점에 공룡발자국 화석이 있었다. 20년 전에 내가 발견한 것이다. 나는 자랑스럽게 발견사실을 떠벌렸다. 한참을 떠들다 보니 갑자기 내 혼자 외톨이가 되어 공중에 붕 떠있는 느낌이 들었다. 도대체 공룡 발자국을 발견한 사실이 뭐가 중요하단 말인가. 수 억 년 전에 내가 남긴 발자국이라면 몰라도 아무 의미가 없는 것이었다.

반구대 암각화는 이제는 일반인이 가까이 다가가 볼 수 없는 곳이 되어 있었다. 20년 전에 처음 왔을 때처럼 물이 말라 있는데 철책을 설치해 건너갈 수 없게 만들어 놓았다. 망원경을 설치해 놓았는데 가까이에서 보았을 때와는 느낌이 완전히 달랐다. 그냥 건너편 바위벽에 고래그림의 암각화가 있다는 사실을 확인하는 걸로 만족해야 했다.

일행은 반구대 암각화를 끝으로 문학관으로 돌아와 해산했다. 아직 시간은 많이 남아 있으므로 반곡 김용삼의 집으로 향했다.

"어이쿠, 소설가 선생님 또 오셨군요."

김용삼은 또 홍옥석을 비싸게 팔아먹을 손님이 온 것으로 생각하는 것 같았다. 그에게서 20만 원이나 주고 구입해간 홍옥석이 두 동강으로 깨어졌다는 사실은 말하지 않았다. 그랬다가는 돌을 물리러 온 걸로 생각하고 태도가 돌변할지도 몰랐다. 그에게서 얻고자 하는 것은 홍옥석에 관한 정보이지 돌 자체는 아니었다.

나는 언제 한 번 홍옥석 원석을 캐던 광산을 찾아가 보자고 했다. 김용삼도 정확하게 광산이 있었던 위치를 알지 못한다고 했다. 그래도 같이 찾으러 갈 생각은 있다고 했다.

"다음 주에 시간을 내서 전화를 한 번 주십시오. 제가 안내를 해드리겠습니다. 그런데 작가 선생님 이 돌을 한 번 봐 주십시오. 이게 공룡발자국 화석이 맞는가요?"

김용삼이 내 놓은 돌은 크기가 30cm쯤 되어 보였다. 약간 두께가 있으면서 넓적했다. 윗면에 홈이 세 개가 푹 파여 있는데 위치로 보아 육식공룡의 발자국이 분명했다.

"이건 크기가 그리 크지 않은 육식공룡의 발자국이군요. 이걸 어디서 구했습니까?"

"미호천에서 찾았습니다. 내가 보기에도 공용발자국이 맞는 것 같아서 가져왔습니다. 이걸 돈 받고 팔 수 있을까요?"

　김용삼의 눈에는 모든 돌이 돈으로 보이는 모양이었다. 공룡 발자국을 수석의 범주에 넣을 수는 없었다. 그렇다고 학술적인 가치가 있는 것도 아니었다. 내 설명을 들은 김용삼은 실망하는 빛이 역력했다.

　"필요하시면 선생님이 그냥 가져가세요."

　"필요하지는 않지만 주신다면 가져다가 박물관에 가져가 보겠습니다."

　나는 지갑을 꺼내 3만원을 돌 값으로 건네주었다. 김용삼은 돈을 낚아채듯 받아 넣었다.

　나는 집으로 돌아와 발자국 크기에 해당하는 육식공룡의 이름을 알아내기 위해 인터넷을 뒤졌다. 결과는 딜로포 사우루스 정도인 것 같은데 아메리카 대륙에서 화석이 발견된 공룡이었다. 그리고 보면 국내에서 이름 붙인 공룡은 고성 사우루스 뿐이었다. 공룡에 대해 연구하는 연구자들이 전무한 것 같았다. 공룡발자국 화석을 마당에 던져 놓고 서재로 들어갔다.

　책상 위에 붉은 돌 세 점이 나를 노려보는 듯했다. 어딜 쏘다니다 이제 들어오는가 하고 힐책하는 것 같았다. 밖에 나간 아내가 아직 귀가하기 전이어서 집안은 적막감이 돌았다. 책상 위에 놓아둔 붉은 돌 세 점이 주인 행세를 하고 있는 것 같았다.

　붉은 돌도끼를 들어 내려찍는 흉내를 냈다. 손바닥에 몇 번 반복해서 내려찍는데 책상 위의 사람얼굴이 눈에 확 들어왔다. 사람이 돌에 그림을 그려 넣은 것은 아닌데 이게 무슨 조화 속인지 알 수 없었다. 어떻게 붉은 돌도끼와 도끼에 찍힌 얼굴 모양의 자연석이 한꺼번에 나에게 들어올 수 있을까?

돌도끼를 한참 흔들다가 내려놓았다. 이번에는 김용삼에게 구입한 반쪽으로 쪼개진 홍옥석을 들고 욕실로 갔다. 100번 샌드페이퍼를 바닥에 깔아놓고 돌을 갈기 시작했다. 돌은 쉽게 갈릴 것 같지 않았다. 그래도 끈기를 가지고 갈아볼 생각이었다.

정신없이 돌을 갈고 있는데 아내가 욕실 문을 열었다. 탐석을 다녀오면 으레 욕실에서 돌을 씻기 마련이라 별로 놀라는 기색은 없었다.

"이틀 동안이나 돌을 주우러 다니신 거예요?"

"아니, 그건 아니고 오늘은 오영수문학관에서 주최하는 대곡댐 문학기행에 다녀왔지."

"어제는 어디서 주무시고요?"

"어제? 어제는 뭐 유촌 마을에서 잤지."

아내는 내 모습을 위아래로 한번 훑어보고 나서 더 이상 잔소리를 하지 않았다. 옷매무새나 머리가 헝클어져 있으면 잔소리를 할 텐데 나무랄 데가 없는가 보았다. 갈고 있던 돌과 페이퍼를 챙기고 욕실을 나왔다. 아내가 차려주는 저녁을 먹고 바로 서재로 들어가 김재성 노인의 일기를 펼쳤다.

조선인 다케시

　－에리코 집의 현관에 놓여 있는 아까다마석은 내 혼자 향수를 달래는 돌이 아니었다. 에리코의 아버지는 특히나 아까다마석에 많은 애착을 가지고 있는 듯했다. 축구공처럼 둥글게 가공된 아까다마석을 들여다 보고 있으면 일장기의 붉은 태양을 보는 기분이 드는 것 같았다. 일본인들이 아까다마석을 좋아하는 이유가 꼭 악귀를 물리친다는 것 보다는 나라를 상징하는 국기에 들어있는 태양문양 때문인 것 같았다. 일본인들은 전쟁에 패했지만 한때 세계를 제패하려 했던 향수에 젖어 사는 것 같았다.

　그들은 다시 제국주의의 부활을 꿈꾸는지 몰라도 실현가능성은 전혀 없어 보였다. 다시 일본인들이 세계를 제패하는 세상이 오더라도 그 앞에서 편안한 삶을 추구하고픈 생각은 추호도 없었다. 그러나 에리코라면 문제가 달랐다. 에리코가 가는 세상이라면 어떤 국가라도 상관이 없었다.

시간이 지나갈수록 나는 점점 일본인이 되어가는 것 같았다. 먹는 음식조차도 일본식으로 입에 맞추어 나갔다. 냄새나는 청국장을 앞에 가져다 놓으면 코를 쥐고 자리를 피할 것 같았다. 한 번은 저녁상에 신 김치가 올라왔다. 에리코가 나를 위해 멀리 있는 한국인 가정에서 얻어 온 것이었다. 나는 몇 번 집어먹어보고는 더 이상 먹지 않았다.

에리코가 그런 나를 유심히 건너다보았다. 아마도 지금쯤이면 조선의 가족이 그리워 김치를 먹으면서 눈물이라도 쏟지 않을까 기대했던 것 같았다. 그러나 어림없는 일이었다. 내 기억 속에서 조선이라는 나라는 지워져갔다. 나는 서서히 일본인이 되어갔다. 일본이 좋아서가 아니었다. 단지 에리코가 일본인이었기 때문이었다. 나라니 민족이니 하는 이야기가 나에게는 다 소용없는 것들이었다. 오로지 에리코, 에리코 뿐이었다.

그러나 에리코는 쉽게 변하지 않았다. 오히려 시간이 지날수록 더욱 단단히 마음의 빗장을 닫아버리는 것 같았다. 그런 시간이 오 년쯤 지나자 에리코의 아버지가 더 고민이 깊어지는 것 같았다. 머슴처럼 헌신하고 있는 조선인 남자를 집에 두고 새 사위를 들이기도 면목이 없는 일이었다. 들인다고 해도 마땅한 남자가 없었다.

주위에는 온통 혼자 사는 여인들로 넘쳐났다. 그 중에 에리코의 집에 자주 드나드는 하나코라는 여자가 있었다. 남편이 전쟁

전에 만주에 근무하다 영영 돌아오지 못한 전쟁미망인이었다. 에리코처럼 딸을 하나 키우고 있었다. 딸아이는 제 아비의 얼굴도 보지 못한 유복자였다.

하나코는 에리코와 그렇게 친하지 않은 것 같았는데 집에는 자주 드나들었다. 하나코가 집에 찾아오면 대부분 에리코의 아버지가 상대해 주었다. 여자 혼자 사는 집에 일어날 수 있는 어려운 일들을 에리코의 아버지와 상의하는 것 같았는데, 내 눈에는 또 다른 의도가 숨어 있는 것 같았다.

내 예감이 적중한 것은 얼마 지나지 않아서였다. 에리코의 아버지가 나를 몰래 만나자고 했다. 나는 만나기도 전에 무슨 말을 하려는지 짐작했다. 그래도 에리코의 아버지라 무시할 수 없어 집 밖에서 만났다.

"다케시. 자네를 위해서 진심으로 하는 말일세. 지금처럼 지내는 것이 불편하지 않은가? 그래서 말인데 하나코를 어떻게 생각하나?"

예상했던 일이라 당혹스럽지는 않았다. 내가 여자가 없어 조선을 등지고 일본에 와 있는 것은 아니었다. 새 여자를 만날 생각이었다면 일본에 건너오지도 않았을 것이다. 나에게는 오로지 에리코 뿐이었다.

"저 때문에 불편하신 건 잘 알겠습니다. 그러나 저는 이대로가 좋습니다. 저를 내치지만 말아주십시오."

에리코의 아버지는 땅이 꺼져라 한숨만 내쉬었다. 그날 이후로 에리코의 아버지는 나에게 여자 이야기를 하지 않았다. 하나코라는 여자도 발길을 끊었다. 그 후로 동네 여자들 사이에 내가 성불구자라는 소문이 돌기도 했다. 그러나 아무도 거기에 대응하는 사람이 없자 소문은 얼마 가지 않고 시들해졌다.

일본에 건너온 지 오 년 만에 조선에서 큰 전쟁이 일어났다. 그 전에 나라가 남북으로 갈라져 복잡한 상황으로 돌아가더니 기필코 전쟁까지 터지고 말았다. 하카다의 조선인들 사이에도 이상한 기류가 흘렀다. 재일 조선인들의 대부분은 조총련의 지배를 받고 있었다. 남쪽에 연고가 있는 사람들은 알게 모르게 살얼음판을 걸어야 했다.

전쟁은 삼 년을 끌더니 결국은 승자도 패자도 없는 지리멸렬한 상태로 끝나고 말았다. 이렇게 결말을 낼 것 같으면 왜 전쟁을 시작했는지 모를 일이었다. 전쟁 때문에 덕을 본 것은 일본이었다. 조선에서 전쟁이 끝나고 나니 일본에는 모든 일에 활기가 돌기 시작했다. 전쟁 후에 부서진 집을 수리하던 사람들이 그 집을 허물고 새집을 짓기 시작했다. 집을 짓는 기술자들이 부족했다.

집짓는 사업을 해보자고 먼저 제안 한 것은 에리코의 아버지였다. 내가 따라가지 않을 이유가 없었다. 헌 집을 사서 부수고 새집을 지었다. 몇 해 그렇게 집짓기를 하다 보니 제법 살림이 윤택해졌다. 무엇인가 부족한 듯 우울했던 집안에 활기가 돌았다.

지금도 잊을 수 없는 추억 하나는 집안 식구들 모두 나선 소풍이었다. 하카다에서 가까운 강으로 온 가족이 함께 여행을 갔다. 에리코의 아버지와 나는 진짜 장인과 사위처럼 다정하게 텐트도 설치하고 낚시도 함께 했다. 유리는 학교에 다니고 있었는데 에리코와 곤충채집을 한다고 잠자리채를 들고 숲속을 뛰어다녔다. 누가 보아도 모자람이 없는 가족의 오붓한 한 때였다.

모르는 사람이 보기에 나와 에리코는 나무랄 데 없는 부부 사이였다. 나는 그런 사실 하나만으로도 행복했다. 이 생이 이렇게만 끝난다고 해도 부족함이 없을 것 같았다.

에리코도 가끔씩 집안 일을 결정할 때 나의 의견을 물어오곤 했다. 둘 사이에 같은 방을 쓰지 않을 뿐 엄연한 부부 사이나 마찬가지였다. 나는 내 삶의 화사한 봄날을 보내고 있었다. 에리코만 곁에 있으면 더 이상 바랄 게 없었는데, 삶의 질까지 점점 향상되고 나니 금상첨화였다.

자동차를 처음으로 구입해 온 가족이 교외로 나들이도 다녔다. 조선에서 자전거를 타고 다녀도 사람들이 부러워했었는데 자가용을 타고 다니리라고는 상상도 하지 못했었다. 물론 가족 중에 운전을 할 수 있는 사람은 나밖에 없었다. 아침마다 유리를 학교에 태워다 주는 일도 내 몫이었다. 유리도 학교에 다니면서부터 자연스럽게 나를 보고 아빠라고 불렀다. 유리의 입에서 아빠라는 말이 나올 때면 그렇게 행복할 수가 없었다. 그것도 에리코가 보는 앞에서 부를 때는 더더욱 행복했다.

유리는 어려서부터 그림을 잘 그렸다. 가족이 모여 있는 그림을 그리면 항상 내가 빠지지 않았다. 저의 친아버지 마츠오가 서 있을 자리에 내가 서 있었다. 그림이지만 기쁠 수밖에 없었다. 단 한 가지만 빼고 우리는 완벽한 가족이었다. 그 단 한 가지가 에리코의 마음이었다. 사람의 마음을 움직이는 것이 태산을 움직이기보다 힘들다는 것을 뼈저리게 느꼈다.

태산 같은 에리코의 마음과는 다르게 찰나의 순간에 마음이 변해버린 나라는 인간은 어떻게 되어 먹은 것인지, 스스로도 한심하다는 생각이 들 때도 있었다. 그러나 한 번 돌아앉은 나의 마음도 태산처럼 움직이지 않았다. 나에게는 오로지 에리코 뿐이었다.

일본으로 건너온 지 10년이 다 되어 갔다. 길다면 긴 세월이었는데 에리코와는 손을 잡은 적도 없었다. 함부로 나의 마음을 받아달라고 애걸을 할 수도 없었다. 그러나 좀 더 가족처럼 밀착할 기회는 다가왔다. 에리코의 아버지가 새로운 사업을 시작했다.

한국 전쟁이 끝나고 나자 일본 사회는 갑자기 활기가 불어오기 시작했다. 에리코의 아버지는 자꾸만 커져가는 도시에서 집 짓는 사업을 시작했다. 거기에 나의 협조가 중요한 역할을 했다. 그동안 집수리를 했던 경험이 많은 도움이 되었다. 나중에는 집 짓기 기술보다는 더 필요한 것이 있었다. 집 짓는 사업이 커지자 사업체를 꾸려가는 일이 더 중요해졌다. 조선에서 면서기로 근무했던 나의 이력이 빛을 발할 기회가 온 것이었다.

에리코의 아버지는 딸에게 자신의 사업에 꼭 필요해서 그러니 조선인 남자를 가족으로 등록하는 것이 어떻겠느냐고 물었다. 그렇다고 마음을 바꾸어 먹을 필요까지는 없다는 조건 하에 에리코의 승낙이 떨어졌다. 이제는 에리코와 합법적인 부부였다. 아무것도 아닌 서류상의 변화였지만 나에게는 대단한 의미로 다가왔다. 서류상으로 혼인신고를 마치고 조촐한 가족파티를 했다. 에리코의 아버지는 형식적으로나마 내가 가족의 일원이 되었음을 축하했다. 나는 세상을 모두 얻은 듯 기뻤다. 그러나 에리코의 표정은 땅 속에 깊게 뿌리박은 바위덩이처럼 흔들리지 않았다.

그래도 나의 삶은 충분히 행복했다. 서류상의 부부가 되었으니 누가 보아도 완벽한 가족이었다. 유리는 제 친아버지의 기억을 모두 지워버린 것 같았다. 가끔씩 유리가 나의 친딸이 아닌가 하는 착각이 들기도 했다. 유리는 그림에 남다른 소질이 있어 어려서부터 미술공부를 했다. 더러 나에게 그림 그리는 걸 도와달라고 했는데 나는 그림에 별로 소질이 없었다.

유리는 조선에서 있었던 기억이 나지 않는다며 그곳에 관한 그림을 그려달라고 했다. 내가 그릴 수 있는 조선에서의 그림은 딱히 떠오르는 게 없었다. 신불산과 가지산 그리고 고헌산에서 백운산으로 이어지는 높은 산능선의 흐름과 대곡천을 흐르는 맑은 물이 기억에 떠오르는 전부였다.

"정자가 있었잖아요?"

"그렇지. 백련정이었어. 강가에 있었는데 무척 아름다웠지."

나는 까맣게 잊고 있던 백련정의 모습을 떠올렸다. 정자의 모습은 눈앞에서 보는 듯 선명하게 떠올랐다. 바로 그곳이 에리코를 처음 만났던 곳이었다. 그런 장소를 잊고 있었다는 사실이 이상할 정도였다. 백련정을 떠올리자 다시 한 번 가슴이 마구 뛰었다. 급기야는 가벼운 한숨을 쉬었다.

'아아! 에리코.'

나는 유리가 건네준 도화지 안에 백련정의 풍경을 그려 넣었다. 정자를 그리고 나서 옆에 서 있던 늙은 소나무와 정자 앞을 흐르던 대곡천 푸른 물도 그려 넣었다. 그러나 정자 안에 있는 에리코의 모습을 어떻게 그려야 할지 난감했다. 나머지는 유리가 직접 그리라고 도화지를 건네주었다. 그리고 다른 도화지를 달라고 했다.

내 안에서 몸부림치던 그림들이 깨끗한 도화지 안에서 살아났다. 부족이 울타리를 치고 생활을 하며 서로 다른 부족들이 연합을 하고 혼인을 하며 계곡에 물이 흐르고 큰 바다에서는 고래를 잡는 그림이었다. 유리는 미친 듯이 몰입해 그림을 그리는 내 모습을 넋이 나간 듯 바라보았다.

"이게 무슨 그림이죠?"

"음. 이건 아주 예전에 조선 사람들이 바위에 그렸던 그림이란다."

"아. 너무 멋있어요. 나도 그려보고 싶어요."

유리는 내가 그려놓은 그림을 보고 따라 그리기 시작했다. 그림을 그리는 모습이 어린아이답지 않게 진지해 보였다. 그 후에도 유리는 내가 그렸던 암각화 그림을 자주 그렸다.

사업은 나날이 번창했다. 에리코의 아버지는 내 의견을 존중해 사업체 이름을 나에게 맡겼다. 나는 회사 이름을 대곡건업으로 지었다. 고향의 산천을 적시고 흐르는 대곡천에서 따온 이름이었다.

일본에 건너온 지 20년 만에 한·일수교가 이루어졌다. 내 나이 48세였다. 대곡건업은 이미 지방에서는 이름 있는 건설회사였다. 어떻게 알았는지 민단의 간부가 회사로 나를 찾아왔다. 조국의 재건사업에 투자를 해달라고 했다. 전쟁의 후유증으로 한국의 상황이 안 좋다는 것과 새로 집권한 박정희 대통령이 경제재건을 위해 팔을 걷고 나섰다는 설명을 했다.

나는 민단사람들을 돌려보낸 뒤 오랜 장고의 시간을 가졌다. 대곡건업의 대표자가 내 이름이기는 하지만 실질적인 주인은 에리코의 아버지였다. 회사 경영은 거의 내 의견대로 했지만 큰돈의 지출은 함부로 할 수가 없었다.

나는 대곡건업을 세우기 전부터 돈 쓰는 일은 하지 않았다. 목수 일을 해서 벌어오는 푼돈조차도 모두 에리코에게 가져다주었다. 나를 위해서는 단 한 푼도 쓰지 않았다. 처음엔 입은 옷이 다 헤지도록 사 입지 않았다. 그러자 보다 못한 에리코가 옷감을 사다 직접 지어주기도 하고 기성복을 시장에서 사다 주기도 했다. 심지어는 이발도 에리코의 명령이 아니면 하지 않았다. 주머니에 이발비 조차도 넣어 다니지 않았다. 에리코가 이발비를 건네주며 가라고 해야 이발소에 다녀왔다.

유치하기는 했지만 그것이 에리코와 좀 더 밀접해질 수 있는 방법이었다. 내 몸에 필요한 모든 지출은 에리코의 몫으로 돌려놓은 것이었다.

민단에서 사람이 왔다는 이야기를 에리코의 아버지에게 했더니 무조건 내 마음이 내키는 대로 하라고 일임했다. 나는 또 그것을 핑계로 에리코에게 물었다. 에리코도 조선의 어려운 사정은 잘 알고 있었으므로 도움을 주자는데 반대하지는 않을 것 같았다. 그러나 액수를 정하는 일은 전적으로 에리코의 의견에 따를 생각이었다.

에리코의 방에서 다탁을 사이에 놓고 정좌를 하고 마주 앉았다. 에리코가 따라주는 차 한 잔을 다 마시고 나서 이야기를 꺼냈다. 조선에 관한 이야기를 꺼내는 것은 아주 민감한 것이었다. 에리코에게는 결코 유쾌할 수 없는 조선에서의 아픔을 환기시키는 일이기 때문이었다. 확신하건데 에리코의 기억 속엔 아직까지 마츠오가 장승처럼 버티고 있는 게 분명했다.

"그런 일이라면 당신 마음대로 하셔도 돼요."

"나는 당신의 허락 없이 단 한 푼도 쓸 수가 없소."

지금까지 나를 위해서는 단 한 푼도 써보지 못한 나였기에 정말로 내 마음대로는 결정할 수 없었다. 그러나 에리코는 이야기 끝에 청천벽력 같은 말을 했다. 이제 회사를 정리해서 내 몫을 가지고 조선으로 돌아가는 게 어떻겠느냐고 했다.

나는 그야말로 벼락을 맞은 기분이었다. 에리코와 오붓하게 마주 앉아 차를 마시며 환담을 나누는 소소한 즐거움을 누리려던 작은 꿈이 산산이 부서져 버렸다. 차라리 현해탄에 몸을 던져 죽으라면 죽었지 조선으로 돌아가라는 말은 하지 말라고 했다. 그것으로 둘의 대화는 끝이었다. 나는 민단의 요구 따위는 없었던 일로 마음을 굳혔다.

그 일이 있고 나서 한동안 냉기류가 흐르자 에리코의 아버지가 나섰다. 내가 민단사람들을 만나지도 않겠다고 하자 자신이 나섰다. 에리코의 아버지가 만류하는 나를 놓아두고 방한하는 경제교류단에 끼어 한국에 다녀왔다.

한국에 다녀온 에리코의 아버지는 나에게 이야기를 들려주었다. 30명의 방문단이 경주관광을 마치고 울산이라는 곳에 들러 중화학 공업을 일으키려는 한국정부의 설명을 듣고 왔다고 했다.

아직까지는 자본이 부족해 애를 먹겠지만 성장 가능성은 무한할 것 같다고 했다. 그러면서 직접투자가 아닌 간접으로 회사의 여유자금을 모두 투자하고 싶다고 했다.

나는 그것이 투자를 위한 것이어야지 나의 조국이라는 이유 때문에 하지는 말라고 당부했다. 투자에 대해서는 일절 간섭을 하지 않겠다고 했다. 그 문제는 그것으로 일단락되었다. 그 후에 에리코의 아버지는 상당한 금액을 한국에 투자했다. 나는 그 문제로 마음을 어지럽히고 싶지 않았다. 관심을 끊으려고 애를 썼다.

그 후로도 대곡건업은 놀라운 속도로 성장했다. 내가 직접 작업복을 입고 현장에 나가지 않아도 되었다. 환경이 좋은 비서실에서 회사가 돌아가는 상황만 판단하면 되었다. 능력 있는 신세대들이 회사의 전반적인 업무를 잘 처리해 나갔다. 내 나이는 오십을 훌쩍 넘기고 있었다.

비서실에 새로 온 아가씨가 있었다. 누가 보기에도 미인 축에 드는 아가씨였다. 명문대 출신에 미모까지 뛰어나 뭇 남성들의 시선을 독차지했다. 그러나 내 눈에 거슬리는 게 있었다. 옷차림이 너무 야해 품격이 좀 떨어지는 듯한 분위기를 풍겼다. 비서실장에게 시정하도록 귀띔을 했는데도 고쳐지지 않았다. 고쳐지기는커녕 오히려 노출이 점점 더 심해지는 것 같았다.

한 번은 내 방에 들어와 차 시중을 드는데 가슴이 터질 듯한 옷을 입은 데다 상체를 앞으로 숙이니 젖가슴이 다 드러났다. 더구나 브레지어도 착용하지 않고 있었다. 내 콧속에서 단내가 훅 하고 올라왔다. 여자를 느끼지 못하고 살아온 세월이 벌써 이십 년을 훌쩍 넘기고 있었다. 젊은 여자의 젖가슴을 보는 순간 그동안 가두어 놓았던 봇물이 일순간에 터져 나오는 것 같았다.

나는 차 시중을 멈추게 하고 여비서를 내 앞에 무릎 꿇리게 했다. 의자에 앉은 채 내려다보니 얇은 여름셔츠 깃 사이로 팽팽한 젖가슴이 다 드러나 보였다. 여비서는 내 시선을 의식하고도 꼿꼿하게 고개를 치켜들고 있었다.

"셔츠 단추를 풀어보아라."

"…."

여비서는 놀라는 표정도 없이 여름 셔츠의 단추를 풀었다. 겨우 세 개밖에 없는 단추를 모두 풀고 나자 선홍빛 꼭지가 달린 수밀도가 적나라하게 드러났.

내 안에서 용광로 같은 불꽃들이 밖으로 뛰쳐나가려고 아우성을 쳤다. 한참동안 미동도 없이 가슴을 바라보고만 있자 여비서가 한 손을 슬쩍 내밀어 내 무릎 위에 올려놓았다. 내 코에서 황소바람이 새어 나왔다. 나를 이겨내는 것이 태산을 들어 올리는 것 보다 힘이 들었다.

"흐음. 솔직하게 말해 보아라. 누가 너를 보냈느냐? 거짓말을 하면 너는 바로 해고야."

여비서가 내 무릎 위에 올려놓았던 손을 재빨리 거두어갔다.

풀어 헤쳤던 셔츠 깃을 여미고 단추를 잠갔다.

"회장님 죄송합니다. 저는 다만 사모님께서 시키셔서…."

"알고 있으니 나가 보아라."

그날 저녁 비서실장을 데리고 최고급 술집으로 갔다. 최고급 룸에 들어가 술을 시킨 다음 아가씨 다섯 명을 불러 모두 옷을 벗게 했다. 처음에는 망설이는 듯 하더니 비서실장이 현금을 듬뿍 집어주자 모두 옷을 벗었다. 실오라기 하나 걸치지 않은 아가씨들이 다섯 명이나 나를 둘러싸고 있는데도 성적인 반응은 전혀 일어나지 않았다.

아가씨들이 차례로 따라주는 양주를 바로바로 받아마셨다. 술을 따른 아가씨에게는 팁을 주니 서로 술을 따르려고 줄을 섰다. 아가씨들도 꾀가 있는지라 양주는 조금 넣고 물과 얼음을 잔뜩 넣어 바쳤다. 안 그랬다가는 금방 술에 떨어져 팁을 받을 기회조차 모두 날아가 버리고 말 것이기 때문이었다. 비서실장에게 한두 잔 건네준 것 말고는 혼자 양주 한 병을 다 비우고 나니 어지간히 취기가 올랐다.

"회장님 우리는요. 우리도 술을 한 잔 마셔야 회장님을 모실 것 아네요."

아가씨들 사이에는 누가 나를 잠자리까지 모실 것인지 미리부터 수 싸움을 하는 것 같았다. 양주 두 병을 더 시켜 아가씨들도 같이 마시게 했다. 나는 술집에 들어오기 전에 비서실장에게 미리 귀띔해 놓았었다. 내가 쓰러지거든 즉각 집으로 데려가 달라고 약조를 해 놓았다. 양주가 다섯 병이나 비워지자 더 이상 술을 이겨 내기가 힘들었다. 나는 일부러 의식을 잃은 채 고개를 앞으로 꺾었다. 비서실장이 나를 들쳐 엎었다. 술집 문을 나서는 내 등 뒤에서 아가씨들이 아쉬운 듯 난리를 쳤다.

비서실장이 집까지 데려와 거실 소파에 나를 내려놓았다. 에리코가 난생 처음 보는 내 모습에 눈을 휘둥그레 떴다. 에리코에게 나를 인계한 비서실장은 곧장 돌아갔다. 에리코가 어쩔 줄 몰라 발을 동동 구르고 있는데 에리코의 어머니가 거실로 나왔다.

"방으로 데려가서 침대에 눕혀. 옷을 벗기고 편안하게 해주고 꿀물을 타서 먹이도록 해."

에리코가 나를 일으켜 세우려고 겨드랑이 밑에 머리를 집어넣었다. 술에 취해 있어도 에리코의 머리냄새가 났다. 무작정 늘어져 있으면 에리코 혼자 방으로 데려가는 걸 포기할 것 같아 적당히 협조를 해주었다.

방 안으로 들어와 침대 가까이 다가왔을 때 몸을 던져 벌렁 누웠다. 에리코가 잠시 비틀거리다 내 곁으로 다가와 옷을 벗기기 시작했다. 상의를 모두 벗기고 바지를 벗기려고 했을 때 자리에서 벌떡 일어났다. 양팔을 벌려 에리코를 꽉 끌어안았다. 그런 다음 에리코의 몸을 번쩍 들어 침대 위에 눕혔다. 에리코는 반항하는 기색이 전혀 없었다. 나는 정신을 바짝 차리고 침대에서 내려와 바닥에 무릎을 꿇었다.

 에리코가 상체를 일으켜 침대 끝에 걸터앉았다. 나는 술을 이겨내느라 숨을 몰아쉬었다. 에리코가 양 손바닥을 뻗어 내 볼을 감쌌다.

 "다케시. 이래도 소용없어요. 당신이 아는 에리코는 조선에서 마츠오와 함께 죽었어요. 오늘 일은 제가 잘못했어요."

 에리코는 이미 내가 집에 오기 전에 회사에서 있었던 여비서와의 일을 알고 있었다. 자기 딴에는 나를 위한다고 꾸민 일이었다. 나는 에리코 앞에서 어린애처럼 눈물을 흘렸다. 무엇보다도 내 결심을 몰라주는 에리코가 야속했다. 욕망의 갈등보다 더한 죽음의 신도 내 결심을 흔들어 놓지는 못할 것이라고 확신했다.

 "에리코. 당신에게 아무것도 요구하지 않겠어요. 단지 내 곁에 있어주기만 하면 돼요. 알았죠?"

 나는 어린애처럼 울었다. 나의 볼을 쓰다듬어 주는 에리코의 손에서 어머니의 따뜻한 손길을 느꼈다. 에리코는 내가 깊이 잠들 때까지 곁에 있어 주었다. 나는 그날 밤 오랜만에 백운산을 흘러내리는 대곡천을 꿈꾸었다. -

 일기를 덮고 나니 새벽 한 시였다. 서재를 나와 안방으로 들어가니 아내는 이미 깊은 잠에 빠져 있었다. 침대에 올라가 아내 곁으로 슬그머니 다가갔다. 팔을 뻗어 허리를 감싸 안으니 출렁하는 뱃살이 손에 잡혔다. 젊어서는 날아다닌다고 할 만큼 날씬했던 몸이었다. 35년을 함께 살아오면서 나만 늙은 것이 아니었다. 이미 폐경이 한참 지났으니 여자로서의 기능은 다한 셈이었다.

생각하면 별 무리 없이 평생을 함께 살아준 것만으로 아내에게 감사할 일이었다. 그런데 이 마음속의 이율배반적인 동요는 무엇이란 말인가? 생활과 사랑은 전혀 다른 형태로 존재하는 것일까? 김재성이란 노인은 아내와 아들까지 버리고 사랑하는 여자를 따라 일본으로 떠나갔다. 사랑 때문에 조국까지 배신한 것이었다. 거기에 비하면 아련한 상처처럼 남아있는 내 사랑이라는 것은 미약하기 짝이 없는 것이었다.

간밤에 잠을 설친데다 이미 밤이 깊어있어 저절로 눈이 감겼다. 잠결에 아내가 몸을 뒤채는 걸 느끼고는 바로 꿈나라로 들어갔다.

암각화

코로나19사태로 행사장은 썰렁했다. 일정한 거리두기를 해야 하기 때문에 넓은 호텔 연회장은 텅 빈듯했다. 좌석은 300석인데 참여 인원은 100명이 채 되지 않았다. 아는 얼굴이 있나 둘러보았는데 아무도 눈에 띄지 않았다. 행사는 오전 9시에 시작되어 오후 여섯 시까지 진행되었다.

학술대회 발표자는 10명이었다. 처음 강연자는 암각화 발견자인 문명대 교수였다. 20대 후반에 암각화를 발견했는데, 50주년 학술대회이니 80세가 되어간다는 것이었다. 문교수의 얼굴에는 나이든 티가 역력했다. 나는 20년 전부터 문녕대라는 이름을 들어왔어도 실제로 대면하기는 처음이었다.

문교수의 발표제목은 천전리 암각화의 발견과 암각화의 의미와 해석학이었다. 처음 암각화를 발견하게 된 동기와 발굴조사과정을 상세히 설명하고 시대별 암각화의 분류에 대해 설명했다.

암각화 무늬를 종류별로 구분하기는 했는데 해석에 대해서는 언급하지 않았다.

다음은 이하우 울산대학교 반구대 암각화 유적보존 연구소장의 발표가 있었다. 제목은 동물표현으로 보는 천전리 각석의 시간이었다. 그의 발표 중에는 암각화 동물문양 중에는 짝짓기를 하는 문양이 많다는 것이었다.

다음으로 울산대 전호태교수의 천전리 각석의 가치와 의의가 발표되었다. 암각화의 가치를 역사적 가치와 문화예술적 가치, 종교신앙적 가치로 분류해 발표했다. 전호태교수의 발표가 끝난 다음 점심시간이 시작되었다. 점심은 주최 측에서 도시락으로 준비했다.

점심이 끝나고 아는 사람끼리 삼삼오오 모여 담소를 나누었다. 나는 아는 사람이 없어 앞줄에 앉아 있는 문명대 교수에게 다가가 인사를 건네었다. 존함을 익히 들어왔는데 처음 뵙게 되어 영광이라고 했다. 소설가라는 걸 밝히고 명함을 내밀었다. 딱히 설명하기가 애매해 20년 전에 반구대 암각화 입구에 있는 공룡발자국을 발견한 사람이라고 했더니 조금은 관심을 가지는 듯했다. 그러나 80노구의 교수와 더 이상 진전된 이야기를 나누는 것은 불가능했다.

자리로 돌아와 바로 앞줄에 앉아 있는 이하우 울산대 교수에게 말을 붙였다. 소설가라는 신분을 밝히고 용건을 이야기했다.

나는 이 교수에게 암각화 속의 옛글자를 해석해 내지 못하는 것이냐고 물었다. 이 교수는 암각화 문양은 무수한 이야기를 품고 있는데 학자들이 해독해 내는 것이 쉬운 일이 아니라고 했다. 이집트의 피라미드 안에서 나온 상형문자는 세 가지 언어로 쓰여 있어 그중의 하나인 그리스어를 해독할 수 있었던 덕에 쉽게 알아낼 수 있었다고 했다.

"아시다시피 이것은 초기한문의 상형문자와도 아주 다른 글자입니다. 정확하게는 글자인지 그림인지도 판별을 못하고 있는 상태입니다."

나는 소설가의 입장에서 암각화 속의 추상그림들을 해독해낼 수 있을 것 같다고 했다. 이 교수는 나의 얼굴을 잠시 빤히 건너다보았다. 아마 정신이 나간 사람이 아닌가 하는 표정이었다. 한참동안 입을 다물고 있더니 학술대회 책자를 펼쳐 나에게 내밀었다.

"여기를 보세요. 경주대학교 강봉원 교수가 발표할 토론문인데 여기 이 부분을 보세요."

나는 이 교수가 가리키는 76쪽 아래 부분을 읽어보았다. 지나친 범위를 확대해석하는 것을 사이비고대심리학자라고 비하하고 있었다. 암각화의 해석을 주먹구구식으로 해서는 안 된다는 취지였다. 암각화 속의 추상문양도 정확한 언어학에 대입해 과학적으로 풀어내야 한다는 것이었다.

나는 사이비라는 단어에 은근히 거부반응이 일었다. 사실과는 아주 동떨어져 있더라도 하나의 예시를 보여주어야 학자들이 진위의 타당성에 대해 논의해 볼 수 있는 것이 아닌가 생각되었다. 과학적인 해석이라는 틀에 묶여 하늘의 별을 보듯이 바라보고만 있어서는 해결 방법이 나올 것 같지 않았다.

"추상문양은 모두 명사나 동사가 아닐까요? 형용사도 들어 있겠지만 조사나 부사가 쓰이지는 않았겠지요. 흩어진 퍼즐 조각을 맞추듯 하면 문장을 만들어 내는 것도 가능하지 않겠습니까?"

"그러면 그 명사는 어떻게 읽을 수 있겠습니까? 대표적인 예로 여기 맨 위의 겹마름모꼴은 무슨 단어라고 생각하십니까? 겹마름모꼴 다섯 개가 붙어 있네요."

나는 책자 속에서 이 교수가 제시하는 문양을 한참 동안 들여다보았다. 각석의 맨 상단에 있는 문양이었다. 어제 암각화에 갔을 때도 실제로 들여다본 문양이었다. 나는 어제 생각했던 내용을 줄줄 이야기 했다. 겹으로 표시되었다는 것은 울타리를 뜻하는 것이고 겹의 숫자는 방어막을 뜻하는 것이니 부락을 나타내는 단어라고 했다. 부락이 다섯 개가 붙어 있으니 다섯 개 부락의 연합을 이야기하고 있는 것이라고 했다.

이 교수는 나의 설명에 기가 차다는 듯 빤히 건너다보았다. 소설가라는 사람들이 엉뚱한 이야기를 잘도 지어내는구나 하는 표정이었다. 곧이어 다음 토론자가 올라와 발표를 시작했다. 이 교수와의 대화는 중단될 수밖에 없었다.

하일식 연세대 교수의 천전리 명문과 신라인의 삶이 발표되고 휴식시간도 없이 다음 발표로 이어졌다. 김재윤 부산대학교 교수는 유라시아 시베리아와 천전리암각화의 비교고찰이라는 발표에서 시베리아의 미누신스크 분지에서 다수 발견된 청동기시대의 암각화가 천전리 각석의 추상문양과 유사한 점이 많다는 것을 발표했다.

김재윤 교수의 발표가 끝나고 휴식시간이 주어졌다. 화장실에 다녀와서 다시 이 교수와 이야기를 시작했다.

"청동기시대에 새겨진 것이면 청동으로 암각화를 새겼나요?"

"그게 바로 사이비고대심리학자들이 쓸 만한 주장입니다."

이 교수는 암각화에 대한 나의 상식이 매우 부족함을 알겠다는 듯 대답했다. 청동기시대라는 것은 사실 존재하지 않는 시대구분이라는 것이었다. 청동기는 최초로 만든 시점에서 거의 사용을 못했다는 것이었다. 아직 주석과 아연의 혼합물을 만드는 기술이 없어 생활용구로 만들어 사용하지 못했다는 것이었다.

"청동기가 아니면 무엇으로 암각화를 새겼을까요?"

"당연히 돌이죠."

"그럼 암각화 벽면보다 강한 돌을 사용했겠군요."

"그렇죠."

나는 주머니에서 돌 하나를 꺼내어 이 교수에게 내밀었다. 김용삼에게 20만 원을 주고 구입한 깨진 홍옥석이었다.

"이 돌이라면 암각화를 새기는데 충분한 강도가 나오겠지요?"

이 교수는 내가 건네준 홍옥석을 이리저리 돌려가며 관찰했다. 손톱으로 긁어보기도 하고 바닥에 두드려보기도 했다. 고개를 끄덕거리더니 어디서 나온 돌이냐고 물었다. 나는 대곡천 바닥에서 발견한 돌이라고 했다.

"내가 실험해 보았는데 대곡박물관에 전시되어 있는 돌도끼보다는 강도가 강한 것 같습니다. 경주국립박물관에 전시되어 있는 돌도끼도 대부분 대곡천과 태화강에서 발견되는 연옥석의 재질이죠."

"이 돌은 자연석인데 마제석기로 가공된 돌이 발견되지는 않았습니다."

"발견되지 않았다고 없었던 것은 아니겠지요. 제가 알기로는 이 홍옥석은 남한 전역에서 제일 강도가 강한 암석 같습니다. 암각화를 새기던 사람들이 강도가 아주 강한 돌을 지나쳤을 리가 없지요?"

나는 일부러 홍옥석으로 만든 돌도끼가 있다는 말은 하지 않았다. 유물의 발굴도 중요하지만 과학적인 분석도 필요할 것 같았다. 돌에 암각화를 새기던 돌로 만든 정과 같은 석재 연장은 아직 발견되지 않았다. 대곡댐에 담수를 시작하기 전에 문화재발굴을 몇 년에 걸쳐 실시했지만 홍옥석으로 만든 석재 도구는 발견되지 않았다. 그렇다면 홍옥석 원석을 갈아 강도가 비슷한 바위 면에 그림을 새겨보는 방법이 좋을 것 같았다.

이 교수는 홍옥석에 대단한 관심을 보였다. 내가 가져간 홍옥석 원석을 빌려달라고 했다. 나는 돌려준다는 조건을 달아 흔쾌히 빌려주었다. 하루 종일 이어진 학술대회지만 하나도 지루하지 않았다. 대회가 모두 끝난 뒤 문명대 교수에게 인사를 하고 이 교수에게는 다음에 시간을 내어 만날 것을 약속하고 헤어졌다.

학술대회를 마치고 집에 돌아오니 짧은 초겨울 해가 완전히 넘어가고 어둑한 저녁이 되었다. 아내는 건성으로 하루 종일 어디에 갔다 왔느냐고 물었다. 동구현대호텔에 다녀왔다고 하니 누구결혼식이 있었냐고 물었다. 그나마 어떤 여자와 갔다 왔느냐고 다그치지 않는 게 다행이란 생각이 들었다.

"당신 오늘이 무슨 날인지 아세요?"

아뿔싸. 나는 또 한 가지 아내에게 책잡힐 일이 생겼구나하고 가슴이 철렁 내려앉았다. 갑자기 생각한다고 오늘이 무슨 날인지 떠오를 리가 없었다. 할아버지 할머니 제사에서부터 아이들의 생일까지 기념일은 시시때때로 다가와 나를 괴롭혔다. 나는 가족들의 생일은 하나도 기억하지 못했다. 심지어는 나의 생일조차도 까먹기 일쑤였다.

"누구 생일인가?"

"아휴. 내가 말을 말아야지. 그러게 어디에든 적어놓으라니까요."

"그걸 일일이 어디에다 적어?"

"당신이 좋아하는 저 돌덩이에다 적어놓으면 되겠네요. 매일 들여다보니 잊어버리지는 않겠어요."

아내는 거실 한쪽에 있는 수반석을 가리켰다. 길이가 75cm나 되는 산수경석이 거실 한쪽에 놓여 있었다. 한참 수입이 좋았던 시절에 삼천만 원이란 거금을 들여 구입한 남한강 오석질의 원산경이었다. 십 년이 넘도록 하루도 빠지지 않고 물을 뿌려 감상하는 명품석이었다.

아내가 하는 말은 돌을 좋아하듯이 기념일도 좀 챙기라는 소리였다. 나는 돌에 기념일을 새긴다는 문장을 떠올리는 순간 곧바로 천전리 각석을 떠올렸다. 고대인들도 무엇인가 기념할 만한 날이 있었을 것이고 바위 위에 그림으로 새겨 놓을 필요가 있지 않았을까 생각되었다.

"음. '바위에 새긴다' 이 말이지."

아내는 표정이 이미 다른 세계에 가 있는 나를 보고 낙담한 모양이었다. 더 이상 물어보지도 않고 주방으로 들어가 버렸다. 나는 곧장 서재로 들어가 학술대회에서 가져 온 책을 펼쳤다. 휴대폰을 열어 어제 천전리 각석에서 찍어온 사진을 들여다보았다. 부산대학교 김재윤 교수가 발표한 시베리아 암각화 문양을 펴 놓고 유사점을 찾아보았다. 혹시 날짜나 숫자를 의미하는 문양이 있을까 유심히 살펴보았는데 찾을 수가 없었다. 십진법이 통하지 않을 시대였으니 숫자의 의미를 찾아내기도 쉬운 일이 아니었을 것 같았다.

한참을 암각화 문양과 씨름을 하고 있는데 아내가 서재로 찾아왔다. 아내의 표정은 아까보다 더 우울해 보였다.

"당신이 정말 우리의 결혼기념일까지 까먹을 줄은 몰랐어요."

"아! 결혼기념일!"

순간 망치로 이마를 한 대 얻어맞은 기분이었다. 봄부터 결혼기념일에 반지와 목걸이를 해주기로 철썩같이 약속을 해놓고 잊어버리고 말았다. 반지와 목걸이를 생각한 순간에 책상 위에 놓인 홍옥석에 눈길이 갔다.

'이걸로 반지나 목걸이를 만들면 수십 개는 나올 겁니다.'

김용삼의 능글능글한 얼굴이 떠올랐다. 나는 깨어진 나머지 부분의 홍옥석을 집어 들었다.

"이거 어때?"

아내는 드닷없이 들이미는 돌멩이에 난처한 표정을 지었다. 돌을 연마해 반지나 목걸이를 만들 수 있다는 이야기를 듣고도 못미더워 하는 표정이었다.

"돌로 무슨 반지 따위를 만들어요?"

나는 붉은 돌도끼를 들어 보여 주었다. 홍옥석으로 만든 돌도끼의 표면은 빨간 사과처럼 빛깔이 고왔다. 나는 보석도 모두 돌을 갈아서 만드는 것이라고 설명해주었다. 아내의 표정이 점점 호기심을 더해가는 듯했다.

"돌이 이렇게 붉으니 신기하기는 하네요."

"기다려봐. 내가 세상에서 둘도 없는 귀한 보석을 만들어 올 테니."

결혼기념일을 까먹은데 대한 아내의 실망은 조금 누그러진 듯했다. 외식을 하러 나가기에는 이미 늦은 시간이라 집에서 조촐한 저녁상 앞에 마주 앉았다. 그래도 35주년 결혼기념일인데 그냥 넘어갈 수 없어 오래 전에 사다 놓은 고급 와인을 한 병 땄다.

와인 잔을 부딪치며 아내의 얼굴을 정면으로 바라보았다. 쌍거풀 진 둥근 눈이 막 피어난 꽃과 같던 시절은 어디론가 사라지고 보이지 않았다. 아내의 눈꼬리와 목의 주름에 세월의 흔적이 여실히 드러나 보였다. 마른 겨울 풀밭을 바라보고 있는 것처럼 쓸쓸함이 묻어났다.

와인을 곁들인 저녁을 마치고 모처럼 거실에서 오붓한 시간을 함께 보냈다. 한 때는 아이들의 웃음소리가 집 안을 가득 메우던 시절도 있었다. 아이들을 모두 내보내고 둘만 남은 집안에는 생기가 없었다. 잎과 열매를 모두 떨구고 난 겨울나무처럼 쓸쓸한 바람이 불었다.

"여보. 당신은 아직도 나를 사랑해요?"

한 잔의 와인에 아내의 볼은 붉게 물들어 있었다. 그런 모습이 예전처럼 예뻐 보였다.

"그럼 사랑하고 말고."

나는 아내의 손을 힘주어 쥐었다. 아내가 방긋 웃었다.

"벌써 35년이에요. 세월이 뭐가 이렇게 빠르죠? 누군가에게 도둑맞은 기분이에요."

나는 아내의 말에 흠칫했다. 아내가 도둑맞은 것은 세월이 아니라 사랑인 것 같았다. 어디 한군데 드러내 나무랄 곳이 없는 아내를 두고 내 마음이 이렇게 몽롱한 곳을 헤매고 있다는 사실이 넌센스였다. 도대체 사랑이란 것은 무엇인가? 원론적인 물음부터 파고 들어가 보아야 할 것 같았다. 한집에서 함께 생활하며 매일 마주보고 있는 것이 사랑이 아니라고 말할 수 있을까?

그러나 아내의 따뜻한 손을 잡고 있어도 떠오르는 핼쓱하고 새하얀 볼에 움푹 파인 볼우물은 무엇일까?

다음날 아침 일찍 김용삼에게서 전화가 왔다. 홍옥석을 캐던 광산을 찾으러 백운산에 같이 가보지 않겠느냐고 했다. 나는 곧바로 가겠다고 했다. 홍옥석 광산이 있던 자리를 찾는 일이라면 열일을 마다하고 가볼 참이었다. 김용삼은 비싼 홍옥석을 찾기 위해서지만 내가 찾으려는 것은 홍옥석에 묻힌 이야기였다.

아침밥을 챙겨먹고 부지런히 반곡으로 차를 몰았다. 김용삼은 집 앞에 나와 기다리고 있었다. 등산복 차림에 작은 배낭을 짊어지고 강철로 만든 쇠지렛대를 들고 있었다. 그에 비하면 나의 차림새는 허름했다. 그냥 청바지에 등산화만 달랑 신은 상태였다. 모자조차도 챙기지 않았다. 내 차는 집 앞의 빈터에 세워놓고 김용삼의 낡은 사륜구동차에 올라탔다. 반곡에서 미호천 상류까지는 그리 먼 거리가 아니었다. 국도를 달리다 시골길로 접어들어 한참을 올라가니 미호라고 부르는 복안저수지가 나타났다.

초겨울 저수지의 물빛은 진청색을 띠고 있었다. 겨울하늘이 고스란히 물속에 가라앉은 것 같았다. 저수지는 동서로 길게 형성되어 있었다. 동쪽에 있는 둑에서부터 북쪽을 끼고 도로가 개설되어 있었다. 저수지 끝까지 가니 길이 끊어져 있어 차를 세웠다. 도로가 끝난 지점에 조그만 안내판이 서 있었다. 상류로 4km를 올라가면 태화강 발원지인 탑골샘이었다. 태화강 백리 길의 종점인 것이다.

"이곳에서부터 개울을 따라 올라가면 어딘가에 광산이 있었을 것입니다."

"오늘 처음 오는 것은 아니지요?"

"그럼요. 광산 터를 찾으려고 무진장 돌아다녔습니다."

김용삼과 나는 본격적으로 홍옥석의 흔적을 찾으러 나섰다. 개울에는 푸른빛을 띠는 커다란 바위가 무작위로 흩어져 있었다. 사이사이 작은 돌들이 모여 있는 곳도 있고 너럭바위로 이루어진 곳도 있었다. 상류에 사람이 살지 않으니 물은 전혀 오염이 되지 않은 청정 일급수였다. 목이 마르면 바로 엎드려 마셔도 좋을 것 같았다.

　잠시 후에 개울가에 집채만 한 바위가 나타났다. 바위 아래에는 제법 널찍한 공간이 있었다. 급한 대로 서너 명이 들어가 비를 피할 만한 공간이었다. 좁은 공간 안으로 들어가 사방을 샅샅이 훑어보았다. 혹시라도 무슨 흔적이라도 찾을 수 있지 않을까 하는 호기심 때문이었다. 바위 안 공간에서 흔적을 찾을 수 없었다. 바위바깥 면에 무슨 흔적이라도 있을까 눈을 부릅뜨고 살펴보았다. 자세히 관찰해 보니 반구대 암각화의 바위재질과는 아주 다른 종류의 암석이었다. 피부가 연녹색을 띠고 있는 걸로 보아 청동성분을 많이 함유하고 있는 것 같았다.

　빙 둘러가며 바위상태를 관찰해 보았는데 기대하는 것은 아무것도 발견할 수 없었다. 바위주변을 살펴보아도 마찬가지였다. 현재로서는 저수지 상류에서 홍옥석을 만날 확률은 희박한 것 같았다.

　개울을 따라 태화강 발원지인 탑골샘까지 올라갔는데 홍옥석의 흔적은 찾을 수 없었다. 김용삼은 탑골샘 앞에서 엉덩이를 바닥에 깔고 털썩 주저앉았다.

　"내가 매번 속으면서도 오늘도 이곳에 왔네요. 지금은 저수지 아래에서부터 대곡댐 상류인 유촌 마을까지가 그나마 홍옥석을 만날 수 있는 유일한 곳입니다."

"혹시 대곡댐 밑에서 천전리 각석까지 구간에서 홍옥석이 발견되지는 않았나요?"

김용삼은 고개를 갸웃했다. 아직 그곳 구간을 찾아보지는 않은 눈치였다. 유촌 마을까지 홍옥석이 떠내려 왔으면 대곡댐 수몰구간을 지나 하류까지 흘러갔을 가능성이 전혀 없지는 않을 것 같았다. 아직 시간은 많이 남아 있었다. 김용삼은 고개를 갸웃하더니 자리에서 벌떡 일어섰다.

"거길 한번 가봅시다."

둘은 올라갔던 길을 빠르게 되돌아 나와 차 있는 곳으로 왔다. 저수지를 내려와 두서면사무소가 있는 인보에서 차를 꺾어 천전리 골짜기로 들어갔다.

한참을 달려가니 대곡댐 아래에 있는 박물관이 나왔다. 이틀 전에 왔던 곳이었다. 차를 길가에 세워놓고 무조건 개울로 들어섰다. 대곡댐에서 발전을 위해 일정량의 물을 흘려보내고 있어 하천의 수량이 제법 많았다. 수석탐석의 묘미는 전혀 낯선 곳에서 새로운 산지를 발견하는 것이다. 아무도 눈여겨보지 않던 곳에서 쓸 만한 수석감이 나오는 예는 얼마든지 있다.

물이 불어나 있어 돌밭으로 접근하는 것조차 쉽지 않았다. 그나마 조금씩 모여 있는 돌밭에 들어가 홍옥석을 찾았는데 보이지 않았다. 불과 500미터 남짓한 하천을 뒤지는데 한 시간을 넘게 허비했다. 빨래판처럼 넓적한 평석을 찾아낸 게 전부였다. 시골

집의 댓돌로 사용하면 딱 좋을 그런 볼품없는 돌이었다. 석질도 천전리 각석을 이루고 있는 무른 변성암이었다.

천전리 각석으로 건너가는 다리에 오니 문화해설사 이연옥씨가 나를 알아보고 인사를 건네었다.

"작가 선생님 오늘은 또 어쩐 일이세요?"

"아. 네. 이야기를 주우러왔습니다."

"이런 개울에도 이야기가 있나요? 많이 줍기는 하셨어요?"

나를 놀리는 듯한 표정이었다. 나는 40cm가 넘을 듯한 넓적한 돌을 내밀었다. 누가 보아도 예전에 우물가에 놓아둔 빨래판 같은 돌이었다. 이연옥씨는 돌을 잠시 들여다보더니 나를 빤히 올려다보았다.

"이건 원시인들이 사용하던 빨래판인가요?"

농담으로 하는 말이 분명했다. 나는 암각화에 대해 연구하려면 주변 환경부터 돌아보아야 한다고 둘러댔다. 맞는 말이기도 하고 엉뚱할 수도 있는 말이었다. 사이비고대심리학자라는 소리를 듣더라도 당시의 상황을 추리해볼 필요는 있었다. 왜 여기 바위에다 그림을 그렸는지, 바위가 아닌 나무나 동물가죽 같은 곳에도 그림을 그렸는지 생각해볼 수 있는 문제였다. 그런 재질이라면 아직까지 남아 있을 수 없겠지만 작은 돌판에 새긴 그림이 있었다면 발견된 가능성도 있을 것 같았다.

이연옥씨는 얼마 전에 있었던 일을 들려주었다. 가까운 마을에서 공사 중에 다량의 공룡알이 출토되었다고 연락이 와서 달려가 보았다고 했다. 땅속에 묻힌 둥근돌이 다수 나와 있었는데 화강암 재질이더라는 것이었다. 초등학생 수준의 상식만 있어도 알아보았을 텐데 난리를 쳤었다고 했다.

  나는 이연옥씨의 말을 듣고 곰곰이 생각을 해보았다. 지금은 초등학생도 알 수 있는 상식을 그때 당시에는 전혀 모르고 있었을 것이다. 암각화를 새기던 시대 사람들도 건너편 바위바닥에 자국으로 남겨진 공룡발자국을 보았을 텐데 그것을 보며 무슨 생각을 했을까? 분명 커다란 동물의 발자국인지는 알았을 텐데 한 번도 보지 못한 커다란 동물이 어디엔가 살아있을 것이라고 생각했는지도 모르는 일이었다. 더구나 바다에 사는 커다란 고래를 보면 육지에도 고래처럼 커다란 동물이 살아 있을 것이라고 생각했을 수도 있었다. 진실을 정확하게 모르면 두려움을 느낄 수 있고 종교적인 믿음이 생겨날 수도 있었을 것 같았다.

  세 사람은 천전리 각석 앞으로 갔다. 나는 일부러 김용삼에게 각석에 대한 추억이 있느냐고 물어보았다. 김용삼은 내가 물어보아 주기를 기다렸던 사람처럼 신이 나서 떠들었다. 자기는 이곳에 오면 고향에 온 것처럼 마음이 편안하다고 했다. 학교에서 이곳으로 소풍을 오기도 했지만, 어른이 되어서도 여름이면 이곳에 와서 더위를 피했다고 했다.

  "예전에는 이 개울에 빠꼬마시라는 작은 물고기가 아주 많았어요. 멸치보다 작은 물고기인데 개울 바닥이 새까말 정도로 많았죠. 크기가 너무 작아 모기장을 이용해 잡았어요. 그걸 어떻게 먹었는지 아세요?"

"매운탕을 끓여 먹었겠지요."

"아니요. 생으로 그냥 먹었어요. 살아서 꿈틀거리는 놈을 숟가락으로 떠서 초고추장에 비벼 먹었죠. 아주 별미였어요."

나는 생으로 민물고기를 먹었다는 말에 인상을 찌푸렸다. 그러다가 디스토마에 걸리지는 않았는지 모를 일이었다. 이연옥씨는 이곳에 오는 사람 중에 그런 이야기를 하는 사람을 몇 명 만나본 적이 있다고 했다. 김용삼이 지어 낸 이야기는 아닌 것이 확실했다. 예전 고대인들은 고래를 잡아먹었을 터인데 현대의 사람들은 모기장으로나 잡을 수 있는 작은 고기를 잡아먹었다는 사실이 아이러니하게 느껴졌다.

셋은 나란히 서서 각석 벽면에 새겨진 그림을 들여다보았다. 한참을 들여다보던 김용삼이 나에게 물었다.

"작가님은 이 그림이 무슨 뜻이라고 생각하세요?"

김용삼이 그런 질문을 하리라고는 생각도 못했던 터라 대충 에둘러 대답했다.

"글쎄요. 무슨 물건을 빌려주고 적어놓은 치부책 같은 것이 아닐까요?"

김용삼은 나를 빤히 쳐다보며 실망스런 모습을 보였다. 작가가 상상력이 너무 부족하다고 노골적으로 말했다. 나는 은근히 자존심이 상했지만 그의 의견을 물었다. 그러자 김용삼은 지금 우리나라에서 제일 중요한 책이 무엇이냐고 물었다. 나는 얼떨결에 성경책이라고 대답해버렸다. 그러자 김용삼은 아이고 소리를 내며 한숨을 내쉬었다. 한심하다는 뜻이었다.

"우리나라에서 제일 중요한 책은 나라의 틀을 정해놓은 헌법 책이 아니겠습니까? 대한민국은 민주공화국이다. 국민은 모두 평등하고 영토는 어디어디로 한다고 적어놓은 헌법 책이 아니겠습니까?"

"그렇긴 하네요. 그럼 이 그림들도 그때 당시의 헌법과 같은 기능을 하도록 새겨 놓았다는 말이군요?"

김용삼은 자신에 찬 어조로 대답했다. 그 당시 사람들이 제일 중요한 것을 적어놓았지, 할 일이 없어 놀이삼아 새기지는 않았을 것이라고 했다. 생각해 보니 일리가 있는 말이었다. 개인의 사소한 이야기가 아니라 공동체를 이끌어 나가는데 필요한 내용을 적어놓았을 것이라는 의견에 공감이 갔다.

"그럼 일부분이라도 내용을 알아볼만한 그림이 있을까요?"

"아. 제 나름대로 알고 있는 그림은 있지요. 여기 이 그림요."

김용삼은 바위 면 제일 꼭대기에 있는 그림을 가리켰다. 겹마름모꼴이 다섯 개 연속으로 그려진 문양이었다.

"너무 어렵게 생각하지 말고 우리가 어렸을 때 땅 위에 그림을 그리고 놀던 생각을 해보세요. 여기는 내 땅이야, 하면서 주변에 둥그렇게 원을 그리지 않았나요. 우리들이 흙바닥에다 그릴 때는 큼지막하게 그렸지만 바위에 기록하기 위해 새긴다면 그렇게 크게 그리지는 않겠죠. 크기는 작지만 겹으로 그린 마름모꼴은 하나의 마을을 나타내는 것이었을 겁니다. 다섯 개를 그린 것은 다섯 개 마을이 모여 여기 규칙을 새긴다는 제목과 같은 것이었겠죠."

나는 김용삼의 이야기를 듣고 깜짝 놀랐다 어쩌면 내가 생각하고 있었던 것과 똑같이 말을 하고 있는지 신기한 생각이 들었다. 과학적으로 정확한 해석을 하려 하기보다는 아이들이 흙바닥에 그림을 그리며 놀았듯이 쉽게 생각하고 접근해 볼 필요가 있을 것 같았다.

나는 김용삼에게 다음 그림을 해석해보라고 했다. 그러자 김용삼은 예상과는 달리 머리를 절레절레 흔들었다.

"그건 무슨 박사라는 사람들이 해석을 해야지요. 작가님도 한번 해보시던가요."

김용삼의 말투에는 무엇인가 못마땅한 게 있다는 뜻이었다. 내가 꼬치꼬치 물어대자 김용삼이 목소리를 조금 높여 대답했다. 그의 주장은 암각화를 자기가 발견했다고 떠드는 사람도 한심하고 50년 동안이나 무슨 뜻인지도 밝혀 내지 못하는 사람들도 답답하다는 것이었다. 동네사람들이 이미 다 알고 있는 것을 자기가 발견했다고 하는 것부터가 유치하고, 배우지도 못한 자기도 알고 있는 내용을 박사라는 사람들이 모른다는 게 한심하다고 했다.

"내용을 아시면 박사님들에게 알려주지 그랬어요?"

"내가 왜 그래야 하죠? 나한테 듣고도 또 자기가 다 알아냈다고 할 게 뻔한데."

김용삼은 이미 자기가 암각화의 문양 내용을 다 꿰뚫어보고 있다는 투였다. 그 내용을 어떻게 아느냐고 물었더니 아버지들에게 들은 이야기이고 같은 마을에 사는 자기 또래들은 다 알고 있는 사실이라고 했다.

이연옥씨가 김용삼의 모습을 멍한 눈초리로 바라보았다. 마치 정신 나간 사람을 보는 듯했다. 같잖다는 투로 그런 내용을 알면 제보를 하지 왜 가만히 있느냐고 했다. 김용삼은 자기 마을의 내력인데 그 사람들에게 제보를 해서 얻을 게 무엇이 있느냐고 했다.

"이건 우리 마을의 역사책과도 같은 것인데 아줌마 같은 사람들이 들어와서 벌어먹고 사는 것도 이상하지 않아요?"

김용삼은 이연옥씨에게 대놓고 아줌마라고 불렀다. 이연옥씨는 불쾌한 기분을 드러내지 않으려고 입술을 깨물었다.

"이게 이 동네 물건인 줄 알아요?"

"알았수다. 내 다시는 여기 안 올 테니 걱정하지 마슈."

김용삼은 나에게 가자는 말도 없이 휘적휘적 걸어 나갔다. 하는 수 없이 나도 김용삼을 따라갈 수밖에 없었다. 개울을 건너는 다리에 와서 아까 놓아두었던 넓적한 돌을 어깨에 메었다. 이연옥씨는 문화해설사들이 근무하는 건물로 들어가 문을 쾅 소리가 나도록 닫았다.

유리

−유리는 누가 뭐래도 나의 딸이었다. 유리의 생물학적 아버지는 마츠오가 틀림없지만 어려서부터 아비노릇을 한 것은 나였다. 유리도 당연하게 나를 아버지로 여기고 살았다. 불과 다섯 살에 친아버지와 헤어지고 줄곧 나와 함께 한집에서 살았으니 마츠오와 내가 분간이 되지 않는 것 같았다. 어른이 되어서도 제 어미인 에리코보다는 나에게 더 살갑게 굴었다.

유리가 고등학교를 졸업하고 대학에 갈 무렵이 되어 집안이 매우 윤택해져 있었다. 자기가 이루고 싶은 꿈이 화가였기에 동경미술대학에 갔다. 나는 유리가 어린 시절 같이 그림을 그린 적은 있지만 대학에 가서 무슨 그림을 그리는지 자세히 알지 못했다.

그런데 유리의 대학 졸업 작품전시회에 가보고 깜짝 놀랐다. 그림 내용이 온통 내 눈에 익숙한 것들이었다. 그것은 분명 유리가 어릴 적에 내가 도화지에 어설프게 그려주었던 천전리 각석에 새겨져 있던 그림들이었다. 본래의 모양과는 많이 변형이 되고 채색까지 되어 있었지만 분명 암각화였다. 다른 사람은 몰라도 나는 단번에 알아볼 수 있었다.

나는 유리를 조용한 곳으로 불러 물어보았다. 어렸을 때 내가 그려주었던 그림을 아직까지 기억하고 있느냐고 물었더니 그렇다고 했다. 전시회의 제목이 아주 오래 된 사랑이라고 지은 것도 다 뜻이 있는 것이라고 했다.

"아빠가 저를 무지 사랑하셨잖아요. 엄마도요."

유리의 대답에 눈물이 핑 돌았다. 대답 대신 유리의 손을 꼭 잡았다. 유리가 그렇게 기특하고 사랑스럽게 느껴지기는 처음이었다. 내 가슴 속에 사랑이 충만하게 넘쳐나는 기분이었다. 에리코를 향한 내 마음이 한 다리를 건너 유리를 통해 돌아오는 것 같았다.

사랑은 어떤 모습을 하고 있든 자신에게 손해나는 것이 아니다. 퍼주면 퍼 주는 대로 넘쳐나는 것이 사랑이다. 내가 되뇌었던 말이었다. 나는 유리를 통하여 사랑의 절정에 올라 있었다. 일본에 건너오길 정말 잘했다는 생각이 들기도 했다. 예전 조선에서 있었던 일은 이제 까마득한 과거가 되어 점점 흐릿해져 갔다. 선명하게 남아 있는 것이라고는 백련정에서 처음 보았던 젊은 에리코의 모습이었다. 박꽃처럼 파리한 얼굴에 옴폭 패인 볼우물, 내 머릿속에 화인처럼 깊게 박힌 모습이었다.

유리는 대학을 졸업하고 화가로 활발한 활동을 할 것 같았는데, 일 년 후에 결혼을 선택했다. 결혼식에서 신부 입장할 때 내가 유리를 데리고 들어갔다. 딸을 시집보내는 아비의 마음은 무척 서운하다고들 하는데 전혀 그렇지 않았다. 오히려 뿌듯한 성취감이랄까, 그런 행복감에 젖었다. 유리는 식이 모두 끝나고 나서 내 품에 안겨 눈물을 흘렸다.

"아빠, 어릴 때부터 내 꿈이 뭐였는지 아세요?"

"화가가 되는 게 꿈이 아니었나?"

"아니에요. 내 꿈은 동생을 보는 것이었어요. 두 분은 끝내 내 꿈을 모른 체 하셨지요."

나는 유리의 말을 듣고 놀라지 않을 수 없었다. 유리의 동생이라니? 지금까지 내가 생각지도 못한 것이었다.

"네 어머니에게 말을 해 보았니?"

"했었지요. 한 번도 대답을 듣지 못했지만요. 저는 이제부터 열심히 아이를 낳을 거예요. 가지지 못한 동생 대신에요."

에리코는 내 등 뒤에서 유리의 말을 듣고도 표정의 변화가 없었다. 나는 그때만큼은 에리코가 야속하다는 생각이 들었다. 자식에게까지 아픔을 안겨줄 필요가 있을까 생각했다.

유리는 결혼식날의 다짐처럼 결혼하자마자 아이부터 낳기 시작했다. 첫 아들을 낳고 연달아 두 살 터울로 아이를 낳았다. 그렇게 낳은 아이가 여섯이었다. 아들이 넷이고 딸이 둘이었다. 딸 둘은 신기하게도 저희 외할머니인 에리코를 닮았다. 에리코와 나는 외손주들을 끔찍이 사랑했다. 에리코는 어땠는지 몰라도 나는 유리의 아이들이 에리코와 나 사이에서 태어난 것 같은 기분이 들었다.

　에리코의 아버지는 내가 환갑이 되던 해인 1978년에 81세로 생을 마감했다. 마지막 임종 자리에서 나와 에리코를 나란히 앉혀 놓고 두 사람의 손을 꼭 쥐었다. 입을 움직일 수도 없는 상태에서 더 이상 말은 하지 못했다. 마지막 남은 혼신의 힘으로 나와 에리코의 손을 서로 마주 잡게 했다. 말을 할 수는 없었지만 에리코에게 마지막 애원을 하는 것 같았다. 두 사람이 마주 잡은 손을 덮고 있던 손에 힘이 빠지며 마지막 숨을 거두었다.

　에리코는 아버지의 주검 앞에 오열했다. 끝까지 부모의 마음을 불편하게 했다는 죄책감 때문인 것 같았다. 나도 진심으로 가슴에서 우러나오는 눈물을 흘렸다. 일본생활에서 든든한 내 편이 되어준 사람이었다.

　아버지의 장례를 치루고 난 에리코는 많이 변했다. 같이 방을 쓰지는 않았지만 말을 거는 횟수가 점점 늘어났다. 밖에 나들이를 나갈 때는 자연스럽게 손을 잡았다. 마지막으로 남긴 아버지의 뜻을 존중하려는 의지가 엿보였다. 나는 에리코와 손을 잡는 것만으로 기쁨이 넘쳐났다. 잠자리를 같이 하지는 않았지만 늦은 나이에 신혼생활을 시작한 듯했다.

　어느 따듯한 봄날이었다. 벚꽃이 거리마다 활짝 피어나 천지는 새 세상이 열린 듯 화사했다. 에리코와 나는 다정하게 손을 잡고 공원으로 산책을 나갔다. 일본에 처음 건너왔을 당시 에리코 아버지의 부탁으로 둘이 이야기를 나누러 갔던 바로 그 공원이었다. 30년이 넘는 세월이 흐르고 나니 공원의 모습도 많이 변해 있었다. 그때 당시에 사람 키만 했던 어린 벚나무가 아름드리 고목이 되어 무성한 꽃을 달고 있었다.

　에리코와 나는 벚나무 아래 벤치에 앉았다. 예전과는 다르게 두 손을 맞잡은 채였다. 나는 손바닥에 전해져 오는 촉감만으로 온몸이 공중에 붕 떠있는 듯했다. 고개를 돌려 에리코의 얼굴을 정면으로 바라보았다. 에리코도 나의 시선을 피하지 않았다. 세월의 흔적이 남기는 했지만, 그 옛날 대곡천 백련정에서 처음 보았던 그 모습이 그대로 있었다.

　"이제는 마츠오도 우리를 용서할까요?"

　"…."

　나는 쉽게 그렇다고 대답하지 못했다. 용서라면 에리코와 어린 유리를 데리고 일본으로 건너왔을 때 모든 것이 덮어졌어야 하는 것이었다. 조선인 김재성을 버리고 일본인 다케시로 살기로 작정했으면 모든 건 용서되어야 했다.

　"당신은 여전히 나를 사랑하나요?"

"여전히."

"하나님도 우리사랑을 용서하실까요?"

나는 에리코의 입에서 하나님이 나오는 걸 보고 깜짝 놀랐다. 조선에 있을 때는 주말마다 성당에 다니던 에리코였지만 일본으로 건너오고 나서 성당에는 얼씬도 하지 않았다.

"아직도 가슴 속에 하나님을 섬기고 있었나요?"

"물론이죠. 내 죄를 용서받지 못할 것 같아서 성당에 갈 수가 없었던 것이죠."

"세상에 용서받아야 할 사랑이 어디에 있겠습니까? 죄 없으니 사랑하라 하지 않았습니까."

"저는 삶의 무게가 검불처럼 가벼워 보여 견딜 수가 없었습니다. 내가 어떻게 마츠오를 잊고 사랑을 할 수 있었겠어요."

"나는 마츠오가 지금까지 살아있었어도 당신을 사랑했을 것입니다."

에리코가 놀란 눈으로 나를 바라보았다. 내 말은 진심이었다. 혹시라도 조선이 해방될 때까지 마츠오가 살아 있었다 해도 내 사랑은 변함이 없었을 것이다. 서로 다른 나라에 살고 있어 만날 수 없었다 해도 나는 사랑을 포기하지는 않았을 것이다.

그리고 보면 이 생의 사랑은 나에게 축복과도 같은 것이었다. 내 삶은 더 이상 바랄 것이 없는 충만한 것이었다.

에리코가 이마를 내 어깨에 지긋이 기대왔다. 나는 그 가벼운 무게에도 온 세상이 나에게로 다가와 안긴 듯했다. 우리의 삶은 나이가 들어서야 제자리를 찾은 듯했다. 유리가 낳은 아이들이 재롱을 부릴 때면 우리가 낳은 아이들 같은 기분이 들었다. 유리도 우리들의 사이가 좋아진 걸 보고 행복해 했다.

그러나 유리는 물론이고 세상 그 누구도 알지 못하는 우리들의 비밀이 있었다. 그것은 부부의 은밀한 잠자리에 대한 것이었다. 내 나이는 아직까지 남자로서의 남성성이 왕성하게 살아 있는 시기였다. 반면에 에리코는 갱년기를 지나 폐경을 하면서 성적인 자극에 무덤덤해 진 것 같았다. 둘이 처음으로 한 침대에 누웠을 때 나는 신혼 첫날밤을 치루는 새신랑 같았다. 처음으로 입을 맞추었을 때 에리코는 조금 당황하는 듯했다. 그 다음에 양팔로 가슴을 끌어안고 젖가슴에 은근한 압박을 가했을 때 에리코가 내 가슴을 손바닥으로 밀었다.

다음 동작에 에리코의 잠옷을 걷어내고 속옷을 벗기려던 내 계획은 수포로 돌아갔다. 두 사람 사이에 적당한 거리를 만든 에리코가 나지막하게 속삭였다.

"제 알몸을 보이기 싫어요."

"그건 왜요?"

"늙은 노파의 몸을 보이기 싫거든요. 그냥 이렇게 편하게 지냈으면 좋겠어요. 항상 30년 전의 모습만 기억해주었으면 좋겠어요. 제 젖가슴을 보는 순간에 당신은 놀라서 조선으로 도망치고 말거에요. 살이라고는 없는 늙은 노파의 몸을 보게 될 테니까요. 끝까지 제 젊은 날의 모습만 기억해 주세요."

나는 아무런 대답을 할 수 없었다. 이렇게 한 이불 밑에 누워 있는 것으로도 세상 모두를 얻은 것만큼 행복했다. 섹스까지 원한다는 게 어쩌면 주제넘은 일인 것 같았다.

"그렇게 할 수 있겠죠?"

에리코는 재차 다짐을 받으려 재촉했다. 나는 말없이 고개를 끄덕였다. 에리코의 손을 지그시 힘주어 잡았다. 그 첫날 밤 무언의 약속은 돌처럼 단단하게 굳어졌다. 둘의 대화는 밤낮 없이 이어졌고 손을 잡거나 가볍게 끌어안는 스킨십은 멈추지 않았다. 우리는 누가 보아도 부러울 것 없는 잉꼬부부였다. 물론 두 사람의 변화를 제일 반긴 것은 유리였다.

유리는 화가로서의 길을 접고 대곡건업의 인테리어팀에 합류했다. 유리의 남편 요시노리도 처음에는 공무원생활을 하다가 접고 대곡건업에서 일을 배워 나중에는 중요한 자리를 꿰차고 앉았다. 나는 나이가 들어도 걱정거리가 없었다. 나는 전적으로 유리와 요시노리의 의견을 받아들였다. 대곡건업의 다음 승계자는 유리와 요시노리라는 것을 모두가 인정했다.

나와 에리코는 넉넉하게 시간을 내서 여행을 다니기도 했다. 국내여행은 물론이고 겨울이면 따뜻한 동남아에 가서 한 철을 보내고 벚꽃이 만개할 때 들어오기도 했다. 틈이 날 때마다 세계 여러 나라를 두루 돌아보았다. 그러나 가지 않은 나라가 하나 있었는데 바로 한국이었다. 나도 그랬지만 에리코도 한국에 대해서는 일체 입을 떼지 않았다.

1988년은 내가 70세가 되는 해였다. 한국에서는 서울 올림픽이 열렸다. 유리는 나와 에리코에게 올림픽관광을 다녀올 것을 권유했지만 두 사람은 이야기 자체를 듣지 않은 것처럼 침묵으로 일관했다. 막상 올림픽 기간이 되자 유리와 요시노리가 아이들을 데리고 한국엘 다녀왔다.

비행기로 서울에 가서 올림픽 개막식을 보고나서 버스로 경주 관광을 하고 부산으로 와서 배를 타고 현해탄을 건너 후쿠오카로 돌아왔다. 유리는 자신이 태어난 곳을 둘러보기 위해 언양에 들렀는데 아무것도 기억이 나지 않더라고 했다. 부산항에서 배를 타고 현해탄을 건너오는데 맥없이 눈물이 쏟아지더라고 했다.

"왜 그런 것인지 이유를 알 수 없었어요. 배를 탔던 기억도 남아있지 않았는데요."

그런 말을 하면서도 눈물이 나려고 하는지 목소리가 젖어 나왔다.

"그리고 가이드가 언양에 왔으면 꼭 보고 가야 할 곳이 있다며 우리를 데려갔어요. 물이 맑은 개울가였는데 비스듬한 바위에 알 수 없는 그림들이 새겨져 있었어요. 가이드의 말로는 수천 년 전의 원시인들이 새겨놓은 것이라고 말하더군요. 나는 깜짝 놀라지 않을 수 없었어요. 내가 그렸던 그림들이 거기 고스란히 새겨져 있었어요."

나는 유리의 이야기를 듣고 심장이 마구 뛰었다. 그곳이 바로 너의 친아버지 마츠오가 살해당한 곳이라고 말할 수는 없었다. 유리는 그곳이 왠지 예전에 한 번 와 보았던 기시감이 들더라고 했다.

"내가 어려서 기억을 하지 못하는데 혹시 나를 데리고 그곳에 갔었나요?"

에리코는 유리의 질문을 받고 얼굴색이 새파랗게 질려있었다. 대답은 하지 못하고 고개만 설레설레 흔들었다.

"그런데 참 이상한 일이죠. 왜 그곳에 가 보았던 기분이 들었을까요? 그리고 왠지 눈물이 나더군요."

나는 더 이상 유리가 암각화 이야기를 하지 말았으면 했다. 아니나 다를까 에리코의 얼굴은 파랗다 못해 밀랍처럼 하얗게 굳어 있었다. 잠시 에리코의 몸이 흔들리는 느낌이 들더니 그대로 바닥에 쓰러졌다. 나는 잽싸게 넘어지는 에리코의 몸을 받아 앉았다. 조금만 늦었으면 머리를 바닥에 부딪칠 뻔했다.

"엄마!"

유리가 놀라 내 품에 쓰러져 있는 에리코에게 달려들었다. 에리코는 이미 눈자위가 뒤집혀 있었다. 유리가 아무리 흔들어도 금방 깨어날 것 같지 않았다. 급하게 쓰러진 에리코를 차에 태우고 병원으로 달려갔다. 병원이 그리 멀지 않아 신속하게 응급실에 들어갈 수 있었다.

환자상태를 살펴본 의사는 단번에 급성뇌출혈 진단을 내렸다. 제일 빠르고 확실한 치료법은 두개골을 열고 출혈된 피를 빼내는 방법이라고 했다. 그 방법이 후유증이 제일 남지 않는다고 했다. 수술을 위해서는 보호자의 동의가 필요했다. 의사가 내 의사를 먼저 물어보았다.

"다른 치료방법은 없습니까?"

"두개골 안에 흘러나와 있는 피가 혈관을 통해 흘러나오도록 유도하는 약물치료방법이 있지만 후유증이 많이 남을 수 있습니다."

나는 유리의 얼굴을 바라보았다. 왜 암각화 이야기를 했을까 하고 원망을 해보았지만 어쩔 수 없는 노릇이었다. 지금 이날까지 일본에 건너와 살면서도 언양에서 있었던 일은 절대로 입 밖에 내지 않고 살았다. 그것은 에리코도 마찬가지였다. 더군다나 암각화 이야기는 할 수가 없었다. 나는 암각화 앞에서 머리가 쪼개져 허옇게 뇌수가 드러난 마츠오의 모습을 기억에서 지우려고 지금까지 몸부림을 치고 있는 터였다. 에리코도 나와 다르지 않을 것이었다.

유리는 그런 내용을 전혀 모르고 있었다. 우연한 관광길에 암각화에 들리게 되리라고는 예상하지 못한 일이었다. 미리 그런

여행계획을 알았더라면 무슨 수를 써서라도 말렸을 것이다. 나는 수술동의서에 도장을 찍는 걸 망설이지 않을 수 없었다. 머리가 쪼개진 마즈오의 모습이 자꾸만 겹쳐보였기 때문이었다.

의사는 그런 나의 태도를 못마땅한 눈초리로 쏘아보았다. 보다 못해 유리가 나섰다.

"아빠 괜찮을 거니까 얼른 도장을 찍으세요."

"정말 괜찮을까?"

"제가 책임질 테니 찍어주세요."

결국 에리코는 두개골을 열어 출혈을 모두 제거하고 성공적으로 봉합수술을 받았다. 수술 후의 경과는 아주 좋았다. 하지만 에리코가 수술실에 들어가 수술을 받는 동안 밖에서 대기하던 나의 심정은 그야말로 가시방석에 앉아 있는 기분이었다. 잘못하면 마츠오처럼 사망할지도 모른다는 불안감이 엄습했다. 만약 그런 일이 벌어진다면 나도 이마를 콘크리트 바닥에 찢고 죽어버릴 것이라고 다짐했다.

"여보. 내가 수술 받는 동안 무슨 생각을 했어요?"

의식을 완전히 회복한 에리코가 해맑은 모습으로 내게 물었다. 나는 그렇게 해맑은 목소리로 물어오는 에리코가 너무 고마워 눈물이 왈칵 쏟아졌다. 에리코는 힘이 없는 손으로 내 손을 끌어다 자신의 파리한 볼에 비볐다. 나는 에리코가 잘못되면 따라갈 생각을 했다고 말하지는 않았다. 하나님이 당신을 지켜줄 것을 믿었다고만 했다. 그동안 에리코와 나는 주말이면 거르지 않고 성당에 나가고 있었다.

　에리코는 수술 후의 경과가 좋아 바로 퇴원했다. 그러나 누군가는 계속 돌보아 줄 필요가 있었다. 나는 회사 일에 손을 떼기로 했다. 유리와 요시노리에게 경영을 맡겼다. 내가 하는 일은 에리코의 건강을 챙기는 것이었다. 매일 식단을 짜고 운동을 위해 같이 공원을 걸었다. 혼자라면 심심해서라도 싫증이 날 텐데 둘이 이야기를 나누며 공원을 걷는 것은 즐거운 일이었다.

　에리코는 그로부터 7년을 더 살았다. 뇌출혈과는 관계없이 겨울철 유행병인 폐렴을 이겨내지 못했다. 1995년의 일이었다. 나는 에리코가 세상을 떠난 뒤 갈피를 잡지 못했다. 내 나이 벌써 희수였다. 에리코를 따라가지 못한 것은 마츠오 때문이었다. 에리코는 마지막 임종을 앞두고 마츠오를 찾았다.

　에리코의 모든 것을 사랑하리라던 내 결심에 처음으로 균열이 생겼다. 에리코가 사랑하던 마츠오까지도 사랑하리라던 내 마음은 이중적이었던 것 같았다. 질투인지 시기심인지 그런 서늘한 감정이 가슴속에서 비누거품처럼 일어났다. 에리코가 내 손을 놓고 숨을 거두었을 때 드디어 마츠오에게 갔구나 하는 생각이 들었다.

　에리코를 그렇게 놓치고 나니 내 곁에 아무도 없구나 하는 생각이 들었다. 에리코의 장례를 치른 후 한 달이 넘도록 음식이 목에 넘어가지 않았다. 그대로 생을 마칠까 생각을 하다가도 죽고 나면 어디로 찾아가야 할까 하고 엉뚱한 생각을 했다. 도대체 죽고 나면 어딜 간다고 그런 생각을 했는지 모를 일이었다.

완전히 혼이 나간 사람처럼 주저앉아 있자 유리가 다가왔다. 바쁜 회사 일을 접어놓고 내 옆에 바짝 붙어 챙겨주었다.

"아빠가 이러시면 안 되지요. 아빠마저 없으면 나는 어떻게 살아요."

빈 말인지 몰라도 눈물이 나게 고마웠다. 유리가 챙겨주는 음식을 먹고 슬슬 움직이기 시작했다. 처음에는 집 안에서만 왔다 갔다 하며 시간을 보냈다. 기껏해야 현관에 모셔 둔 아까다마석을 쓰다듬어 보는 게 일이었다. 차츰 기운을 차려 에리코와 자주 걷던 공원에도 나갔다. 차츰 다리에 힘도 붙었다. 그러나 이상한 일이었다. 갈수록 가슴 한쪽에 구멍이 뚫린 것 마냥 허전했다.

아무리 생각해보아도 에리코가 마지막으로 마츠오를 찾은 탓인 것 같았다. 저 세상이 있다면 두 사람이 만나서 잘 살고 있을지도 모른다고 생각했다. 그렇다면 나는 죽어도 반겨줄 사람이 없을 것 같았다. 나는 현관에 놓아 둔 아까다마석을 내 방으로 옮겨 놓았다. 틈이 있을 때 마다 아까다마석을 쓰다듬었다.

'이제 돌아가자.'

같은 말을 몇 번 되풀이하고 나니 버릇처럼 입에 붙었다.

'돌아가자. 돌아가자.'

나는 아까다마석을 쓰다듬으며 같은 말을 몇 번이고 되풀이했다. 그러기를 석 달을 하고나서 유리를 불러 내 결심을 말했다. 유리는 내가 하는 말을 모두 듣고 나서 하염없이 눈물을 흘렸다.

사막

　김재성씨의 일기를 읽다보니 하룻밤을 홀딱 새고 말았다. 용변을 보러 화장실에 가기 위해 거실로 나갔더니 불이 환하게 켜져 있었다. 아내는 아직 잠자리에서 일어나지 않았는지 집안이 조용했다. 화장실에서 나오면서 안방 문을 소리가 나지 않게 살짝 열어보았다.
　아내는 아직도 곤하게 잠들어 있었다. 방안 온도를 높여 놓아서인지 이불을 사타구니 사이에 끼고 모로 누워 잠들어 있었다. 나는 가까이 다가가 잠든 아내의 모습을 자세히 내려다보았다. 35년 전의 모습을 생각해보니 전혀 다른 사람이 누워 있는 것 같았다. 함께 살다보니 아내가 늙어가는 걸 느끼지 못한 것이었다.
　시장기를 느꼈지만 그대로 아내의 곁으로 파고들었다. 그 바람에 아내는 잠에서 깨어났다. 왜 이제 들어오느냐고 한 마디 하고는 다시 잠들었다. 나는 아내의 어깨에 손을 얹고 그대로 잠 속으로 빠져 들었다.

  얼마의 시간이 흘렀는지 심하게 허기가 느껴져 잠에서 깨어났다. 아내는 일어나 어디로 가고 빈자리가 허전하게 느껴졌다. 시계를 보니 오후 한 시였다. 거실로 나왔는데 아내의 기척은 없었다. 소파 탁자 위에 쪽지가 놓여 있었다. 친구들과 점심 약속이 있어 나가니 알아서 밥을 챙겨먹으라는 내용이었다. 친절하게도 국은 끓여 놓았으니 데워서 먹으라고 적혀있었다.

  아내가 원망스런 마음은 조금도 들지 않았다. 나이가 들수록 서로에게서 자유로워질 필요가 있다고 생각했다. 쪽지를 적어놓은 것만도 고맙게 생각되었다. 여자라고 해서 끝까지 남자의 밥상을 차려야 한다는 것은 이치에 맞지 않는 것 같았다.

  주방으로 들어가 밥상을 차리기 시작했다. 밥은 보온이 되어 있는 밥솥에서 퍼 담기만 하면 되었고 끓여 놓은 국을 데우는 일은 식은 죽 먹기였다. 냉장고 안에서 대충 몇 가지 밑반찬을 꺼내 놓고 수저를 들었다.

  밥을 먹다가 문득 어젯밤에 읽었던 김재성 노인의 일기가 생각났다. 평생을 같이 살던 배우자가 갑자기 세상을 떠나면 어떻게 될까 생각해 보았다. 혼자 밥을 차려 먹어도 아내가 있는 것과 없는 것은 차이가 클 것 같았다. 만약 나의 아내가 갑자기 떠나기라도 한다면 삶의 여유가 모두 사라질 것 같았다. 새삼 아내의 존재가 고마웠다.

밥을 다 먹고 대충 치우고 있는데 휴대전화가 울렸다. 전화를 받아보니 며칠 전에 대곡댐 문학기행 때 만난 경주의 김은경 시인이었다.

"선생님께서 그날 K시인에 대해 물으시길래 전해 드릴 소식이 있어서요."

"무슨 소식입니까?"

"K시인이 죽었답니다."

"네에? 죽다니요? 아직 나이가 있는데."

"사막에서 죽었답니다. 자세한 이야기는 전화상으로 알려드리기가 뭐 하니 잠시 시간 좀 내주실 수 있겠습니까?"

나는 두 말할 필요도 없이 당장 만나겠다고 했다. 지금 바로 경주로 올라갈 테니 주소를 보내달라고 했다. 김은경 시인은 경주에 올 필요가 없다고 했다. 울산시립도서관에 볼 일이 있어 가야 하니 거기서 만나자고 했다. 시간은 한 시간 후로 정했다.

집에서 도서관까지 차로 10분 거리니 시간은 충분했다. 그런데 무엇부터 어떻게 준비를 해야 하는지 허둥거렸다. 당연히 욕실에서 양치를 하고 세수를 하고 머리까지 감아야 하는데 무엇을 먼저 해야 할지 생각이 나지 않았다. 치약을 듬뿍 짜서 양치를 하다가 갑자기 요의를 느껴 변기에 앉았다. 변기에 앉아 칫솔을 물고 있자니 거품이 잔뜩 일어난 치약이 턱까지 흘러내렸다.

'사막이라니? 사막이라니?'

흘러내리는 치약을 한 손으로 훔치면서도 중얼거렸다. 20년 전이었다. 처음 반구대 암각화를 찾아갈 무렵은 심한 갈수기였다. 봄철이었는데 가뭄으로 농작물이 타들어간다고 난리를 쳤다. 사연댐의 수위도 바닥을 치고 있었다. 덕분에 반구대 암각화로 건너가는데 무리가 없었다.

차로 집청정까지 간 우리는 바짝 말라 있는 대곡천을 걸었다. 바닥은 상류에서 떠내려 온 보드라운 흙모래가 가라앉아 사막을 연출해 놓고 있었다. 우리는 발자국을 남기며 암각화를 향해 걸었다. 마치 오아시스를 찾아가는 대상의 행렬처럼 보였다.

반구대 기행을 마치고 시 작품을 제출했는데 내 시에만 사막이라는 단어가 나왔다. 같은 풍경을 바라보아도 느끼는 바가 사람마다 다르다는 것을 여실히 알 수 있었다. 사막을 느낀 것은 나 한 사람뿐인 것 같았다. K는 내 시를 극찬했고 다음 해에 저자의 이름을 자신으로 바꿔 잡지에 실었다.

그가 호주의 사막으로 간 것이 나와 아주 무관해 보이지 않았다.

'사막이라니?'

나는 도서관 건물에 들어서면서도 입 안에 사막을 굴렸다. 김은경 시인은 먼저 와서 기다리고 있었다. 도서관 메인 홀의 한쪽 벽면에 울산작가의 책을 장식해 놓은 곳이 있었다. 진짜 책이 아니라 커다랗게 장식용으로 만든 것이었다. 김은경 시인은 내 첫 번째 장편소설인 별의 전쟁을 들여다보고 있었다.

"여기 이렇게 올라와 있어서 좋으시겠어요. 저는 처음보고 깜작 놀랐어요. 진짜 책인 줄 알고요."

인사대신 책 이야기부터 건네었다. 사실은 나도 처음에 커다란 책을 보고 놀랐었다. 어떻게 이런 커다란 책을 만들었나 신기한 생각이 들었다. 가까이 가보고는 웃음이 나왔다. 내 책이 시립도서관의 메인 벽에 걸려 있다는 게 기분이 좋았다. 그러나 잠시 후에 옆 자리에 같이 걸려 있는 책들을 보고 실소를 금치 못했다. 울산지역 작가라면 오영수 같은 작고한 유명작가의 책을 우선으로 선택했어야 했다. 옆에 나란히 올라 있는 책들 중엔 금년에 처음 낸 수필집도 있었다. 선정기준이 작년에 출간한 책 중에서 고른 것이었다.

"제 시집이 이런데 걸려 있으면 좋겠어요."

"제가 양보할 게요. 이걸 떼어내고 대신 이 자리에 올려놓으세요."

"사양하겠습니다. 제가 경주 작가거든요."

김은경 시인과 나는 2층에 있는 커피숍으로 올라갔다. 나는 챙겨 온 별의 전쟁을 건네주었다. 김은경 시인도 자신의 시집 한 권을 건네준 다음 미래시학이라는 시 전문 잡지를 꺼내 테이블 위에 올려놓았다. 책의 겉모양으로 보아 여러 번 보았던 흔적이 보였다.

"여기에 K시인의 이야기가 실려 있어요."

김은경 시인은 능숙하게 책 중간부분을 펼쳤다. K가 나온 부분은 페이지 끝을 조금 접어놓아 쉽게 찾을 수 있었다. 나는 김은경 시인이 펼친 페이지를 보고 눈을 크게 떴다. 시를 다루는 잡지의 중간에 여성잡지에서나 있음직한 여인의 사진이 실려 있었다.

사진은 태양을 바라보고 서 있는 여인의 뒷모습이었다. 사진이라기보다는 화가가 그린 그림과 같은 분위기를 연출하고 있었다. 역광으로 사진을 찍어 입고 있는 옷의 색깔도 정확하게 구분할 수 없었다. 발목까지 내려오는 긴 치마가 중년여인의 모습을 나타내고 있었다. 사진 맨 위에는 흰 글씨로 －시인을 기다리며－ 라고 쓰여 있었다.

나는 사진을 처음 보는 순간부터 가슴이 방망이질 치기 시작했다. 비록 태양을 바라보며 찍은 뒷모습이지만 20년 동안이나 내 시신경에 남아 지워지지 않는 여인이었다. 책속의 사진이기는 하지만 오히려 정면의 얼굴 모습이 나타나지 않은 것이 더 좋다는 생각이 들었다. 아마 20년이라는 세월이 상처를 내고 지나간 얼굴을 단번에 마주한다면 눈물이 날 것 같았다. 지금도 파리한 얼굴색에 깊은 볼우물이 남아 있는지 알 수 없었다.

"이분이 K시인의 부인이세요. 지금 호주 서부의 퍼스라는 곳에 계신답니다."

"그렇군요."

나는 건성으로 대답했다. K가 호주에 가 있다는 이야기는 대곡댐 문학탐방 때 들었었다. 나는 사진에서 눈을 떼지 못했다. 책장을 넘기면 그나마 흐릿한 그림자 같은 그녀의 모습이 사라질 것 같았다.

"부인께서 카톡으로 잡지사에 보내 온 글을 실었답니다. K시인이 호주에 가서도 미래시학에 작품을 발표했었답니다. 그러다가 한동안 뜸하더니 부인께서 잡지사로 소식을 전해왔답니다."

"그가 죽었나요?"

나는 말을 꺼내놓고도 스스로 놀랐다. 사람의 목숨에 대해 물으면서 그렇게 감정이 없는 투로 물을 수 있다는 게 신기했다. 목소리 자체가 물기라고는 없는 메마른 모래사막을 건너온 바람 같았다.

"뒷장부터 읽어보시면 아시겠지만 정확하게는 실종 상태인 것 같아요."

김은경 시인은 어서 책장을 넘겨보라고 다그치는 것 같았다. 그러나 나는 책장을 넘길 생각이 없었다. 언제까지고 해를 안고 서 있는 그녀의 뒷모습 사진을 들여다볼 생각이었다. 그러다 보면 어느 순간에 사진 속의 그녀가 홱 돌아설 것 같았다.

너무 오랫동안 사진만 들여다보고 있자 김은경 시인이 조급증이 이는가 보았다. 책을 선물로 줄 테니 가져가서 천천히 읽어보라고 했다. 그러면서 다음 달에 만나기로 했던 대암댐 탐방 일정에 대해 물었다. 나는 건성으로 대답하고 나서 서서히 책장을 넘겼다.

―그이가 떠나간 지 벌써 150일이다. 나는 오늘도 해가 뜨기 전에 일어나 그를 맞을 준비를 한다. 그는 반드시 해가 뜨는 아침에 집으로 찾아올 것이다. 왜냐하면 뜨거운 낮을 피해 밤새 걸어온다면 아침 해가 떠오를 즈음이면 목적지에 도착할 것이기 때문이다.

나는 그의 모습이 어떻게 변했는지 보지 않아도 알 수 있다. 분명 면도를 하지 않아서 수염이 사막의 마른 검불처럼 무성할 것이다. 물과 식량이 부족할 테니 양 볼의 살이 빠져 홀쭉해졌을 것이고 광대뼈는 더 도드라져 보일 것이다. 매일 집을 생각하며 걸었을 테니까 눈은 움푹 들어갔을 것이고 눈빛은 깊어졌을 것이다.

어쩌면 입고 있는 옷조차도 땀에 절고 가시에 찢겨져 누더기가 되어 있을지도 모른다. 그렇다고 그의 마음속을 누비던 시 조차 색이 바래지는 않았을 것이다. 우리들의 35년 동고동락의 추억도 그의 기억 속에 변질되지 않고 고스란히 남아있을 것이다.

사막을 지나온 해가 더 뜨거워지기 전에 그가 씩씩한 걸음으로 다가와 내 손을 잡을 것이다. 그러면 그동안에 조바심치던 마음이 한낱 기우였다는 걸 깨우치며 가벼운 인사와 함께 티끌처럼

날려버릴 것이다. 그의 여윈 손을 잡고 방금 차려놓은 아침식탁으로 그를 끌고 갈 것이다. –

나는 한 페이지를 읽고 나서 거꾸로 책장을 넘겼다. 다시 아침해가 그녀의 옷자락을 헤치고 솟아오르려 하고 있었다. 사막의 아침 바람에 그녀의 치마 말기가 흔들리는 듯했다. 나는 당장에 사막으로 달려가 해를 등에 업고 그녀가 기다리는 아침 마당으로 달려가고 싶은 충동에 휩싸였다.

하마 몇 해 전부터 내 안에서 사막이 부르는 소리가 분명 있었다. 그걸 정확하게 알아듣지 못했을 뿐이었다. 몇 년 전에 발표한 단편「사막을 걷다」라는 작품에도 죽음을 앞둔 주인공이 시드니에서 퍼스로 가는 비행기를 타는 것으로 끝을 맺은 적이 있었다. 아무리 작품 속의 이야기라고는 하지만 사막이 나를 잡아당기지 않고는 쓸 수 없는 이야기였다.

단편「사막을 걷다」는 모 문학상 후보작에도 올라 매우 고무되어 있었다. 언젠가 뒷이야기를 이어 장편으로 써낼 계획을 하고 있었다. 그러기 위해서는 생생한 현장체험을 위해 호주의 사막을 여행할 계획이었다. 사막은 내 가슴 속에서 떠나지 않고 오래도록 기다리고 있었던 것이다.

내가 여인의 사진만 들여다보고 있자 김은경 시인이 자리에서 일어났다. 시인의 촉으로 무엇인가 감추어진 이야기가 있다는 것을 눈치챘는지도 몰랐다.

"저는 강의 때문에 들어가봐야겠습니다."

"아, 네. 그러시죠."

예의상으로는 김은경 시인의 강의를 들어주어야 했다. 그러나 강의 내용이 머리에 들어올 리 없었다. 김은경 시인도 분위기로 보아 그럴 것이라는 걸 알아챈 것 같았다.

"그럼 여기서 그만 헤어지죠. 책은 제가 선물로 드릴 테니 가져가세요. 저는 또 구할 수 있으니까요."

"그래도 되겠습니까?"

나는 도서관을 나와 곧장 차를 몰아 반구대 암각화로 갔다. 상징적인 사막이기는 했지만 20년 전의 그 사막을 보고 싶은 충동이 일었다. 겨울인데다 주중이어서 반구대를 찾는 사람은 아무도 없었다. 마른 나뭇잎이 구르는 반구대 가는 길은 황량하기 그지없었다. 차를 '암각화 그림속으로' 식당 앞에 주차시키고 곧장 암각화로 걸어갔다. 겨울인데도 사연댐의 수위는 제법 높았다. 예전에 사막을 연출했던 바닥은 짐작조차 할 수 없었다. 물이 찼을 때와 갈수기의 차이는 엄청났다. 마른 먼지바람이 이는 사막이 푸른 창해로 바뀌는 것이었다. 가득 불어난 물 건너편의 암각화는 존재조차 알아볼 수 없었다. 문양을 관찰할 수 있도록 망원경을 설치해 놓았는데 들여다보고 싶은 생각은 없었다. 예전에 답답한 마음을 달래기 위해 밤중에도 찾아와 바지를 걷어 올리고 암각화 앞으로 달려갔던 때가 생각났다. 지금은 그때처럼 바지만 걷어 올린다고 물을 건널 수 있는 상황이 아니었다.

건너편 바위벽에 새겨져 있는 여인상이 떠올랐다. K의 설명대로라면 고래잡이를 떠난 선장의 마누라였다. 그의 시에도 나오는 걸 보면 장난으로 했던 말은 아닌 것 같았다. 어쩌면 내가 파리한 얼굴에 움푹 들어간 볼우물을 그리워하듯 그에게도 그런 무엇이 필요했는지도 모르는 일이었다.

그의 주장처럼 진짜 고래잡이를 떠난 선장의 마누라인지는 몰라도 아무것도 알 수 없는 그림 하나가 그토록 시인의 가슴을 들뜨게 하는 존재였다. 그렇다면 신열이 나게 하는 파리한 얼굴과 깊은 볼우물은 나에게 무엇일까? 그러고 보니 난 아직까지 그녀의 이름조차 알고 있지 못했다.

나는 나무로 막아놓은 목책에 기대어 미래시학을 펼쳤다. 다시 그녀의 사진이 나온 페이지를 폈다. 도서관 실내에서 보았던 사진의 이미지와 햇볕 아래서 보는 사진은 분위기가 달랐다. 실내에서 보는 사진은 몽롱한 환상적인 분위기였는데 밝은 빛에 노출된 사진은 좀 더 사실적인 느낌으로 다가왔다. 나이가 들어 보이기도 하고 아무데서나 흔히 만날 수 있는 평범한 여인의 모습 같기도 했다.

사진을 한참 동안 들여다보다가 아까 도서관에서 읽다 접은 페이지를 펼쳤다.

―아침식탁에 앉아 편안한 자세로 음식을 먹고 있는 그에게 내

가 물어 볼 것이다. 사막에서 찾으려던 것은 찾았느냐고? 그러면 그가 대답 대신 희미하게 웃을 것이다. 나는 놀이터에서 돌아온 어린아이를 바라보듯 그를 뚫어져라 바라볼 것이다.

그러나 이 아무렇지도 않고 어려울 것 같지도 않은 현실이 이루어지지 않는 것이란 말인가. 아! 그는 지금 사막 어느 곳을 헤매고 있는 것인가? 처음 그가 떠나고 나서 한 달 후에 실종신고를 했다. 호주 경찰은 자국민도 아닌 동양인 남자 한 명을 찾기 위해 헬기까지 동원했다.

헬기는 근 한 달 동안 사막 위를 날아다녔다. 헬기가 뜨는 횟수가 점점 줄어들었다. 나는 수색대에게 딱 한 번만 헬기를 태워달라고 매달렸다. 어렵게 승낙을 받고 헬기에 올랐을 때 금방이라도 그를 만날 수 있을 것 같았다.

그러나 헬기가 출발할 때 품었던 희망은 여지없이 무너지고 말았다. 돌아올 때 내가 사막으로부터 가져온 것은 절망이었다. 하늘에서 내려다본 사막은 죽음의 신이 생명 있는 것들을 거두어들이기 위해 포획그물을 펼쳐놓은 것 같았다. 도저히 빠져나갈 틈이 없는 촘촘한 그물이었다.

그날 이후로 헬기도 더 이상 뜨지 않았다. 나에게 수색의 한계를 보여주고 나니 더 이상 희망이라는 말로 지치게 하고 싶지 않은 모양이었다. 한국 영사관에 청원을 계속 넣었지만 해결의 방법을 찾을 수 없었다. 시간이 지날수록 내 기다림에도 한계가 있다는 게 느껴진다.

이제는 서서히 마음이 바뀌기 시작한다. 그가 돌아오지 못할 것이라면 내가 사막으로 마중을 나가야야 하는 것이다. 과연 내가 사막으로 가서 그를 찾아낼 수 있을지 모르겠다. 하늘에서 내려다 본 사막을 생각하면 그건 불가능일 것이다.

자꾸 꿈속에서도 사막이 나타났다. 그가 사막의 한가운데 있었다. 그러나 온전한 그의 모습은 어디론가 사라지고 백골이 된 그의 머리뼈가 사막 한가운데 모래 위에 있었다. 바람이 불자 뻥 뚫린 눈 안에서 모래가 흘러나왔다. 그런데 이상하게도 슬프다는 생각은 들지 않았다. 드디어 그를 찾았다는 안도감과 함께 그 옆에 편안하게 눕고 싶었다.

사실 사막으로 가야지 하면서도 쉽게 발걸음이 떨어지지 않는다. 집 안에서 한 발만 내려서면 바로 모래가 서걱대는 사막이다. 그가 사막으로 떠날 때 준비했던 물건들을 기억해내고는 똑같이 구했다. 그가 사막으로 갈 준비를 하던 모습이 눈에 선하다.

사막에서 살아남기 위해선 물을 구하는 것이 제일 중요하다고 했다. 그가 사막여행을 해보아서 하는 말은 아니었을 것이다. 책이나 인터넷을 뒤져 얻은 정보에 불과했다. 빗물을 받기위해 비닐을 배낭에 챙겨 넣었고 마른 하천바닥을 파서 물을 얻으려면 삽이 필수연장이라고 했다.

삽을 사고 나니 무엇을 더 준비해야 하는지 생각이 나지 않았다. 여벌의 옷 한 벌과 신발을 샀다. 감당해야 하는 무게가 있으니 무작정 많이 가져갈 수도 없었다. 식료품과 마실 물이 많은 무게를 차지했다. 옷이나 신발은 없어도 견딜 수 있겠지만 음식과 물이 없으면 곤란할 것 같았다. 헬기에서 내려다본 사막을 생각하면 먹을거리를 구하는 일이 거의 불가능할 것 같았다. 되도록이면 떠날 때 식량을 많이 챙겨가는 수밖에 도리가 없었다.

준비를 끝내놓고 나니 마음이 한결 가벼워졌다. 언제라도 가벼운 마음으로 집을 나서면 되었다. 혹시나 가다가 길이 엇갈리지는 않을까 걱정이 되기도 했지만, 그렇게 되더라도 할 수 없는 일이었다. 실제로 사막 한가운데서 그를 만날 확률은 아주 희박했다.

내 마음은 차분하게 가라앉았다. 되도록 뜨거운 태양을 피해 밤중에 걸을 예정이었다. 사람의 마음을 옥죄게 하는 사막을 바라보며 걷는 것보다 밤 하늘의 별을 보며 걷는 것이 훨씬 수월할 것 같았다. '별을 보며 걷는 길' 글로 써 놓으면 저절로 시가 될 것 같았다. 그렇게 생각하니 사막을 걷는 길이 낭만적인 것도 같았다.

그렇게 별을 보며 걷다가 졸린 눈꺼풀이 자꾸만 내려앉으면 그대로 걸음을 멈추고 바닥에 누울 것이다. 그러면 눈을 감고 있어도 오히려 밤하늘의 별들이 나를 내려다 볼 것이다. 그대로 잠이 들어도 좋을 것이다.

아침이면 해가 떠서 나를 흔들어도 결코 한 번 감은 눈을 뜨지 않을 것이다. 메마른 바람이 내 얼굴을 쓰다듬어도 모른 체 할 것이다. 그래도 밤이 되면 별들이 나를 내려다 볼 것이다. 그대로 잠들어 무엇이 되어도 괜찮겠다. 사막에서 누우면 그대로 사막이 될 것이다. 이미 그도 사막이 되어 있는지도 모르겠다.

내 계획을 가로막는 사람이 있었다. 한국영사관의 직원이었다. 이제는 더 이상 실종자를 찾는 것이 불가능할 것 같으니 한국으로 돌아가는 게 어떻겠느냐고 종용했다. 나는 혼자서는 절대로 돌아가지 않는다고 확고하게 대답했다. 조만간 사막으로 그를 찾아가겠다고 했더니 화들짝 놀랐다.

"사모님도 실종되면 우리는 심한 문책을 당할 것입니다. 눈을 뻔히 뜨고도 자국민을 지키지 못했다고 할 테니까요. 절대로 사막으로 가시면 안 됩니다. 저희가 무슨 수를 써서라도 막을 것입니다."

직원은 정말로 매일 전화연락을 해왔다. 전화를 받지 않았더니 직접 달려왔다. 전화를 받지 않으면 무조건 사막으로 떠난 걸로 간주하고 달려오겠다고 했다. 그의 말은 진심이었다. 다음부터는 또 집으로 달려올까 즉각 전화를 받았다.

나는 차츰 사막으로 가려던 마음이 누그러지기 시작했다. 영사관 직원의 감시 때문은 아니었다. 휴대폰을 충전시키고 예비 배터리까지 휴대하고 떠나면 이삼 일은 직원의 전화를 받을 수도 있었다. 나는 사막으로 떠나는 대신 매일 밤 사막에서 밤을 새웠다. 집에서 한 발짝만 나서면 사막이었기 때문에 가능한 일이었다. 낮에는 집 안에서 잠을 자고 저녁별이 돋기 시작하면 집 밖으로 나가 별 바라기를 했다. 그러다가 마음이 내키면 언제든지 집을 떠나 사막 한가운데로 달아날 생각이었다. –

책을 덮고 나니 한 줄기 서늘한 바람이 얼굴을 할퀴었다. 나는 하던 일을 제쳐놓고 시드니행 비행기를 타고 싶었다. 하지만 전 세계적으로 극성을 부리고 있는 코로나 바이러스 때문에 하늘길이 막혀 있을 것이 분명했다. 목책 건너 암각화를 바라보았다. 암각화 속에 그녀가 있는 것이라면 차가운 겨울 물속을 걸어서라도 가고 싶었다.

그녀의 글로 보아 K는 이미 사막이 되어있는 게 분명했다. 20년 전에 나의 사막을 가져가더니 그대로 사막이 되었다. '사막을 사랑하고 사막에서 사라진 시인' 그는 그렇게 자기의 시를 완성하고 싶었는지도 몰랐다. 그녀가 아무리 애타게 기다려도 K는 결코 돌아오지 않을 것이다. 오로지 시만을 위해 떠난 게 분명했다.

그녀의 글이 세상에 알려지고 나면 K의 시를 좋아했던 애독자들이 열광할 것 같았다. 시를 위해 목숨을 바친 진정한 시인으로 오래도록 기억될 것 같았다. 그러나 사막의 언저리에 남겨진 그녀는 어쩌란 말인가. 낯빛이 핼쑥하고 볼우물이 깊은 나의 그녀는 도대체 어쩌란 것인가?

나는 조바심이 나서 몸이 오그라드는 기분이었다. 항공사로 전화해서 시드니행 항공편을 물어보았다. 그녀가 사막이 되어 K의 곁에 누워있도록 버려둘 수 없었다. 항공사 직원은 죄송하다는 말과 함께 어려운 사정을 자세히 설명해 주었다. 당분간은 시드니로 날아가는 것은 불가능했다.

만약에 그녀에게로 날아갈 수 있다면 어떻게 할 것인가? 그녀는 나의 존재조차도 기억하지 못할 것이다. 어떻게 20년 전에 딱 두 번 마주친 남자를 기억할 수 있을까. 나는 아직까지 그녀의 이름도 모르고 있었다. 책에 나온 그녀의 이름이 김동휘라는 걸 이제야 알게 되었다. 그러나 이름 따위는 필요가 없었다. 김동휘면 어떻고 박동휘면 또 어떤가. 볼우물이 깊은 그녀면 되었다.

항공편이 열리는 대로 그녀에게 날아가리라 다짐을 했다. 시드니로 가서 호주사막의 동쪽에서 출발하여 그녀가 기다리는 서쪽 퍼스로 달려갈 것이다. 빗물을 모으는 비닐이나 모래를 파내는 삽 따위는 필요 없을 것이다. 아무리 험하고 뜨거운 사막일지라도 단숨에 달려갈 것이다.

나는 그녀의 뒷모습이 나온 사진을 오래도록 바라보았다. 20년 동안이나 내 안에 들끓던 쇳물이 이제야 찾아갈 자리를 찾은 기분이었다. 짧은 겨울 해가 암각화를 안고 있는 산 너머로 넘어가고 사위가 어두워졌다. 나는 유촌 마을로 차를 몰았다. 김인후는 저녁준비를 하고 있었다. 갑작스런 나의 방문에 놀라면서도 반가워했다.

"잘 오셨습니다. 안 그래도 혼자서 저녁 먹을 생각을 하니 허전하던 참이었습니다."

"어쩐지 이곳에서 밥 냄새가 나더라고요."

김인후는 잽싸게 밥상을 차려내었다. 혼자 먹는 남자의 저녁상 치고는 푸짐했다. 냉장고에서 꺼낸 밑반찬만 해도 다섯 가지가 넘었다. 내가 좋아하는 어리굴젓도 있었다. 보기만 해도 군침이 돌았다. 거기다 차돌배기를 넣고 끓인 된장찌개는 어지간한 식당보다 맛이 나았다.

"아! 이런 맛은 혼자 즐기기엔 아까운데요. 식당을 하시면 대박이 날 것 같습니다."

"작가님도 참. 시장이 반찬이라는데 많이 출출하셨군요."

김인후는 맛있게 된장찌개를 떠먹고 있는 나를 넌지시 건너다보았다. 남자들 둘이 마주하는 식사지만 분위기는 좋았다. 그는 밥을 먹으면서도 궁금증을 이기지 못해 김재성씨의 일기에 대해 물어보았다.

"어떻습니까? 우리 작은 할아버지 일기는 진도가 좀 나갔습니까?"

나는 어젯밤을 새워 읽은 내용에 대해 이야기 해주었다. 아무리 보아도 독립운동과는 거리가 좀 있는 것 같다는 것과 일부분이 빠져 있는 것 같다고 이야기 해주었다. 이제 읽지 않은 부분이 얼마 되지 않는데 알아야 할 부분은 너무 많은 것 같았다. 특히 일본인 순사 마즈오라는 사람이 살해당한 부분이 누락되어 있는 것 같았다.

"혹시 보훈처에 제출했다 돌려받을 때 누락이 된 것이 아닐까요?"

"아무래도 내가 실수를 한 것 같습니다. 한 부 복사를 해서 보훈처에 보낼 걸 그랬습니다."

"마저 읽어보고 확실하게 빠진 것 같으면 보훈처에 찾아가 보도록 하지요."

"그럴 것도 없이 내일 보훈처에 찾아가 빠진 서류를 돌려달라고 떼를 써보아야겠어요. 시침을 뚝 떼고 어깃장을 놓으면 오히려 쉽게 찾아올 수 있을 겁니다. 아니면 말고 식으로요."

그것도 좋은 방법일 것 같다며 마주보고 웃었다. 나는 김인후의 집안에서 김재성씨에 대해 어떻게 생각하고 있었는지 물었다. 김인후는 작은 할아버지의 존재에 대해 자세히 모르고 있었다고 했다. 일본으로 돈을 벌러 갔다는 이야기를 듣기는 했는데 별로 염두에 두고 있지 않았다고 했다. 25년 전에 귀국하고 나서야 어머니에게 자세한 내막을 전해 들었다고 했다.

"한국에 있는 가족을 버리고 일본으로 건너가셨는데 어떻게 생각하십니까? 그것도 일본여자 때문인 것 같은데요."

김인후는 대답대신 고개를 갸웃했다. 쉽게 판단을 하지 못하겠다는 몸짓이었다. 그러더니 한참 후에 입을 열었다.

"작은 할아버지가 귀국한 것이 1995년도니까 제가 서른일곱이었습니다. 결혼 십 년이 넘었으니까 슬슬 권태기가 올만도 한 나이였죠. 일본여자를 따라갔다는 말을 듣고 내 결혼생활이 달라졌습니다. 나는 절대 그러지 말아야지 하는 반발심 같은 게 생기더군요."

김인후의 표정에는 단호함이 드러나 보였다. 그의 표정으로 보아 결혼생활을 하면서 한 번도 외도를 해보지 않았다는 사실이 믿어졌다. 쉽게 만나고 쉽게 헤어지는 세태에 반감을 품고 있는 듯했다.

"나 하나 때문에 다른 사람이 피해를 입어서는 안 되지요."

나는 그의 확고한 신념에 말문을 열지 못했다. 오늘 하루 뜨거운 사막을 뒹굴다 온 사람처럼 정신상태가 혼곤해진 자신이 부끄러웠다. 아내 이외의 여자를 사랑한다는 것, 더구나 상대가 있는 여자를 사랑한다는 것은 죄악이 분명할 것이라는 생각이 들었다. 마음에 품은 것으로 간음이라 하는데 나는 이미 용서받지 못할 간음을 행한 죄인인 것이다.

그러나 죄악인 줄 알면서도 자신을 제어할 수 없는 것은 또 어떻게 해야 하는지 알 수 없었다. 자신의 의지로 해결할 수 없는 마음의 일을 어떻게 해결해야 할까? 새삼 김재성 노인의 입장이 이해가 되었다. 김인후에게는 작은 할아버지의 입장을 잘 좀 헤아려 보라고 말했다.

"제가 알고 싶은 것은 독립운동을 위해 일본순사를 살해한 것인지 아니면 일본여자가 탐이나 일본남자를 살해한 것인지 그것이 궁금합니다."

"작은 할아버지가 살해를 했다고 증명이 된 것도 아니잖아요?"

"돌도끼가 있잖아요. 그것이 살해도구라고 안 했던가요?"

지금까지 읽어본 내용대로라면 돌도끼로 살해한 것은 분명했다. 에리코라는 일본여자도 그렇게 알고 있었던 걸로 나와 있었다. 치정에 의한 살인이라면 아무리 일본인 순사라고 하더라도 독립운동가로 인정받기는 힘들 것 같았다. 더구나 살인사건을 떠나 유부녀인 일본 여자에게 마음을 빼앗겨 가족을 버렸다는 사실은 정상의 범위를 벗어난 행동이었다. 김인후는 아직까지 작은 할아버지의 행적에 대해 못마땅한 마음을 품고 있는 것 같았다.

"제가 어려서는 잘 몰랐어요. 작은 할아버지가 한 분 계셨는데 일본으로 돈을 벌러 가서 귀국을 하지 못했다고 들었거든요. 어린 마음에 왜 못 돌아오실까? 무슨 피치 못할 사정이 있는 것일까? 궁금해 했죠. 일이 잘 풀려서 돈을 잔뜩 벌어서 돌아왔으면 좋겠다는 생각까지 했었어요."

"돈을 많이 가지고 오시지는 않았나요? 일본에서 건축회사를 운영해 성공하셨다고 적혀 있던데."

김인후는 대답대신 고개를 살랑살랑 흔들었다. 돈을 가져오기는 했어도 그렇게 놀랄 만큼 많은 것은 아니라는 뜻이었다. 김인후가 원하는 것은 돈이 아니라 명예회복에 뜻이 있는 게 분명했다.

"우리 아들이 육사를 나와 장교로 근무하고 있습니다. 집안에 독립투사 한 명쯤 있다면 자긍심을 세울 수 있겠죠. 물론 출세에도 조금은 도움이 될 것이고요."

나는 김인후의 얼굴을 바라보았다. 그 표정에는 흔들리지 않는 확고한 신념 같은 게 엿보였다. 그때 고속열차가 지나가는 소리가 땅을 울렸다. 나는 터널 속으로 꼬리를 감추고 사라진 고속열차처럼 내 마음을 어디 깊은 터널 속에 숨기고 싶은 심정이었다. 하루 종일 사막을 방랑하는 떠돌이처럼 들떠 있던 마음이 차분하게 가라앉았다.

내가 당장 호주의 사막으로 달려간다면 남아있는 가족은 어떻게 될 것인가? 아내는 그렇다고 처도 이제 초년병으로 사회생활을 시작한 아들과 딸들은 어떻게 될 것인가? 생각하니 아찔한 생각이 들었다. 나의 아버지가 나처럼 마음을 먹었다면 용서하지 못할 것 같았다.

"지금 작은 할아버지의 상태는 어떻습니까?"

"백세 노인의 상태가 좋아 봤자죠. 하루하루 시간을 죽이고 있는 것이죠."

"가끔 면회는 갑니까?"

"작년에는 한 달에 두 번 정도는 다녔는데 올해는 코로나 방역으로 직접 면회가 안 됩니다. 두꺼운 유리 너머로 비대면 면회를 할 수 있죠."

나는 김재성 노인이 죽기 전에 한 번 보았으면 했다. 어쩌면 그 모습이 나와 아주 닮았을 것이라는 막연한 느낌이 들었다. 정상적인 부부 사이도 아니면서 어떻게 50년 동안이나 여자 하나를 위해 헌신하고 살았는지 실제 모습이 궁금했다. 어쩌면 그 모습이 훗날의 내 모습일지도 모른다는 생각이 들기도 했다.

김인후와 잠자리에 들어 이야기를 나누면서 낮 동안 들끓었던 사막은 조용히 가라앉았다.

귀향

　-나의 귀국을 제일 아쉬워한 것은 유리였다. 나는 이미 대곡건업의 경영에서는 손을 완전히 뗀 상태였다. 유리의 남편 요시노리는 경영에는 타고난 귀재였다. 대곡건업의 주식은 탄탄한 반석 위에 올라 있었다. 나는 내 소유의 지분을 모두 유리에게 양도했다. 한국에 가서 노후를 보낼만한 돈을 준비했다. 나중에 부족할 것 같으면 유리에게 부탁을 해도 그 정도는 충분히 들어줄 것이므로 아무 걱정이 없었다.

　나는 미리 사람을 보내 고향에 남아있는 친척들을 조회해 보았다. 다행히 내가 살았던 전읍에서 조금 떨어진 유촌 마을에 형님의 손자가 살고 있는 것으로 파악되었다. 설령 아무도 남아 있지 않아도 상관은 없었다. 나는 가벼운 여행을 떠나듯 홀가분한 마음으로 후쿠오카를 떠났다. 여행가방 안에는 간단한 속옷과 여벌의 옷 한 벌을 챙겨 넣었다. 그리고 50년 동안 손으로 쓰다듬었던 아까다마석을 커다란 타올에 싸서 가방 한가운데 넣었다.

 그렇게 멀게만 느껴졌던 고향땅이 비행기로 가니 순식간이었다. 김해공항에 도착하고 나니 한국 땅에 돌아왔다는 게 실감이 나지 않았다. 공항에서 택시를 타고 곧장 언양으로 갔다. 언양에 숙소를 정하고 차츰 사정을 알아볼 생각이었다.

 도착 다음날 택시를 불러 운전기사에게 아무 곳이나 하루일정으로 주변구경을 시켜달라고 했다. 50년 동안이나 사용하지 않았던 한국말을 하느라 다소 진땀이 났다. 혀가 굳어버린 것인지 단어를 잊어버린 것인지 말을 더듬었다. 택시기사는 기분이 좋은지 신이 나서 콧노래를 흥얼거렸다. 공교롭게도 택시기사가 나를 처음 데려간 곳은 반구대 암각화였다.

 "이곳이 유명한 반구대 암각화입니다. 국보로 지정된 한국의 자랑스런 문화재입니다. 한국에는 이렇게 수천 년 전에도 바위에 기록을 남기던 우수한 사람들이 살았다는 것이죠. 그때 일본에는 아마 원숭이들이…."

 운전기사는 순식간에 하던 말을 끊고 입을 다물어 버렸다. 나를 일본인으로 알고 있는 운전기사는 순간적으로 자신이 실수했다는 것을 깨달은 모양이었다.

 "하여간 이 땅에는 수천 년 전에도 고래를 잡던 사람들이 살고 있었죠. 고래사냥 그림이 남아있는 건 세계적으로 여기가 유일하답니다."

나는 운전기사의 말에 개의치 않았다. 예전에 개울 옆으로 난 작은 오솔길이 차가 다니는 포장도로로 변해 낯설게 느껴질 뿐이었다. 반구대는 운전기사가 데리고 오지 않았어도 내가 가자고 청을 넣었을 곳이었다. 알아서 이곳으로 데리고 온 운전기사가 기특하다는 생각이 들었다.

예전과 달라진 것은 도로 말고도 또 있었다. 바로 댐이었다. 반구대 암각화 밑으로 흐르던 개울이 깊은 호수가 되어있었다. 물이 깊어 건너갈 수 없었다. 예전에 맨발로 건너던 때와는 많이 달랐다. 상대적으로 바위 벽면이 작아진 것 같은 느낌이 들기도 했다. 나는 한참 동안 물 건너편의 암각화가 있는 바위벽을 바라보았다. 운전기사는 무엇이 자랑스러운지 계속 흥이 나서 지껄였다.

"이곳 말고 암각화가 또 있지 않나요?"

"물론 있지요. 요 위에 천전리 각석이 있습니다. 걸어서 갈수 있는데 차로 가면 금방 갑니다. 안 그래도 그리로 모실 참입니다."

택시는 좁은 고갯길을 넘어 경주간 도로로 나왔다가 다시 우회전하여 마을길로 접어들었다. 천전리 각석에 가까워질수록 가슴이 두근거리기 시작했다. 그곳이야말로 내 인생의 일대변화를 가져온 의미 있는 장소였다. 차가 넓은 들판에서 차츰 좁은 계곡으로 접어들었다. 천전리 각석의 색다른 특징이었다. 대부분은 하천을 따라 상류로 올라갈수록 계곡이 좁아지기 마련인데 이곳은 반대였다. 물길을 따라 내려갈수록 계곡이 좁아지는 특이한 지형이었다.

마지막 길이 끊긴 곳에 택시를 세웠다. 차에서 내려 사방을 둘러보니 예전에 눈에 익었던 지형이 고스란히 나타났다. 택시기사가 안내를 하지 않아도 혼자서 암각화까지 찾아갈 수 있었다. 그런 줄도 모르고 택시기사는 신이 나서 떠들었다.

돌다리를 건너 조금 더 걸어가니 아래로 내려가는 돌계단이 나타났다. 예전에는 바로 개울 옆으로 걸어왔던 것 같은데 위로 올라갔다 다시 돌계단을 타고 내려가야 했다. 각석에 다가갈수록 가슴이 마구 뛰었다. 비스듬히 앞으로 누운 바위모양이 눈 앞에 나타나자 입이 저절로 벌어졌다.

갑자기 이마를 도끼에 찍혀 붉은 피를 줄줄 흘리던 마츠오의 환영이 나타났다. 나는 순간적으로 두 눈을 질끈 감았다. 심한 두통이 밀려왔다. 두 손으로 머리를 감쌌다. 택시기사가 놀라서 내 팔을 부축했다. 몸의 중심이 흔들려 택시기사에게 몸을 기댔다.

"괜찮으십니까? 힘드시면 잠시 앉아서 쉬시지요."

택시기사는 잘못이라도 저지른 것처럼 허둥댔다. 내 양쪽 겨드랑이에 팔을 넣어 천천히 바닥에 앉혔다. 나는 택시기사가 시키는 대로 몸을 맡겨 두었다. 너럭바위 위에 편안한 자세로 앉았다. 그 자리가 바로 50년 전에 마츠오가 피를 흘리고 쓰러져 있던 곳이었다. 울컥 구역질이 올라왔다. 비릿한 피 냄새가 느껴졌다.

　나는 실눈을 뜨고 바위 면에 새겨진 그림들을 들여다보았다. 내가 50년 동안이나 기억하고 있는 문양들이 선명하게 보였다. 마치 문양들이 나를 기다리고 있었던 것 같은 기분이 들었다.

　"이제 다른 데로 가봅시다."

　바닥에서 일어서지도 못한 채 택시기사에게 재촉을 했다. 택시기사는 오자마자 떠나려니 아쉽다는 표정이었다. 개울 건너편 너럭바위를 가리키며 저곳에 공룡발자국도 있는데 가보겠느냐고 물었다. 나는 대답대신 고개를 가로저었다. 잠시도 더 머물고 싶은 생각이 없었다.

　"요 위에 백련정이라는 정자가 있지요?"

　"아니 그걸 어떻게 아셨어요?"

　택시기사는 의외라는 듯 눈을 크게 떴다. 처음 생각했던 것과는 다르게 이제는 내가 일본인인지 한국인인지 아리송하다는 표정이었다. 혹시 예전에 이곳에 와 본적이 있느냐고 물었다. 나는 긍정도 부정도 아닌 애매한 미소로 대답을 대신했다.

　천전리 각석에서 상류로 오백 미터쯤 올라가면 대곡천이 다시 한 번 갈라진다. 왼쪽으로 가면 구량과 인보로 갈라지고 오른쪽으로 가면 전읍과 미호로 갈 수 있다. 미호로 가는 하천이 태화강에서 제일 긴 미호천이다. 택시기사는 앞으로 이곳에 댐이 생길 예정이라고 했다. 그렇게 되면 백련정도 물에 잠기게 된다고 했다.

　택시를 타고 가니 갑자기 백련정이 눈앞에 딱 나타났다. 꿈에도 잊을 수 없는 장소였다. 예전에 굽어있던 소나무가 사라지고 입구 옆에 꼿꼿한 소나무 한 그루가 백련정을 지키고 서 있었다. 정자의 모습은 예전과 조금도 달라진 게 없었다. 정자의 난간 위에 에리코가 서 있는 모습이 보였다.

　50년 동안 내 마음 속에 뜨거운 태양처럼 버티고 있던 풍경이었다. 화사한 기모노 차림의 에리코가 활짝 웃고 있었다. 파리한 얼굴에 볼우물이 움푹 들어간 모습이 오십 년 전과 똑같았다. 그러나 이미 마츠오의 곁으로 떠나간 사람이었다.

　택시기사가 차에서 내려 정자로 올라가 볼 것인지 물었다. 나는 고개를 흔들었다. 더 이상 돌계단을 올라갈 힘이 남아있지 않았다. 창문을 내린 상태에서 오래도록 정자의 모습을 바라보았다. 지난 50년의 세월이 주마등처럼 뇌리를 스쳐 지나갔다.

　50년 전의 젊은 에리코의 얼굴 위에 임종 전의 모습이 자꾸 겹쳐보였다. 지금 에리코는 어디에 있을까? 사후세계라는 것이 있어 생전의 사람들이 모여 있다면 틀림없이 마츠오와 함께 있을 것 같았다. 임종 전에도 마츠오를 찾았으니 분명 그렇게 되었을 것이다. 정말 사후세계가 있다면 나는 죽어서 어떻게 그들을 만날 것인가? 에리코가 마지막으로 마츠오를 찾는 순간 나는 평생 감추고 살았던 치부가 순식간에 드러나는 것 같았다.

백련정 난간을 오래 바라보고 있으니 눈에 눈물이 고였다. 유연한 자태로 난간에 서 있던 에리코의 모습이 보이지 않았다. 대신에 댕기머리를 한 어린 소년이 나타났다. 아주 오랫동안 잊고 있었던 소년이었다. 갑자기 발 아래가 푹 꺼지는 것 같더니 다리가 휘청거렸다.

아! 어떻게 이름조차 생각이 나지 않을까? 한때 나의 분신과도 같았던 아들의 이름이 생각나지 않다니. 그러고 보니 50년 동안 일본에서 살면서 단 한순간도 생각해 본 적이 없었다. 내가 생각하기에도 나는 용서받을 수 없는 매정하고 못된 아버지였다. 이제 와서 죄의식을 느끼기에는 이미 세월이 너무 많이 흘렀다.

나는 택시기사에게 바로 되돌아 나가자고 했다. 택시기사는 내 표정을 흘끔흘끔 훔쳐보더니 어디로 가고 싶은지 물었다. 나는 예전에 일제강점기에 붉은 홍옥석을 캐내던 곳을 알고 있는가 물었다. 택시기사는 고개를 갸웃하더니 잘 모르겠다는 표정이었다.

"미호라는 마을이 있소. 그 마을 끝에 백운산으로 올라가는 골짜기가 있었소. 찾아갈 수 있겠습니까?"

"아. 지금 저수지를 만들고 있는 곳이군요. 그곳으로 모시겠습니다."

택시는 천전리 골짜기를 빠져나와 언양 경주간 국도를 탔다. 두서면사무소가 있던 인보를 지나고 전읍을 지나갔다. 예전에 우리 집이 있던 마을이었다. 마을의 모습이 흔적도 없이 사라지고 없었다. 예전의 초가집이 있던 자리에는 새로 지은 양옥집이 서 있었다. 우리 집이 있던 자리도 가늠할 수 없었다.

　택시는 전읍을 지나 곧장 미호천이 있는 하동 마을로 갔다. 거기서 좌회전을 해서 미호천을 따라 올라갔다. 중동 마을을 지나고 상류인 상동 마을로 들어섰다. 역시 예전 마을의 흔적은 찾아볼 수 없었다. 마을 끝으로 가니 공사 차량들이 많이 지나다녔다. 마을 끝에 차를 세운 택시기사는 공사 때문에 더 이상 앞으로 갈 수가 없다고 했다. 내년에 공사가 완공되면 멋진 호수가 생길 것이라고 했다. 나는 일본에서 가지고 들어온 아까다마석을 호수가 완성되고 나면 그 안에 던져 넣을 생각을 했다.

　나는 택시에서 내려 사방을 둘러보았다. 마을의 모습은 많이 달라졌지만 백운산 능선은 기억 속에 남아 있던 모습과 일치했다. 붉은 돌을 캐내던 광산까지 가보고 싶었지만 공사 때문에 어쩔 수 없었다. 예전에 광산 사무실과 일본인들이 머물던 집이 있던 곳은 소를 키우는 우사가 들어서 있었다.

　택시를 되돌려 나와 두서면사무소가 있는 인보에 들러 늦은 점심을 먹었다. 예전에 근무하던 면사무소가 있는 마을이라 감회가 새로웠다. 택시기사는 언양으로 돌아가 가지산 쪽으로 가서 석남사를 들러보는 게 어떻겠느냐고 물었다. 나는 전적으로 그의 안내에 따를 작정이었다.

점심을 마치고 식당 가까이에 있는 두서초등학교에 들렀다. 예전의 건물은 모두 사라지고 신식으로 지어져 있었다. 그러나 운동장과 전체적인 모습은 옛 모습 그대로였다. 나는 학교설립 초기 이름도 초등학교가 아닌 4년제 보통학교에 다녔었다. 65년이나 지난 옛일을 떠올린다는 게 신기한 생각이 들었다. 어린 시절의 나와 다 늙어빠진 지금의 나는 동일인이 아닌 듯했다. 젊은 시절의 나는 이미 죽어서 어디론가 사라져버린 듯했다.

다시 택시에 올라 언양 쪽으로 달리다가 차를 세웠다. 반곡마을을 지날 때 섬광처럼 스치는 생각이 있어서였다. 기사는 차를 돌려 반곡 마을로 되돌아갔다. 나는 반곡초등학교 건너편의 한 건물에 시선을 꽂았다. 도로변에 있는 이층 건물이었는데 아래층에 제일슈퍼란 간판이 붙어 있었다. 건물 모양은 바뀌었지만 위치로 보아 분명 그 집이었다. 50년 전에는 건너편에 학교가 없었다. 학교가 들어서 있어 그때 당시와는 많이 달라져 있었지만 전체적인 분위기로 알 수 있었다.

택시기사는 내가 시키는 대로 제일슈퍼 앞에 차를 세웠다. 나는 택시에서 내려 주변을 둘러보았다. 슈퍼 뒤쪽에 굵직한 소나무가 여러 그루 서 있었다. 소나무가 예전의 기억을 떠오르게 했다. 망설임 없이 슈퍼의 문을 열고 들어갔다. 진열해 놓은 물건의 규모로 보아 장사가 잘 되는 가게는 아닌 듯했다. 가게 옆의 방 안에 젊은 남자가 있었다. 손님이 오자 방문을 반쯤 열고 나를 올려다보았다. 나도 그의 얼굴을 마주 바라보았다.

나는 깜짝 놀라 상체를 꼿꼿하게 세웠다. 손으로 눈을 비빈 다음 다시 바라보았다. 가게주인은 못마땅한 표정이 되어 나를 바라보았다. 물건을 사러왔으면 물건부터 고를 일이지 왜 민망하게 사람 얼굴을 빤히 바라보느냐는 표정이었다. 나는 실례를 무릅쓰고 주인의 이름을 물어보았다.

"김용삼이요. 그건 왜 물으십니까?"

"내가 아는 사람과 너무 닮아서요. 본관은 어디십니까?"

"한실 김가입니다."

"아. 그렇군요."

김용삼이라는 젊은 남자는 내가 한실 김씨를 아는 척 하자 의아한 표정을 지었다. 혹시 이 지역 사람인가 물었다. 나는 내 신분이 드러나는 게 싫어 그냥 아는 척 한 것이라고 대답했다. 한실 김씨는 대곡천 안의 한실이라는 작은 마을에 모여 살던 김해 김씨들이 새로 만든 성씨였다.

내 짐작대로 가게 주인 김용삼은 김일환의 손자였다. 김일환은 내 인생에서 잊을 수 없는 사람이었다. 김일환은 이미 이십 년 전에 저세상 사람이 되었다고 했다. 김용삼의 얼굴을 다시 한 번 뜯어보니 오십 년 전의 김일환의 모습과 너무 닮아있었다.

나는 무엇을 살까 하고 진열장을 살피다가 이상한 점을 발견했다. 과자종류를 진열해 놓은 선반 위와 맨 아래에 돌을 진열해

놓고 있었다. 김용삼에게 이 돌들은 무엇이냐고 물었더니 파는 것이라고 했다.

"돌을 팔다니요?"

"그냥 돌이 아니고 수석입니다. 내가 남한강에 가서 손수 탐석해 온 것들입니다."

나는 선반 위의 돌들을 살펴보았다. 어떤 돌은 거북이의 형상을 닮기도 하고 어떤 돌은 바위섬 모양을 한 것도 있었다. 바위섬 모양을 한 수석을 가리키며 이것은 가격이 얼마나 하는가 물어보았다. 김용삼은 그 돌은 여기서 제일 비싼 돌인데 이백만 원을 받을 것이라고 했다. 나는 돌 가격에 놀랐지만 내색을 하지 않았다. 선반에 있는 과자 몇 봉을 집어 들고 돌아서려는 순간이었다. 선반 위에 올려놓은 맨 끝자락에 놓인 붉은색이 눈길을 잡아 당겼다. 되돌아서 돌 가까이로 다가갔다.

나는 김용삼의 얼굴을 처음 보았을 때보다 더 놀랐다. 이번에는 가슴이 방망이질을 했다. 떨리는 손으로 선반 위의 붉은 돌을 집어 들었다. 분명 홍옥석으로 만든 돌도끼였다.

"이 돌이 왜 여기 있습니까?"

"그건 우리 할아버지께서 가지고 계시던 돌입니다. 진짜 석기시대에 만들어진 돌도끼 같아요."

"이건 얼마에 파시겠습니까?"

김용삼은 팔고 싶지는 않은데 꼭 사고 싶다면 천만 원을 내놓으라고 했다. 모른 척하고 붉은 돌도끼를 선반 위에 올려놓았다. 아무리 생각해도 내가 일본인인줄 알고 덤터기를 씌우려는 의도가 다분했다. 그러나 붉은 돌도끼는 꼭 수중에 넣고 싶었다. 혹시 다른 홍옥석을 가지고 있느냐고 물었더니 방 안에서 돌 하나를 꺼내왔다. 내가 일본에서 가져온 홍옥석보다는 조금 작고 붉은 무늬에 잡티가 많이 들어가 있었다.

"이건 얼마에 파시렵니까?"

"글쎄요. 이건 백만 원만 주세요."

나는 돌을 사겠다는 말은 하지 않고 붉은 홍옥석을 구하게 된 동기를 물어보았다. 김용삼은 미호천에는 아직도 큰물이 지고 나면 예전에 광산에서 버린 돌들이 굴러 내려와 발견된다고 했다. 일본인들이 아주 색깔이 좋은 것만 가져가고 좋지 않은 것은 모두 버렸는데 그것이 지금 미호천에서 구르고 있다고 했다.

내가 자세히 들여다보자 아주 빨간 것보다는 백옥이 섞여서 무늬를 만든 것이 더 아름답지 않느냐고 했다. 나는 그렇기는 한데 너무 비싼 것이 아니냐고 했다. 김용삼은 원석을 발견하기도 쉽지 않지만 돌이 야물어 가공비도 많이 주어야 한다고 했다.

"이돌 한 개 가공하는데 삼십만 원이 들었습니다. 거기다 느티나무로 좌대를 팠지요. 비싼 게 아니지요."

나는 결국 김용삼에게 오십만 원을 건네주고 별로 쓸모도 없는 둥근 홍옥석을 손에 넣었다. 붉은 돌도끼를 손에 넣기 위한 작전이었다.

"저 돌도끼도 적당한 가격에 파시지요. 백만 원 드리겠습니다."

김용삼은 한참을 망설이더니 그러면 이백만 원에 팔겠다고 했다. 나는 즉시 가방에서 이백만 원을 꺼내 주었다. 김용삼은 의외라는 듯 돈다발을 받고도 세어볼 생각을 하지 않았다. 도대체 내가 왜 붉은 돌도끼를 사는지 이유가 궁금한 모양이었다.

나는 김용삼에게 할아버지 김일환의 생애에 대해 물어보았다. 김용삼은 놀라운 이야기를 들려주었다. 자신은 할아버지에 대해 누구한테 이야기도 하기 싫은데 물으니 할 수 없이 이야기한다는 것이었다. 김일환은 나이가 들어 매일 술에 절어 살았다고 했다.

"술이 취하면 매일 천전리 각석에 갔어요. 거기서 해가 넘어갈 때까지 술타령을 하시다가 돌아오시곤 했지요. 나에게도 배워두어야 할 것이 있다면서 암각화에 데려가려고 애를 썼어요."

"그래 따라 갔습니까?"

김용삼은 고개를 설레설레 흔들었다. 술 취한 노인의 주정을 들어서 무엇 하겠느냐고 했다. 나중에는 해가 넘어가면 천전리로 할아버지를 데리러 가곤 했다고 했다. 나는 김용삼의 이야기를 들으니 술 취한 김일환의 모습을 눈 앞에서 보는 듯했다. 그는 오십 년 전에도 암각화 앞에서 이야기를 늘어놓은 적이 있었다. 결국은 그 이야기 때문에 내 인생의 방향이 틀어지게 된 것이었다.

나는 김용삼의 얼굴을 한참 동안 바라보았다. 김일환을 생각하면 삶이 너무 왜소해지지 않았나 하는 생각이 들었다. 나는 돌값으로 준 이백 오십만 원은 별도로 이백만 원을 더 꺼내 건네주었다. 김용삼은 돈다발을 손에 들고 정신이 나간 사람처럼 나를 멍하니 바라보았다.

"선생님은 우리 할아버지를 잘 아시는 분이시군요. 그렇죠?"

"할아버지께서 술을 드신 이유가 뭔지 알고 계시나요?"

"네. 우리 아버지께서 월남전에서 돌아가셨거든요."

"아. 그랬군요."

"선생님께서는 어떻게 우리 할아버지를 알고 계시는지 말씀해 주세요."

"…."

나는 함부로 대답할 수가 없었다. 시간이 나면 다시 들리겠다는 말을 남기고 슈퍼를 나왔다. 김용삼은 돈다발은 거들떠보지도 않고 가게 밖으로 나왔다. 내가 탄 택시가 가물가물 사라져갈 때까지 가게 앞에 장승처럼 서 있었다. ―

운명

 김인후의 집에서 하룻밤을 자고 온 뒤 서재에 틀어박혔다. 김재성 노인의 일본어판 일기를 읽는데 온 힘을 집중했다. 번역기를 사용해 가며 읽느라 상당한 인내력이 필요했다. 이틀 밤낮을 읽고 나니 어지간히 끝을 낼 수 있었다. 기록은 분명 빠진 부분이 있었다. 김인후가 보훈처에 제출했다 되찾아 왔다고 했는데 분량을 정확하게 파악하지 못했던 것 같았다. 야물게 하려면 원본은 놓아두고 복사본을 만들어 보냈어야 했다.
 김인후에게 전화를 했다. 그의 목소리가 들떠 있었다. 마침 자기가 전화를 하려던 참이었다고 했다. 혼자서 보훈처에 갔는데 빠진 서류를 찾아왔다고 했다. 보훈처 직원이 일부분이 필요해서 늦게 돌려 준 것이라고 했다. 나는 전화를 끊고 바로 유촌 마을로 차를 몰았다. 한 시라도 빨리 가려고 울산 언양간 고속도로를 탔다.

서울산 톨게이트에서 내려 경주방향 국도를 달렸다. 잠시 후에 반곡초등학교 앞을 지나갔다. 맞은편에 김용삼의 제일슈퍼가 눈에 들어왔다. 김용삼이 아직까지 이십년 전에 홍옥석으로 만든 돌도끼를 노인에게 판 사실을 기억하고 있는지 궁금했다. 아마도 덤으로 이백만 원이나 더 주었다고 하니 기억하고 있을 것 같았다. 잠시 들러 물어보고 싶은 생각이 있었지만 그냥 지나쳤다. 지금은 무엇보다도 김재성 노인의 이야기가 더 궁금했다.

김인후는 마당에 나와 나를 기다리고 있었다. 내가 차에서 내리기 바쁘게 집 안으로 데리고 들어갔다. 커피포트에서 붉그스름한 차를 따라 주는데 맛이 독특했다. 산에 흔히 있는 감태나무를 잘라다 차를 만들었는데 무릎이 시리거나 어깨가 결리는데 특효가 있다고 했다. 나는 약효에 대해 믿음이 가지 않았지만 글을 쓰느라 무릎이 시큰거린지 오래 되었으므로 단숨에 들이켰다.

"보훈처 직원들이 이 안에서 뭔가 발견한 모양입니다. 자기들이 복사를 해서 가지고 있답니다. 말하는 투가 우리 작은 할아버지가 아니고 다른 사람이 독립운동을 했다나 봐요."

"그렇다고 하던가요?"

"꼭 집어서 말하지는 않았는데 말투가 그런 것 같더라구요."

"지금 이 부분에 일본인 순사를 죽인 내용이 들어 있을 것 같아요. 딱 그 부분만 빠져 있거든요."

나는 감태나무 차를 세 잔이나 마신 뒤 자리에서 일어났다. 마음이 급했다. 김인후도 결과가 궁금하기는 마찬가지일 것 같았다. 지금 김재성 노인을 면회할 수 있느냐고 물었다. 코로나 방역 때문에 미리 예약을 하지 않으면 불가능하다고 했다. 그것도 일주일 전에 미리 예약을 해야 한다고 했다.

나는 김재성 노인을 꼭 한번 만나고 싶었다. 노인을 보면 나의 미래의 모습이 보일 것 같았다. 사랑의 격랑에 휩쓸려 살아온 사람은 어떤 모습일까 궁금하기도 했다. 만나면 꼭 물어보고 싶은 말도 있었다. 그가 말은 하지 못해도 알아듣기는 한다니까 물어보는 것은 가능할 것 같았다. 백세 노인을 직접 보는 것도 의미가 있을 것 같았다. 김인후는 오늘 당장 면회신청을 해놓겠다고 했다.

"빠르면 일주일을 기다리지 않아도 되더라고요. 연락이 오면 바로 전화 드리겠습니다."

나는 집으로 돌아와 곧장 서재로 향했다. 아내는 내가 어디 한 군데 몰두하면 주변 사정은 까맣게 잊어버린다는 사실을 잘 알고 있었다. 일부러 말도 시키지 않고 서재로 들어가는 내 뒷모습만 바라보았다. 내가 김인후에게 받아온 서류를 펼치기도 전에 커피를 타서 서재로 들어왔다.

"아무리 바빠도 눈은 마주치고 삽시다."

나는 아내가 타 온 커피를 보자 갑자기 요의를 느꼈다. 감태차를 세 잔씩이나 마신 탓이었다. 아내에게 양해도 구하지 않고 바로 화장실에 다녀왔다. 아내는 그때까지 서재에서 기다리고 있었다. 분명 못마땅한 것이 있는 듯했다. 아니나 다를까 내가 자리에 앉자마자 톤 굵은 목소리가 날아왔다.

"당신 도대체 뭐예요? 식구가 많기나 하면 몰라. 단둘이 살면서 이게 뭐예요."

"아니 갑자기 왜 이래? 내가 뭘 잘못했다고."

"갑자기라고요? 그리고 뭘 잘못한지도 모르겠다고요?"

아내의 음성이 한 톤 높아졌다. 나는 아직까지 무엇을 잘못했는지 깨닫지 못하고 있었다.

"밖에서 자고 올 거면 전화라도 해주어야 하는 거 아니에요. 어떤 여자한테 빠져서 그러는지는 몰라도 최소한의 기본은 지켜줘야죠."

"여자라구? 난 그런 적 없는데. 그저께 저녁엔 두서면에 있는 유촌 마을의 김인후라는 남자 집에서 자고 왔소. 남자들 둘이서."

나는 잘못을 저지른 아이처럼 풀죽은 목소리로 변명을 했다. 아내는 무엇이 서러운지 눈물을 훔쳐냈다. 결론은 자고 오는 것까지는 좋은데 전화 한 통 해줄 마음까지 없었느냐는 것이었다. 자신은 전화 한 통이라도 오길 기다리느라 밤을 꼬박 새웠다는 것이었다.

나는 요즘 들어 아내에 대한 배려를 전혀 하지 않았다는데 생각이 닿았다. 옆에 있어도 없는 사람처럼 느끼고 있었다. 더구나 사막을 배경으로 찍은 여자 사진 한 장 때문에 온 정신이 팔려 있었다.

"나이가 들면 부부밖에 남지 않는다고 다들 그러데요. 우리는 왜 한 집에 살면서도 남남처럼 살아야하죠?"

"미안하오. 내가 소설에 미쳐서 그랬소. 당신도 잘 알지 않소. 내가 무슨 일에든 깊이 빠져드는 성격인 걸."

"이건 내 느낌이에요. 당신은 지금 소설에 빠진 게 아니에요. 35년을 함께 살았는데 내가 그걸 모르겠어요."

나는 아내의 말에 가슴이 뜨끔했다. 내 안에서 사막처럼 들끓고 있는 소용돌이를 눈치챘다는 말처럼 들렸다. 변명할 말을 찾지 못해 커피만 홀짝 거렸다.

"나도 다른 나이든 부부들처럼 분위기 좋은 찻집에 가서 차도 한 잔 같이 마시고 싶어요. 내가 너무 많은 걸 바라는 건 아니겠지요? 설마 그런 사소한 것까지 당신 소설을 위해 희생해야 하는 건가요?"

"알겠소. 내가 잘못했소. 내일은 같이 바닷가 분위기 좋은 찻집에 차를 마시러 갑시다."

아내는 눈물을 닦아내고 단호한 표정으로 나를 바라보았다. 나는 아내의 눈길에 송곳 같은 날카로움이 묻어 있는 걸 느끼고 움츠러들었다.

"그리고 이 돌들은 다 뭐예요?"

아내가 책상 위에 놓인 붉은 돌도끼를 가리켰다. 나는 이 돌도끼에서 장편소설 한 편을 뽑아낼 것이라고 자랑스럽게 대답했다. 아내는 고개를 갸웃하며 불길한 느낌이 든다고 했다.

"붉은색이 기분 나쁘지 않아요?"

"전에도 이야기 하지 않았소. 사람을 죽인 흉기인지도 모르지만 생각하기 나름 아니겠소. 붉은색은 액운을 물리친다고 하지 않소. 동짓날에 붉은 팥죽을 끓여 먹는 것도 같은 의미라지 않소."

아내는 모호한 표정을 지으며 서재에서 물러갔다. 나는 아내가 나가자 길게 숨을 몰아쉬었다. 여자들의 촉이란 게 대단하다는 생각이 들었다. 나는 돌도끼를 두 손으로 들고 슬슬 쓰다듬었다. 기록대로라면 김재성 노인이 20년 전에 김용삼에게 오백만 원 가까운 돈을 주고 구입한 물건이었다. 그만큼 의미가 있는 물건이란 뜻이었다.

─일이 꼬이게 된 것은 모두 김일환 때문이었다. 김일환은 반곡마을에서 주막집을 하는 남자였다. 사실은 그의 아내와 늙은 모친이 주막집을 운영하고 김일환은 뚜렷한 직업이 없는 사내였다. 농토가 있기는 했지만 채마를 가꾸는 작은 텃밭이 전부였다. 주막집은 꽤 번성했다. 언양 장에 갔다 오는 사람들이 배가 고플 때쯤 찾아드는 집이었다. 언양 장날이면 손님이 제법 붐비는 집

이었다.

나는 처음에 김일환이라는 사내에 대해 알고 있는 게 전혀 없었다. 김일환을 알게 된 것은 순전히 마츠오 때문이었다.

"반곡에 김일환이라는 사내가 있는데 참 고약한 놈이오. 무식한 주막집 놈이 나를 가르치려 한단 말이오."

처음에 마츠오가 김일환에 대해 이야기 할 때는 별로 관심을 가지지 않았었다. 그저 마츠오가 김일환의 주막에 들러 밥을 한 끼 사먹었구나 하는 정도였다. 그런데 나중에 보니 그게 아니었다. 김일환이 주막집을 하는 조선사내치고는 아는 게 많다는 것이었다. 마츠오의 표현대로라면 별로 아는 것도 없는 조선 놈이 잘난 척 한다는 것이었다. 마츠오의 기준으로 보면 신식학교에 다니지 않은 조선 사내들은 모두 무식한 것으로 치부되었다.

하루는 마츠오가 내가 근무하는 두서면사무소로 찾아왔다. 얼굴에 붉은 홍조가 나타나 있었다. 무슨 일이 있었던 것으로 보였다. 대뜸 한다는 소리가 이번 주말에 김일환이란 자와 천전리 서석곡에 가자는 것이었다. 나는 이유도 묻지 않고 바로 승낙을 했다.

주말마다 성당에서 에리코를 만날 수 있었던 것도 마츠오와 친분 때문에 가능한 것이었다. 나는 국적을 떠나서 마츠오와는 진심으로 마음이 통하는 친구라고 생각했다. 문제가 있다면 내가 그의 아내 에리코를 너무 사랑한다는 사실이었다.

그날은 장마철인데도 햇볕이 쨍쨍했다. 야외로 놀러가기에 딱 알맞은 그런 날씨였다. 나는 자전거를 타고 천전리 서석곡으로 바로 갔다. 구량마을을 지나 냇가를 따라 자전거를 타고 가는데 앞에 걸어가는 김일환과 마주쳤다. 그는 노끈을 꼬아 만든 망태를 어깨에 메고 있었다. 안에 무엇이 들었는지 몰라도 제법 무게가 나가는 물건이 들어 있는 듯했다. 아마도 간식으로 먹을 감자를 삶아 담은 것 같았다. 나는 자전거를 세우고 김일환을 뒷자리에 태웠다.

서석곡 입구에 도착하여 자전거를 세워놓고 서석이 있는 곳으로 갔다. 마츠오는 아직 오지 않았다. 김일환은 서석 앞에 도착하자마자 두 손을 모으고 정중하게 합장을 했다. 나는 그의 모습을 멀거니 바라보기만 했다. 합장을 하고 허리를 굽혀 세 번 절을 한 뒤 나에게 말했다.

"조선인이라면 이곳에 경배를 해야 합니다."

"그건 왜요?"

"여기가 조상들의 혼이 살아 있는 우리의 뿌리와 같은 곳이기 때문입니다. 왜놈 쪽바리들 하고는 견줄 수 없는 대단한 곳이죠."

그의 입에서 일본인을 비하하는 쪽바리란 말이 거침없이 나왔다. 나는 그런 말을 듣는 순간 가슴이 철렁 내려앉았다. 누가 듣기라도 하는 날에는 큰일이 날 소리였다. 아직 마츠오가 도착하지 않은 게 천만다행이었다. 나는 마츠오 앞에서는 절대로 그런 말을 하지 말라고 주의를 주었다. 김일환은 나의 참견도 몹시 못마땅하다는 표정이었다.

잠시 후에 마츠오가 도착했다. 정복을 벗고 사복차림이었다. 당꼬바지에 흰 셔츠를 받쳐 입은 마츠오의 차림새는 무척 세련되어 보였다. 허름한 한복 여름바지에 저고리 하나만 걸쳐 입은 김일환과는 대조적으로 보였다. 한마디로 김일환의 차림새는 어김없는 시골 촌놈이었다.

마츠오는 나에게 반갑게 인사를 했다. 그런 다음 김일환에게는 시큰둥하게 대했다. 김일환은 상관없다는 투로 마츠오를 흘끔 바라보기만 했다.

"먼저 와 있었군. 두 사람이 서로 아는 사이지?"

두서면에서 김일환을 모르는 사람은 별로 없었다. 어디 깊은 골짜기에서 농사를 짓는 남자라면 모를 수도 있지만 대로변에서 주막집을 하는 주인을 모르는 사람은 없었다. 어떤 때는 김일환이 백운산 골짜기의 홍옥석 광산에서 얼씬거리기도 했다. 잘 알지는 못해도 그의 존재를 충분히 알고 있었다.

"나는 지금까지 조선에서 이렇게 자신감 넘치는 사내를 본적이 없네. 이 친구가 이곳에 오면 조선인이 일본인보다 우월하다는 증거를 보여 준다고 했네. 김상 어서 이야기를 해보게."

나는 직감으로 김일환이 마츠오의 자존심을 건드리는 말을 했다는 걸 알아차렸다. 김일환이 빨리 대답을 못하자 마츠오가 다그쳤다.

"어서 이야기를 해보게. 조선인들은 거짓말을 잘하는 걸로 알고 있는데, 내 앞에서 어설픈 거짓말을 해선 혼날 줄 알게."

마츠오의 말은 다소 위협적이었다. 칼을 차고 오지는 않았지만 일본순사라면 함부로 대하는 조선인이 없었다. 마츠오의 기세에도 불구하고 김일환의 얼굴 표정은 덤덤했다. 그는 어깨에 짊어진 망태를 벗어놓고 문양이 새겨진 암각화 앞으로 다가섰다.

"얼마 전에 우리 집 조카가 이곳으로 소풍을 왔답니다. 두서국민학교 4학년이죠. 인솔교사는 일본인 야마다 선생이었답니다. 우리 조카 녀석이 선생에게 이 서석 그림이 무슨 내용이냐고 물었답니다. 야마다 선생이 뭐라고 했는지 아십니까?"

"글쎄요? 우리도 모르는 내용을 어떻게 일본인 선생이 알았겠습니까."

마츠오가 다그치기 전에 내가 분위기를 부드럽게 하기 위해 추렴조로 대답했다. 김일환은 목이 마르는 지 마른기침을 몇 번 한 뒤 고개를 끄덕였다.

"당연히 모르겠죠. 그런데 아이들을 가르치는 선생이라면 모르는 건 모른다고 사실대로 말해야죠. 그런데 뭐라고 대답했는지 아십니까?"

"뭐라고 했는데요?"

"미개한 원시인들이 심심하니까 돌 벽에 낙서를 해놓은 것이라고 했답니다."

"대답이 궁하니까 대충 둘러댔구만."

"김선생이 보시기에 어떻습니까? 이 그림이 미개한 원시인들의 낙서 같아 보입니까?"

"글쎄요. 낙서라면 부드러운 흙바닥에 하지 이렇게 야문 바위에 하지는 않았겠죠."

내가 대답을 했다. 마츠오는 턱에 손을 괴고 가만히 듣고만 있었다. 한참을 생각에 잠겨 있는 듯하더니 입을 열었다.

"그러면 당신은 이 그림이 무엇이라고 생각하는 거요?"

마츠오의 질문에 김일환은 기다렸다는 듯 자신의 생각을 피력했다. 일본은 지금 가나라는 문자를 사용하고 있고 조선은 세종대왕이 만든 언문을 사용하고 있는데 모두 중국의 글자를 먼저 사용하다 만든 문자라고 했다. 중국의 한자는 물건의 모양을 본떠 만든 상형문자인데 초기 상형문자를 만든 사람들도 초기의 조선인들이라고 했다.

마츠오는 중국 연안에서 발견되는 상형문자를 조선인들이 만들었다는 것은 거짓이라고 했다. 김일환은 애초에 원시 조선인들이 중국 연안에 살았었다고 했다. 마츠오는 말도 안 되는 거짓말이라고 일축해 버렸다.

"이따위 낙서가 무슨 글자라는 것이냐. 글자라면 읽을 수 있어야지."

"어쩌면 순사양반도 무식하기는 학교선생이라는 자와 똑같군요. 그러니 내가 일본인들이 무식하다는 것이오."

나는 김일환의 대답에 가슴이 철렁 내려앉았다. 감히 조선의 시골사람이 일본인 순사에게 할 수 있는 말이 아니었다. 나는 마츠오의 안색을 살폈다. 아니나 다를까 마츠오의 미간이 심하게 일그러져 있었다. 속눈섭이 파르르 떨리는 것 같았다.

"기타나이 조센징. 얼른 이 글자를 읽어봐라."

마츠오의 입에서 거친 말이 튀어나왔지만 김일환은 조금도 동요하지 않았다. 오히려 덤덤한 표정으로 서석 앞에 섰다. 김일환은 차분한 목소리로 설명을 하기 시작했다.

"이 서석에 원시문자를 새긴 사람은 나의 먼 조상이다. 바위에다 이것을 새긴 것은 아주 오랫동안 이야기를 전해 줄 수 있기 때문이다."

김일환은 제일 먼저 서석 맨 꼭대기의 그림을 손으로 짚었다. 겹마름모꼴이 다섯 개가 연속으로 그려진 문양이었다. 나는 호기심이 발동하여 진지하게 김일환의 이야기를 들었다. 마츠오도 분기를 가라앉히고 차분한 표정으로 설명을 들었다.

이 겹마름모꼴 하나는 하나의 부락을 나타내는 말이다. 이곳 대곡천을 중심으로 다섯 개의 마을이 있었다. 대곡천을 따라 상류로 올라가면 하천이 갈라지면서 갈라진 하천마다 분지가 나타난다. 그 분지마다 마을이 자리 잡고 있다. 보통은 하류로 내려가며 마을이 발달하기 마련인데 이곳의 지형은 독특한데가 있었다. 반곡 마을은 이곳에서 하류로 조금 내려 간 다음에 지류를 타고 올라가면 나오는 마을이다. 반곡 마을을 빼면 나머지 네 마을은 상류로 올라가며 개울이 갈라지는 대로 형성되어 있었다.

첫 번째가 구량 마을인데 바로 하류에서 갈라져 올라간 반곡 마을과 접해 있었다. 두 번째가 두서면사무소가 있는 인보마을이고 세 번째가 전읍 마을이다. 전읍은 예전부터 동을 생산했던 마을로 엽전을 만드는 마을이란 뜻이다. 그다음에 미호 마을이다. 미호 마을은 대곡천의 제일 깊은 끝자락에 있는 마을이다. 미호는 백운산 자락에서 발원하는 탑골샘을 품고 있는 신령한 산을 모시고 있는 마을이다.

다섯 개 마을 외에도 대곡천 하류에 바다에서 가까운 곳에 고래잡이 마을이 있었다. 김일환은 다섯 개 마을이 표시된 위쪽에서부터 사선으로 깊게 그어진 선을 따라 내려갔다. 그곳에 별도로 표시된 겹마름모꼴 문양이 자리 잡고 있었다. 혼자 떨어진 그 마을이 바로 이곳에서 다소 멀리 떨어진 고래잡이 마을이었다.

그들의 생활 방식은 다섯 개 마을과는 완전히 달랐다. 다섯 개 마을이 비옥한 땅에서 곡식을 가꾸고 짐승을 사육하며 때때로 사냥을 하며 살았는데 반해 이 마을은 예전부터 바다로 나가 고래를 사냥하며 살았다.

김일환은 이야기를 해나가며 바위 면에 새겨진 문양을 하나씩 짚었다. 그림 하나가 단어 하나가 아니라 문장을 나타냈다. 이어지는 그의 이야기가 전혀 어색하지가 않았다. 김일환이 설명을 하는 동안 마츠오도 공부하는 학생처럼 얌전히 듣고 있었다. 나는 적이 안심이 되었다. 격한 논쟁이 일어나는 것보다는 설명을 다 들어보고 판단하는 게 나을 것 같았다.

아래쪽 고래를 잡는 마을을 포함해 여섯 개 마을 사람들은 서로 협력하며 살아가는 방법을 택했다. 이곳은 여섯 개 마을의 중심이 되는 지역이다. 주로 무더운 여름이면 여섯 개 마을 사람들이 이곳에 함께 모여 더위를 피했다. 마을이 함께 모여 살아가는 규칙을 정해 바위에 기록을 남기기 시작했다.

바위에 기록을 새기는 것은 전적으로 미호 마을의 몫이었다. 그들은 큰 산을 모시는 하늘의 정령을 받고 사는 사람들이었다. 큰 산은 해를 품은 산이었다. 큰 산은 해를 닮은 붉은 돌을 품고 있었다. 그것은 다른 어느 곳에서도 볼 수 없는 돌로서 그 강함을 따를 수 없었다. 바위에 기록을 새기는 것도 큰 산의 붉은 돌이라야 가능했다. 미호 마을의 촌장은 마을의 상징으로 붉은 돌도끼를 들고 다녔다. 신령스런 붉은 돌도끼의 권위에 따르지 않는 사람은 아무도 없었다.

그러나 미호 마을 사람들은 성품이 온순하고 다른 사람에게 위해를 가하지 않았다. 그러니 모든 마을 사람들이 성심을 다해

따랐다. 각 마을 사람들은 이곳에 모여 마을 간의 규칙에 대해 의논하고 그 내용을 바위 면에 기록으로 남겼다.

바위 면에 기록을 새기는 것은 전적으로 미호 마을 장정의 몫이었다. 작업을 할 때는 마을의 상징인 붉은 도끼를 항상 옆에 세워두었다. 미호 마을 사내아이들은 어려서부터 바위그림을 읽고 새기는 훈련을 받았다. 그러나 무엇보다도 미호 마을에서 바위그림을 그리게 된 것은 붉은 돌 때문이었다. 붉은 돌은 유일하게 미호 마을에서만 나왔다. 다른 마을 사람들은 하천에서 흔하게 굴러다니는 푸른색 옥석을 갈아 사용했는데 붉은 돌과는 야물기를 견줄 수 없었다.

아주 오래 전부터 고래잡이 마을 사람들이 큰 고래를 잡는데 미호 마을의 붉은 돌이 유효하게 쓰였다. 집채만큼 큰 고기를 자르는 데는 무엇보다 커다랗고 날이 잘 드는 돌칼이 필요했다. 미호 마을에서 나오는 커다란 붉은 돌칼이 아니면 큰 고래를 자르는 일은 엄두도 못 낼 일이었다.

김일환은 잠시 숨을 고르고 나서 타원형을 반으로 갈라놓은 문양을 손으로 짚었다.

이것은 각 마을이 지켜야할 기본적인 내용이다. 마을의 모든 산물은 반으로 갈라 그 반은 공동의 물품으로 내놓아야 한다는 것이었다. 반으로 내놓은 물건은 나머지 다섯 개 마을이 공평하게 갈라서 가져가는 방식이었다. 그러면 여섯 개 마을이 골고루

산물을 나누어 가질 수가 있는 것이다.

맨 아래쪽 바다를 접하고 있는 고래잡이 마을은 큰 고래를 잡으면 그 반을 갈라 다섯 개 마을에 보내주었다. 그러면 바다와 멀리 떨어져 있는 미호 마을 사람들도 고래고기를 먹을 수 있었다. 반대로 미호 마을의 깊은 산속에서 나는 산물은 그 일 할이 고래잡이 마을로 전해지는 것이었다. 여섯 개 마을은 규칙을 잘 지켜 오래도록 평화롭게 살았다.

여섯 개 마을 사람들은 아이가 성장하여 혼인을 하게 되면 피를 나누지 않은 남녀가 짝을 지어야 좋다는 것을 알았다. 여자아이가 커서 짝을 찾게 될 때는 모두 다른 마을로 보냈다. 한마을의 여자 아이들은 다섯 개 마을로 나뉘어 보내지는 것이었다.

아이를 많이 낳는 마을이 힘이 세어지게 되는 것은 당연한 이치였다. 한마을에 아이들이 너무 많이 태어나게 되면 완급을 조절해 그 마을에 보내는 딸아이들의 숫자를 줄였다. 그런데 유독 고래잡이 마을의 사람 숫자가 해마다 줄어들었다. 고래잡이 마을 사람들은 자기네 마을로 들어오는 여자 아이들이 출산율이 떨어지는 것은 좋지 않은 아이들로 가려서 보내기 때문이라고 생각했다.

여섯 개 마을 대표들은 계곡에 모여 회의를 했다. 어떤 사람은 고래잡이 마을의 출산율이 떨어지는 것은 너무 큰 바닷고기를 잡아 신령님의 노여움을 받은 것이라고 했다. 또 어떤 사람들은 고래잡이 마을여자들이 너무 기름진 고기를 많이 먹어 그런 것이라고 하기도 했다. 그러나 딱히 이유를 밝혀 낼 수는 없었다. 큰 고래를 잡으려면 힘센 장정들이 더 필요했다. 마을 대표들은 고래잡이 마을에 더 많은 여자 아이들을 보내도록 합의했다.

그 결과 그해에는 고래잡이 마을 열 명의 여자아이들이 다른 마을로 보내지고 다른 마을 여자아이 스물이 들어오게 되었다. 대략 사내아이 하나에 여자아이 둘이 배정된 것이었다. 처음에는 괜찮은 것 같았는데 문제는 다음 해에 일어났다.

미호 마을에 사흘이라는 청년이 있었다. 사흘은 그 해에 암각화를 새기는 일을 맡았다. 단번에 한 것이 아니라 윗사람에게 몇 년 동안 새겨 놓은 바위그림을 보며 그동안 여섯 개 부락이 살아온 내력을 모두 공부하고 나서였다. 사흘은 그 해에 여섯 개 마을 대표가 결정한 사항을 바위 면에 새겨 넣었다.

바위 그림을 새기는 동안에는 마을로 돌아가지 않고 근처의 움막에서 그의 아내와 함께 살았다.

사흘의 아내는 그해에 고래잡이 마을에서 시집 온 처녀였다. 기름진 음식을 많이 먹은 탓인지 처녀는 여섯 개 마을에서 제일 눈에 띄었다. 사흘은 꿈같은 신혼 생활을 하며 바위그림을 그리게 된 것이었다. 그런데 문제는 고래잡이 마을에 있는 처녀의 오빠였다. 처녀의 오빠는 두 명의 처녀와 신혼 생활을 했다. 그런데도 미호 마을로 시집 간 여동생을 못 잊어했다.

처녀의 오빠는 세상 여자들을 모두 다 준다고 해도 시집 간 여동생만은 못하다고 생각했다. 오빠는 여동생을 찾아 서석곡으로 갔다. 사흘이 바위 면에 그림을 새기고 있는 시간에 여동생을 몰래 만나 정을 나누었다. 횟수를 더해갈수록 둘의 만남은 점점 더 대담해졌다.

사흘은 그런 정황을 전혀 눈치채지 못하고 있었다. 하루는 바위그림을 새기다 말고 아내가 기다리는 움막집으로 갔는데 자기 신부가 친정 오빠와 한 몸이 되어 뒹굴고 있었다. 사흘은 놀란 가슴을 끌어안고 바위그림 앞으로 뛰어왔다. 믿을 수 없는 상황을 어떻게 받아들여야 할지 갈피를 잡을 수 없었다. 곧 이어 신부의 오빠이자 간부인 남자가 사흘에게로 달려왔다. 간부는 뻔뻔스럽게 사흘에게 오히려 큰 소리를 쳤다. 사흘에게 이제는 어떻게 할 것인지 다그쳐 물었다.

사흘이 마을 공동회의에 이야기하겠다고 했다. 미처 말을 마치기도 전이었다. 사흘의 눈에서 불꽃이 튀었다. 간부가 사흘의 머리를 붉은 돌도끼로 내려친 것이었다. 결국 사흘은 자기가 가져온 붉은 도끼에 목숨이 끊어지고 말았다.

일을 저지른 사내는 여동생을 데리고 계곡 반대편 연화산으로 숨어 들어갔다. 연화산은 산이 깊어 숨을 곳이 많았다. 죽은 사흘의 시체가 발견된 것은 다음 날이었다. 시체는 계곡에 놀러 온 구량 마을 사람들에 의해 발견되었다.

여섯 개 마을이 발칵 뒤집어졌다. 사라진 사흘의 신부를 찾기 위해 여섯 개 마을 사람들이 모두 나섰다. 결국은 미호 마을의 유능한 사냥꾼들이 두 남매를 붙들어 왔다.

김일환은 이야기를 멈추고 개울가로 물을 마시러 갔다. 이야기에 푹 빠져 있던 마츠오가 나에게 물었다.
"김상. 저자가 이야기 하는 게 사실로 들리오?"
나는 사실 같다고 했다.
"바위에 새겨진 상형문자는 하나의 단어가 아니라 많은 이야기를 내포하고 있는 제목과 같다는 생각이 드는군요. 제목을 적어놓고 구술로 이야기를 전해 준다면 쉽게 잊히지 않고 오래 갈 수가 있지 않을까요? 마치 절의 대웅전 바깥벽면에 그려진 벽화 그림처럼 말이죠."
마츠오는 나의 의견에 수긍하는 듯하더니 다시 물었다.
"이야기가 진실이냐 아니냐는 아무도 판단할 수 없는 것이 아니겠소. 저 자가 제멋대로 지어낸 이야기인지 알 수 없는 것 아니겠소."
"지어내는 이야기라면 저자는 머리가 천재일 겁니다. 그림과 이야기를 맞추어서 만들어내기는 더 힘들 테니까요."
개울물을 마시고 난 김일환이 금방 돌아왔으므로 우리의 대화는 그것으로 끝났다. 김일환이 다음 이야기를 시작하기 전에 마츠오가 질문을 했다.

"이 바위 면 그림을 빨간 돌로 새겼다고 했는데 그 돌이 지금 미호천 상류 백운산에서 캐내고 있는 아까다마인가?"

"그렇소. 일본인들은 더 이상 백운산 아까다마를 캐어가서는 안되오. 그 돌은 우리 조상들의 혼이 담겨 있는 것이오. 백운산 자체가 해를 품고 있는 신령한 산이란 말이오."

"그래서 당신이 일본인 광산 오야지를 두드려 패고 아까다마를 훔친 것인가?"

"그건 내가 아니오. 하지만 누가 그랬던 그건 훔친 것이 아니오. 훔치는 것은 일본사람들이오. 이 땅의 물건을 함부로 캐내가는 게 훔치는 것이지요. 자기 물건을 찾아가는 것을 훔치는 것이라 하면 안 되지요."

김일환의 목소리는 매우 단호했다. 마츠오가 자리에서 벌떡 일어났다. 조센징이 일본순사 앞에서 겁도 없이 지껄인다는 가소로운 표정이었다.

"일본인이 훔친다고? 일본인들은 조센징처럼 남의 물건을 훔칠 줄 모른다. 아까다마는 광구권을 산 뒤에 합법적으로 채굴을 하는 것이다. 억울하거든 법정에서 따져라."

두 사람의 대화를 그대로 놔두었다가는 싸움으로 번질 것 같았다. 나는 간신히 마츠오를 자리에 앉게 한 뒤 이야기를 마저 들어보자고 달랬다. 자리에 앉은 마츠오가 잠잠하자 김일환은 다시

목이 탄지 개울에 가서 물을 더 마시고 왔다.

"어서 다음 이야기를 해보아라. 연화산에서 잡힌 연놈들은 어떻게 되었느냐?"

김일환은 마츠오의 재촉에 다음 그림을 짚었다. 사람의 얼굴 모양 그림이었다.

사람을 죽인 자는 무조건 추방이었다. 남매간에 정을 통한 것도 중죄이고 남의 아내를 탐한 것도 중죄에 해당하는 것이었다. 여섯 개 마을의 촌장들은 두 사람을 먼 바다로 추방하기로 결정했다. 다시는 이 땅에 얼씬도 하지 못하도록 한 것이다. 거기에 두 사람 뿐만 아니라 그 어미와 아비 그리고 아비의 형제들까지 포함하니 열다섯 명이나 되는 인원이었다. 무리들은 커다란 배에 태워져 큰 바다로 보내졌다. 간음을 해 문제를 일으킨 사내는 떠나가는 배 안에서 큰 소리로 울부짖었다.

"나는 반드시 돌아올 것이다. 돌아와서 붉은 돌을 다 차지할 테다."

사흘의 아내였던 여자는 이미 수태를 하여 배가 조금 불러오는 상태였다. 그 씨가 사흘의 씨인지 그 오래비의 씨인지 알 수가 없었다. 그 무리들이 먼 바다로 떠나가고 난 뒤 고래잡이 마을은 급격하게 쪼그라들었다. 다섯 개 마을 사람들은 한동안 고래잡이 마을 사람들과 혼인 맺는 걸 꺼렸다. 마을 사람 수가 줄어드니 고래를 잡는 것이 어려울 수밖에 없었다.

"잠깐만. 먼 바다로 떠나갔다니 거기가 어디를 말하는 것이오?"

마츠오가 김일환의 이야기를 끊고 물었다. 김일환은 당당하게 그곳이 일본 땅이라고 대답했다.

"이런 제기럴. 일본에서는 그런 불결한 사람들을 받아들였을 것 같은가?"

"그 당시 일본에는 사람이 살고 있지 않았소. 사람이라고 하기보다는 원숭이에 가까운 것들이 살고 있었소. 에이시라고 부르는데 당신들 조상들이 모조리 잡아 죽였지요. 더러 데리고 살기도 해서 피가 조금 섞이기도 했지요. 당신들은 백제의 유민들이 건너가 나라를 세운 것이라고 알고 있지만 이미 그 보다 수천 년 전에 건너가기 시작했던 것이오."

"네놈이 죽을 때가 되었나보다. 대일본제국을 욕보이고 천황폐하를 욕보였으니 온전히 살아남지 못할 것이다. 마츠오가 자리에서 벌떡 일어서더니 김일환의 가랑이를 걷어찼다. 고환을 발길에 차인 김일환은 그 자리에 고꾸라졌다. 바닥에 엎드린 김일환의 등짝을 구둣발로 밟았다. 그 바람에 간신히 일어나려던 김일환이 입을 돌바닥에 찧었다.

내가 마츠오를 말렸다. 김일환은 입술이 찢어져 피를 흘렸다. 그러면서 벗어 놓았던 망태를 찾아 그 안에 들어 있던 붉은 돌도끼를 꺼내었다. 그 돌도끼를 손바닥에 올려놓고 마츠오 앞으로 가져갔다.

"이 돌을 보시오. 이것이 바로 수천 년 전에 사흘이라는 청년을 죽인 붉은 돌도끼요."

"거짓말! 조센징은 모두 거짓말쟁이야! 이 돌은 네가 백운광산에서 훔쳐낸 것이 틀림없어. 이게 어떻게 수천 년 전에 내려온 돌이란 말이냐. 네놈은 도둑놈이야."

"도둑놈?"

입술에 붉은 피를 묻힌 김일환이 씨익 웃었다. 그 웃음에 소름이 끼쳤다. 마츠오가 주먹을 들어 김일환을 치려했다. 내가 마츠오의 허리를 감싸 안은 탓에 주먹은 김일환에게까지 날아가지 않았다. 마츠오가 헛 주먹을 날린 다음 순간이었다. 김일환이 손에 쥔 붉은 돌도끼를 허공으로 번쩍 치켜들었다. 나는 너무 놀란 나머지 마츠오를 끌어안고 있는 팔을 풀지 못했다. 마치 내가 마츠오를 도망가지 못하도록 붙잡고 있는 꼴이었다.

붉은 돌도끼가 허공을 가르며 내려왔다. 마츠오가 고개를 살짝 비틀어 피했는데 돌도끼는 정확하게 마츠오의 오른쪽 눈썹 위 이마 한가운데를 찍었다. 마츠오의 외마디 비명이 건너편 바위벽에 부딪쳤다 되돌아 나오며 골짜기 전체를 울렸다. 붉은 피가 사방으로 튀었다. 내가 입고 있는 옷과 얼굴에도 피가 튀었다.

마츠오는 그 자리에서 숨이 끊어지고 말았다. 그때까지도 나는 마츠오를 안고 있었다. 스르르 맥없이 주저앉는 마츠오를 그대로 바닥에 눕혔다. 이마의 두개골이 벌어져 뇌수가 허옇게 드러났다. 눈을 부릅뜨고 있는 마츠오의 얼굴이 평상시의 모습과는 완전히 달랐다. 자신에 찬 표정은 온데간데없고 공포에 질린 얼굴 표정에 소름이 돋았다.

"이게 무슨 짓이오. 사람을 죽여서 어쩌자는 것이오?"

내 목소리도 부들부들 떨려 나왔다. 김일환의 표정은 의외로 덤덤해 보였다.

"일본 놈을 죽인 게 뭐가 잘못됐다는 것이오."

"일본인은 사람이 아닙니까?"

"김재성씨. 당신도 정신 좀 차리시오. 이놈이 당신 마누라하고 붙어먹은 사실은 알고 있는 거요?"

나는 난데없는 말에 어안이 벙벙했다.

"붙어먹다니요?"

"그렇게 일본 놈 꽁무니만 졸졸 따라다니면서 마누라까지 내어 주다니 도대체 쓸개가 있는 거요?"

나는 도대체 무슨 말을 하는 것인지 몰라 재차 물었다. 김일환은 한심하다는 표정으로 나를 바라보았다. 김일환의 말로는 마츠오가 나의 아내 김순조와 백운산 계곡에서 정사를 벌이는 걸 목격했다고 했다.

"집에 가거든 당신 마누라한테 직접 물어보시구려. 올봄에 백운산에 산나물을 뜯으러가서 어떤 놈하고 붙어먹었는지. 반곡 마을 김일환이를 만났다고 하면 발뺌도 못할 거요. 나하고 딱 마주쳤으니까."

나는 내 이마에 도끼를 맞은 것처럼 현기증을 느꼈다. 이마가 깨진 채 눈을 까뒤집고 쓰러져 있는 마츠오를 내려다보았다. 정말 그런 일이 있었으리라고는 상상할 수 없었다.

"이놈은 벌써부터 처단하려고 계획하고 있었던 놈이오. 이놈이 우리 백운산 청년들을 색출해 내려고 얼마나 독을 쓰고 다녔는지 모르오. 안 그러면 우리 백운산 청년단이 당할 지경이었소."

나는 처음으로 백운산 청년단이란 말을 들었다. 김일환은 백운산 청년단에 대해 자세히 설명을 해주었다. 백운산 청년단은 여러 마을 청년들로 조직한 단체인데 일본인들이 미호천 상류 골짜기에서 아까다마석을 캐내 가는 것을 막아내기 위해 만든 단체라고 했다. 김일환의 말로는 백운산의 붉은 홍옥석이야말로 우리민족의 정기가 담긴 신령한 돌이라고 했다.

"이제는 어떻게 할 작정이오? 일경들이 가만히 안 있을 것인데."

"내 일은 걱정하지 마시오. 당신이나 잘 피해가면 되는 일이오. 당신도 이놈 옆에 쓰러져 있으면 될 것 같은데 어떻소? 그냥 쓰러져 있으면 믿지 않을 테니 몸에 상처를 좀 냅시다."

김일환은 내 동의도 없이 곁으로 다가와 붉은 돌도끼로 내 뒤통수를 쳤다. 눈에서 불이 번쩍하며 아득한 나락으로 떨어지는 기분이 들었다.

내가 눈을 뜬 곳은 병원침대 위였다. 간신히 눈을 떴는데 머리가 깨어질 듯 아팠다. 머리에도 붕대가 감겨 있고 왼쪽 팔에도 붕대가 감겨 있었다. 내가 정신을 차리자 옆에 있던 아내가 큰 소리로 흐느껴 울었다. 나는 통증을 참아내면서도 아내의 울음소리가 귀에 거슬렸다. 냉랭한 목소리로 울음을 멈추라고 말했다.

아내가 울음을 멈추자 의사가 병실로 들어왔다. 의식이 돌아온 나의 얼굴을 보더니 함박웃음을 지었다.

"이만하기 천만다행입니다. 하마터면 목숨을 잃을 뻔 했습니다."

의사는 자기가 죽은 사람을 살려낸 것처럼 자랑스럽게 말했다. 뒤통수의 충격으로 뇌진탕을 일으켜 의식을 잃은 뒤에 붉은 도끼날로 어깨를 찍은 모양이었다. 왼쪽 어깨에 뼈가 드러나도록 살이 찢겨 있었다. 잠시 후에 일본순사들이 병실을 찾아왔다. 처음부터 나를 의심하는 질문은 하지 않았다. 일본인 순사와 조선인 면서기가 함께 피습을 당한 사건으로 조사를 하고 있었다.

문제는 내가 범인들이 누군지 알고 있느냐 하는 점이었다. 나는 세 명의 가공인물을 만들어 내느라 진땀을 흘렸다. 물론 세 명 모두 일면식도 없는 사람이라고 둘러댔다. 일본 순사들의 조사는 수월하게 피해갈 수 있었다. 상처는 쉽게 아물어 갔다.

그러나 아물릴 수 없는 것은 마음의 상처였다. 아내 김순조와 마츠오가 바람을 피웠다고 했는데 어떻게 받아들여야 할지 갈피를 잡지 못했다. 어떤 사정이 있어 백운산에서 김일환과 마주치게 되었는지도 궁금했다. 나는 조용한 시간에 아내에게 백운산에서 김일환을 만난 적이 있느냐고 물어보았다. 제발 그런 적이 없다는 대답을 듣고 싶었다.

아내는 나의 물음에 화들짝 놀라더니 이내 사색이 되었다. 더 이상 대답을 듣지 않아도 되었다. 김일환이 한 말은 사실이었다. 나는 심한 고민에 빠지지 않을 수 없었다. 그동안 마츠오의 부인 에리코에게 온 마음이 빠져 있던 나 자신이 부끄럽기도 했다. 그것이 서로의 배우자에겐 얼마나 큰 아픔이 되는 것인지 나 자신이 당하고 보니 절실히 느껴졌다.

병원에서 열흘 정도 치료를 받으니 어깨의 상처가 어느 정도 아물어 퇴원을 하게 되었다. 퇴원하는 날 에리코가 병원으로 찾아왔다. 평소에도 파리하던 얼굴빛이 생기라고는 하나도 없는 몰골이었다. 그런 모습을 보니 심한 죄책감이 들었다. 내가 방심한 탓에 마츠오가 살해당한 것이었다. 도끼를 든 김일환을 말렸어야 했는데 얼떨결에 마츠오를 잡아두는 바람에 살해된 것이었다. 좀 더 상황판단을 잘하고 적극적이었다면 살인사건으로까지는 가지 않았을 것 같았다.

마츠오의 시신은 일본으로 운구되지 못하고 언양성당에서 가까운 화장산 기슭에 묻었다고 했다. 앞으로 어떻게 할 것인가 물으니 딸 유리를 데리고 귀국하겠다고 했다. 그 전에 마츠오의 살해범을 잡았으면 좋겠다고 했다. 어떤 연유에서 살해당한 것인지 이유라도 알고 싶다고 했다. 그러면서 그날 있었던 일을 자세히 설명해 달라고 했다.

나는 에리코에게도 지어낸 이야기를 그대로 들려 줄 수밖에 없었다. 난데없는 건달들의 습격이었으며 근동에서는 보지 못한 얼굴들이었다고 둘러댔다. 나는 일본 순사들에게도 내가 먼저 습격을 받아 정신을 잃는 바람에 마츠오가 살해되는 장면을 보지 못했다고 거짓말을 했었다. 그러니 더 이상 나를 통해서 알아낼 것이 없는 셈이었다. 나는 범인들을 찾아내는데 적극 협력하겠다는 거짓맹세까지 했다.

현실에서는 살인사건에서 벗어나 있었는데 마음 속의 문제는 쉽게 해결할 수 없었다. 일본인이기는 했지만 마츠오는 나와 대화가 통하는 진실한 친구였다. 그날 마츠오의 모습을 떠올리다 보면 두개골이 깨진 채 뇌수가 허옇게 드러난 모양이 떠올랐다. 그러면 나도 모르게 몸서리가 쳐졌다. 병원에서 퇴원 한 뒤 며칠 후에 김일환의 소식을 들었다. 아무도 그날 그가 서석곡에 갔던 사실을 모르고 있었다. 그는 평시와 다름없이 자신의 모친과 아내가 운영하는 주막집에서 허드렛일을 하며 보내고 있었다.

형님을 통해서 들려오는 바깥소식에 의하면 미호천에 접하고 있는 하동 중동 상동 마을에 일본인 순사들이 대대적인 조사를 벌였다고 했다. 집집마다 변소까지 샅샅이 뒤져 도난당한 아까마다석을 찾았다고 했다. 어떤 집에서는 한두 점 몰래 감추어 두었다가 발각이 되는 바람에 주재소에 끌려가 가혹한 조사를 받고 왔다고 했다.

살해당한 마츠오가 아까다마석 광산과 관련이 있다고 판단한 모양이었다. 그가 광산에서 분실한 아까마다석을 찾는 과정에서 문제가 있었던 사실을 알아낸 모양이었다. 나중에는 미호 마을뿐만 아니라 인보와 구량 마을까지 뒤지고 다닌다고 했다. 나는 은근히 김일환이 걱정되었다. 그날 마츠오를 살해했던 붉은 돌도끼를 잘 감추어 놓았는지 불안했다. 그러나 그런 걱정도 얼마가지 않아 끝나고 말았다.

마츠오가 살해되고 나서 꼭 두 달 만이었다. 일본이 대동아 전쟁에서 패망했다. 일본인 순사들은 더 이상 거리에 나다닐 수 없게 되었다. 나는 곧장 에리코에게 달려갔다. 마츠오의 살해범이 잡힐까 기대하며 하루하루를 보내던 에리코는 도망치다시피 일본으로 돌아가야 했다. 돌아가는 길도 수월하지 않았다. 나는 내 일처럼 나서서 에리코의 귀국길을 도왔다.

처음에는 부산항에서 배를 타는 것까지만 보고 돌아올 생각이었다. 그러나 언양에서부터 부산까지 동행하면서 서서히 마음이 바뀌었다. 자꾸만 김일환이 하던 소리가 귓전에 맴돌았다. 보지도 않았는데 두 사람이 백운산 계곡에서 뒹구는 장면이 자꾸 떠올랐다. 어쩌면 화장산 기슭에 묻혀 있는 사람이 일본인 마츠오가 아닌 조선인 김재성인 것 같은 생각이 들었다.

김재성은 죽고 일본순사 마츠오가 가족을 데리고 귀국하는 것 같은 기분이 들었다. 나는 부산항에 도착하여 에리코에게 마츠오의 신분증이 있는가 물어보았다. 에리코는 보따리 속에 꽁꽁 싸들고 온 마츠오의 신분증을 꺼내었다. 마츠오는 죽었지만 그의 유품 하나라도 챙기고 싶은 게 에리코의 심정이었을 것이다.

"당신과 함께 가겠소."

"…."

에리코는 한동안 무슨 뜻인지 이해하지 못했다. 같이 가겠다는 것은 죽은 마츠오가 되어 같이 살겠다는 뜻을 내포하고 있었다. 에리코는 말도 안 된다는 표정을 지었다. 나는 아내와 아이가 있는 집으로 돌아가야 한다고 등을 떠밀었다. 나는 에리코의 만류를 뿌리치고 일본인 순사 마츠오가 되어 일본행 배에 올랐다. 나는 언양을 떠나올 때부터 한 번도 뒤돌아보지 않았다. 김순조에 대한 일은 되도록이면 기억에서 떨쳐내고 싶었다. -

백운산 그늘의 사람들

　김재성 노인의 일본어 기록물만 그대로 복사해서 약간의 편집만 하면 그대로 한 편의 소설이었다. 그러나 기록을 읽고 난 다음, 무엇부터 손을 대야 할지 갈피를 잡을 수 없었다. 먼저 유촌 마을의 김인후에게 사실을 이야기해 주어야 했다. 김용삼에게는 20년 전에 일본 노인에게 붉은 돌도끼를 거금을 받고 판매한 사실이 있는지 물어보기로 했다. 더구나 김용삼의 할아버지가 기록 속에 나오는 김일환인지도 확인해 보아야 했다.
　무엇부터 손을 댈까 망설이다가 먼저 울산대 이하우 교수에게 전화를 걸었다. 이 교수는 단번에 나를 기억해냈다. 오히려 왜 이제야 전화를 했느냐고 했다. 자신은 내년 2월에 퇴임을 하게 되어 이미 짐을 다 싸놓은 상태라는 것이었다. 미리 연락을 했으면 자료를 좀 챙겨 주었을 텐데 아쉽다고 했다.
　나는 김재성 노인의 기록물에 대한 이야기를 대충 간추려서 들려주었다. 이 교수는 대단히 흥미 있는 이야기라고 했다. 미호천에서 나오는 홍옥석이 암각화를 새기는데 이용되었을 것이라는 가정은 검토해 볼 만하다고 했다.

이 교수와 통화는 두 시간이 넘게 이어졌다. 내가 궁금한 사실 한 가지를 물어보면 세 가지 네 가지 사실을 알려 주었다. 지금까지 오해하고 있었던 부분이 천전리 각석과 반구대 암각화의 새겨진 순서였다. 나는 천전리 각석이 먼저인 줄 알고 있었다. 이 교수는 그것이 굉장한 오류이며 이런 오류들이 자꾸 발생하는 것은 먼저 암각화를 연구하는 학자들이 과학적 근거도 없는 사실을 자신의 감각에만 의존해 발표를 하기 때문이라고 했다.

대표적인 예로 반구대 암각화의 고래를 찾는 사람 문양을 처음에 춤추는 샤먼이라고 발표한 것이라고 했다. 자신의 이름을 걸고 그런 주장을 하게 되면 뒤에 사람은 한동안 오류에 빠져 헤매게 된다고 했다.

이 교수는 지금까지 발표된 여러 학설들에 대해 부당한 점을 몇 가지 꼽았다. 첫째가 반구대 암각화를 새긴 사람들이 사연댐 입구까지 밀려 들어와 있던 해안선에 살았다는 주장이었다. 그러면 지금 해수면 보다 1미터 낮은 곳에서 발견된 황성동의 고래등뼈에 박힌 작살촉을 어떻게 해석해야 하느냐고 반문했다. 태화강 양안에 바닷물에 의한 침식의 흔적이 하나도 발견되지 않고 있는 사실도 간과할 수 없다고 했다.

이 교수의 주장은 고래잡이 그림을 그린 사람은 대곡천에 살던 사람들이 아니라 어딘지 특정할 수 없지만 가까운 해안선에 고래잡이를 하던 사람들이고 암각화에 들렀던 사람들은 동해를 둘러싸고 고래잡이를 하던 여러 집단의 사람들이었을 것이라고 했다. 지금의 극동 러시아와 일본을 아우르는 넓은 지역의 사람들이었을 것이라고 했다.

　그래서 북방에서 내려온 문화와는 전혀 별개의 독특한 문화가 울산을 중심으로 이루어진 것이라고 했다. 그 후에 경주와 포항으로 암각화가 전파되는 과정을 자세히 설명했다.

　나는 고래잡이 도구에 대해 몇 가지 질문을 했고 최종적으로 고래사냥을 마치고 몸체를 해부하는 도구로 무엇을 사용했을까 물어보았다. 이 교수는 고고학을 배우는 학생들이 도구도 없이 멧돼지를 잡아먹는 방법에 대해 이야기했다. 원시인들이 어떻게 사냥을 하고 어떻게 고기를 섭취했는지 몸으로 체험하게 한다고 했다. 학생들은 적절한 자연물을 이용할 수밖에 없는데 나무와 돌을 이용하는 방법밖에 없다고 했다. 돌을 깨뜨리면 작은 조각들이 나오는데 그 작은 조각으로 멧돼지의 가죽을 가르는 일이 가능하다고 했다.

　그런 면에서 미호천 상류에서 나오는 홍옥석이 사용되었을 가능성은 충분하다고 했다. 그런데 문제는 아직까지 붉은 홍옥석으로 만들어진 유물이 출토되지 않은 사실에 대해서 생각해 보아야 한다고 했다. 나는 붉은 돌도끼의 존재에 대해 이야기했다. 이 교수는 눈으로 보기 전에는 믿어지지 않는다고 했다. 그걸 당장 볼 수 없겠느냐고 했다.

나는 가까운 시일에 붉은 돌도끼를 가지고 방문하겠다고 약속을 하고 전화를 끊었다. 통화를 끝낸 다음 책상 위에 놓인 붉은 돌도끼를 손에 들고 쓰다듬었다. 이 돌도끼가 오천여 년 전에 만들어진 물건인지는 확신할 수 없었다. 김재성 노인의 기록대로라면 김용삼의 할아버지인 김일환이 일본인 순사 마츠오를 살해한 흉기로 사용된 것은 확실한 것 같았다.

그리고 이야기를 따라 들어가 보면 암각화를 새기던 고대에 치정 얽힌 살인사건에 사용된 물건이었다. 그러나 사람을 죽인 흉측한 무기라는 생각은 들지 않았다. 붉은 돌도끼를 손에 들고 힘을 주어 움켜쥐면 왠지 모를 권력을 움켜쥐고 있는 듯한 묘한 기분이 들었다. 어쩌면 어린 시절에 장난감 권총을 사서 손에 처음 쥐었던 기분 같기도 했다. 지금 생각하니 어떻게 사람을 죽이는데 사용하는 권총을 장난감으로 가지고 놀았을까 의아한 생각이 들었다.

돌도끼를 책상 위에 내려놓고 김용삼에게 전화를 걸었다. 김용삼은 바로 전화를 받았다. 나는 김용삼에게 할아버지 이름이 김일환이냐고 물었다. 김용삼은 깜짝 놀라며 그걸 어떻게 알았느냐고 되물었다. 나는 누군가 다른 사람이 찾아와 할아버지의 이름을 물은 적이 없느냐고 물었다.

김용삼은 더 놀라는 목소리였다. 얼마 전에도 보훈처에서 나왔다는 사람들이 할아버지의 이름을 묻고 갔다는 것이었다. 그런데 그걸 내가 어떻게 알았느냐는 것이었다. 그러면 25년 전에 할아버지 이름을 물었던 일본 노인을 기억하고 있느냐고 물으니 한동안 대답을 하지 못했다.

나는 전화를 끊고 바로 김용삼에게 가 보기로 했다. 붉은 돌도끼를 다치지 않게 타올에 곱게 쌌다. 서재를 나서기 전에 책상 위에 놓아 둔 머리모양의 홍옥석을 바라보았다. 도끼에 이마를 찍힌 듯한 문양과 눈 밑으로 흘러내리는 핏자국 같은 문양이 기분을 묘하게 만들었다. 김재성 노인의 기록에 마츠오가 붉은 도끼에 찍힌 부위도 오른쪽 이마였다. 어떻게 자연석에 이야기를 전해 주듯 형태와 문양이 만들어진 것인지 기가 막힌 일이었다.

김용삼은 나를 반갑게 맞았다. 인사를 건네자마자 자초지종을 물었다. 어떻게 할아버지에 관한 내용을 알게 된 것이냐고 물었다. 나는 이야기를 꺼내기 전에 수건에 싸온 붉은 돌도끼를 꺼내어 보여주었다.

"알아보시겠습니까?"

김용삼은 붉은 돌도끼를 들여다보더니 벌린 입을 다물지 못했다. 내가 이십 오년 전에 거액을 받고 일본 노인에게 팔지 않았느냐고 묻자 더욱 놀랐다.

"이걸 어떻게 작가님이 가지고 계시는 겁니까?"

"이 돌도끼를 어떻게 할아버지한테 물려받았는지 이야기를 해주세요."

김용삼은 대답을 하기 전에 장롱 안에서 여러 가지 물건들을 꺼내었다. 하나는 나무로 만든 검은색 물건이었는데 드문드문 은장식이 붙어 있었다. 전체적인 모양은 해태상을 닮아 있었다. 뚜껑을 열도록 되어 있었는데 열어보니 작은 벼루가 안에 고정되어 있었다. 해태의 입 쪽에 작은 구멍이 뚫려 있는 것으로 보아 목수들이 사용하는 먹통의 기능을 겸하는 것 같았다.

다음 물건은 신문지 크기의 커다란 종이를 예쁘게 접어놓은 것이었다. 김용삼의 설명으로는 지금으로 치면 윷놀이 판과 비슷한 것이라고 했다. 종이를 펼치니 장기판처럼 칸을 지어 놓았는데 칸마다 예전 관직이름이 적혀 있었다. 다음에 꺼낸 것은 나무판으로 만든 호패였다.

"이것이 바로 우리 증조할아버지의 호패였답니다."

김용삼에게 할아버지에 관한 추억이 남아 있는 게 있느냐고 물으니 어려서 돌아가셔서 많이 남아있지는 않다고 했다. 단지 아버지에게 들은 이야기인데 할아버지가 아버지를 데리고 서석곡에 자주 갔었다는 이야기를 들었다고 했다. 자신도 아주 어렸을 적 할아버지와 아버지를 따라 서석곡에 갔었던 기억이 어렴풋이 남아있다고 했다.

"그때 할아버지가 아버지를 엄하게 꾸지람하던 기억이 어렴풋이 납니다. 그때는 할아버지가 왜 그러실까 의아한 생각이 들었었어요. 할아버지가 좀 밉다는 생각이 들기도 했었구요."

"혹시 할아버지나 아버지에게 백운산 청년단이란 말을 들어본 적이 있습니까?"

"허허. 보훈처 사람들도 똑같이 물어보더군요. 도대체 백운산 청년단이 뭘 하는 곳입니까?"

김용삼은 백운산 청년단에 대해 아는 바가 전혀 없었다. 할아버지가 친하게 지냈던 사람들에 대해 아느냐고 물으니 고개를 갸웃했다. 한번 씩 집에서 친척들이 모여서 무슨 일인가 의논을 하던 광경을 본 기억이 있다고 했다.

"친척들이라니요?"

"우리 집안이 한실 김가들이잖아요. 한실이 어딘지는 아시잖아요. 사연댐 안에 수몰된 마을요."

지금 종씨들은 사연댐과 대곡댐에 수몰되면서 각지로 흩어졌다고 했다. 일 년에 한 번씩 대곡댐 근처에 만들어 놓은 망향정에서 모인다고 했다. 그때가 복숭아꽃 살구꽃이 만발하는 봄철이라고 했다. 기다렸다가 그때 참석하게 되면 수몰되어 고향을 떠난 사람들의 애환을 들을 수가 있을 것이라고 했다.

"그 사람들의 이야기를 들으면 소설감이 엄청 많을 겁니다. 내

년 봄에 한번 와 보세요."

나는 실망하지 않을 수 없었다. 내가 원하는 이야기를 들으려면 그들의 모임이 서석곡에서 이루어져야 아귀가 맞았다. 수몰민들의 이야기는 서석곡의 이야기와는 전혀 다른 것이었다. 나는 이야기의 방향을 돌려 벼루가 들어있는 먹통을 나에게 팔겠느냐고 했다. 김용삼은 단호하게 팔 수 없다고 했다.

"이건 조상들이 물려 준 가보와도 같은 것인데 내가 팔아먹으면 안 되지요."

그러면 왜 붉은 돌도끼를 일본 노인에게 팔았느냐고 하니 지금 무척 후회한다고 했다. 그때는 좀 궁핍한 때여서 돈에 눈이 멀어 팔았다고 했다. 그러면 지금 이 돌도끼를 다시 매입하고 싶은 생각이 있느냐고 물었더니 얼마에 넘겨 줄 것인지 물었다. 그때 판 금액은 받아야하지 않겠느냐고 했더니 대답을 하지 않았다. 아무리 조상들이 물려준 물건이라고 해도 오백만 원에 가까운 금액을 주고 되찾아올 생각은 없는 듯했다.

"안 그래도 홍옥 원석을 구하면 돌도끼로 가공해볼 생각이었습니다. 십만 원 정도면 가공할 수 있으니까요."

나는 더 이상 김용삼에게서 알아낼 것이 없다는 판단을 내렸다. 머잖아 할아버지와 관련해서 좋은 일이 생길지도 모른다고 언질만 주고 나왔다. 막 시동을 걸고 출발을 하려는데 유촌 마을의 김인후에게서 전화가 왔다. 김인후는 대뜸 지금 어디 있느냐고 물었다. 반곡 마을에 와 있다고 했더니 마침 잘되었다며 자기 집으로 오라고 했다. 작은 할아버지가 있는 요양원에 오늘 면회가 가능하다고 연락이 왔다고 했다.

나는 곧장 유촌 마을로 차를 몰았다. 십 분이면 충분히 갈 수 있는 거리였다. 그의 집에 도착하자마자 차를 돌려야 했다. 나갈 채비를 하고 있던 김인후는 곧장 나의 차에 올랐다. 그의 얼굴은 약간 상기되어 있었다.

"얼른 가도록 합시다. 두동에 있는 울산요양원은 잘 알고 계시죠?"

"네. 무슨 좋은 일이 있나 봐요?"

"가면서 말씀 드릴게요."

나는 왔던 길을 되돌아 나왔다. 언양 경주간 국도를 타고 조금만 내려가면 예전에 있던 삼정 마을이었다. 그길로 들어서면 대곡댐을 가로지르는 제법 규모가 큰 삼정교가 있었다. 다리를 건너면 곧바로 두동면소재지로 갈 수 있었다. 요양원은 면사무소에서 빤히 건너다보이는 연화산 자락에 위치해 있었다.

김인후는 차 안에서 새로운 소식을 전해 주었다. 며칠 있으면 대곡박물관에서 특별한 전시회를 하는데 자기에게 연락이 왔다고 했다. 전시회를 여는 사람은 일본인 여류화가인데 출생지가 언양이라고 했다.

"이름은 유리라는 분인데 나에게 연락이 온 것은 이분이 우리 작은 할아버지의 딸이라는 겁니다."

 나는 바로 알아들을 수 있었다. 바로 김재성씨와 부녀지간의 정을 이어온 에리코의 딸이었다. 미술을 전공했다는 이야기는 기록에 언급되어 있었다.

 "그런데 박물관에서 미술 전시회도 여는가요?"

 "그분의 그림이 모두 천전리 암각화 문양을 모티브로 한 것이라네요. 우리나라 사람이 아니고 일본인이 그린 암각화 그림은 뭔가 의미가 다르겠지요."

 "유리라는 분 연세가 80이 되었을 텐데요. 대단하네요."

 "그분을 아세요?"

 "작은 할아버지의 기록에 나와 있습니다. 작은 할아버지와 친구였던 일본인 순사의 딸이었죠. 그러니 이곳에서 출생했나봅니다."

 김인후는 이 소식을 작은 할아버지에게 들려줄 생각을 하니 신이 나는 가 보았다. 나는 김재성 노인이 귀국할 때 돈을 얼마나 가지고 왔는가 물어보았다. 김인후의 대답으로는 그리 많은 돈을 가지고 온 것 같지는 않다고 했다. 지금은 남아 있는 현금이 전혀 없다고 했다. 들어온 지 얼마 후에 미호천 상류의 상동 마을에 임야가 달린 논을 좀 사놓았다고 했다. 그 논의 임대료로 쌀 열 가마를 받는 게 전부라고 했다.

 "돌아가시면 본인의 희망대로 그 산에다 묘를 써드려야 할 것 같아요. 논을 부치는 사람에게 산소 관리를 맡기면 되겠죠."

나는 김재성 노인이 의외로 적은 금액을 가지고 들어오지 않았나 하는 생각이 들었다. 일본에서 큰 건설회사를 일구었으면 자기 몫으로 상당한 금액을 들여올 수도 있었을 것 같았다.

요양원에서의 면회 절차는 무척 까다로웠다. 최근 코로나 확진자가 요양원에서 많이 발생하는 관계로 신경을 곤두세우고 있었다. 일전에는 남구의 한 요양원에서 대규모 확진자가 나오는 바람에 난리가 났었다. 수용되어 있는 노인들이 극도로 면역력이 약한데다가 한 병실에 여러 명이 밀집 수용되어 있어 방역에 취약할 수밖에 없었다.

김인후와 나는 면회실에서 발열체크를 마치고 손 소독을 한 후 간편한 비닐 방역복까지 입고 기다리고 있었다. 10여 분을 기다리자 휠체어 한 대가 노인을 태우고 나타났다. 김인후는 노인을 보자마자 '할아버지'하고 큰 소리로 불렀다. 물기가 잔뜩 묻은 목소리였다. 노인이 유리문 너머로 우리를 바라보았다.

노인의 모습은 내가 상상했던 것과는 많이 달랐다. 나는 이룰 수 없는 사랑을 위해 한 평생을 바친 남자라면 뭔가 특별해 보일 것이라고 생각했다. 그러나 눈 앞에 보이는 노인의 모습은 무척이나 평범해 보였다. 대머리는 아니지만 흰 머리카락은 숱이 얼마 남아있지 않아 두피가 훤히 들여다보였다. 쭈글쭈글 주름진 피부는 뼈 위에 간신히 걸쳐 있는 듯했다. 처진 눈꺼풀이 눈동자를 거의 다 가리고 있어 고개를 약간 치켜들고 우리를 바라보았다.

"할아버지 저 인후에요. 알아보시겠어요."

김인후가 잠시 마스크를 벗고 맨 얼굴을 보여주었다. 노인은 겨우 큰집 손자를 알아보는 것 같았다. 손을 뻗어 유리문에 가져다 대었다. 김인후도 얼른 손바닥을 유리문에 가져다 댔다. 유리를 사이에 두고 104세 노인의 손과 63세 손자의 손이 맞닿았다.

"할아버지가 보고 싶었는데 자주 올 수가 없었어요. 지금 나라 전체가 코로나 때문에 난리에요. 보고 싶어도 좀 참으시고 기다리셔야 돼요. 뭐 불편한 것은 없나요?"

노인의 눈에서 눈물방울이 힘없이 흘러내렸다. 사랑을 위해 모든 걸 버리고 낯선 땅으로 달려간 대찬 남자의 기상은 조금도 찾아볼 수 없었다. 맥없이 흘리는 눈물에는 지난날을 후회하는 듯한 느낌이 들었다. 노인이 잠시 내 얼굴을 올려다보았다. 나는 잠시 마스크를 벗어 맨 얼굴을 보여주었다. 그런 다음 공손하게 머리를 숙여 인사를 했다.

김인후가 이 사람은 할아버지의 기록을 한글로 풀이해 줄 작가라고 소개를 했다. 노인은 다시 한 번 내 얼굴을 힐끗 올려다보았다. 처진 눈꺼풀 아래 광채를 잃은 눈동자와 마주쳤다. 나는 아주 짧은 순간 가슴이 저릿한 느낌을 받았다. 여인을 위해 자기 생을 던져 버린 남자의 마지막 눈빛은 너무나 공허해 보였다. 나는 내 인생의 종말을 마주하고 있는 듯한 기분이 들었다.

　나는 타올에 싸가지고 온 붉은 돌도끼를 조심스럽게 꺼내어 노인의 앞으로 내밀었다.

　"어어어."

　노인이 무슨 말인가 하려고 입을 오물거렸다. 그러나 말이 되어 나오지는 못했다. 김인후가 '도끼를 안에 넣어드릴까요' 하고 물었다. 노인은 고개를 세게 흔들었다. 손가락으로 붉은 돌도끼를 가리키며 무어라고 중얼거렸는데 정확한 의도를 알아차릴 수 없었다.

　"알겠어요. 할아버지. 이분이 할아버지가 써 놓으신 글을 모두 읽었어요. 이 돌도끼를 할아버지가 원하는 곳에 놓아드릴 거예요. 그리고 좋은 소식이 있어요. 유리라는 여성분을 알고 계시죠? 그 분이 이곳에 오신다고 했어요. 화가 분이시라는데 대곡박물관에서 전시회를 한답니다. 할아버지도 그 분을 보고 싶으시죠."

　김인후가 말을 마치자 김재성 노인의 표정이 확 바뀌었다. 처진 눈꺼풀이 올라가며 굉장히 충격을 받은 듯했다. 김인후가 며칠 있으면 유리라는 여자가 여기로 찾아 올 것이라고 설명을 했다. 노인의 표정은 그대로 굳어 있었다.

　김인후는 면회를 다녀와서도 생기가 돌았다. 작은 할아버지와 면회할 때는 목소리에 물기가 묻어 있었는데 집에 돌아와서는 언제 그랬느냐는 듯 표정이 밝아 보였다. 아무래도 유리라는 일본

여자의 전시회 때문인 듯했다.

"작가님 오늘도 저와 함께 주무시고 가시죠."

나는 안 그래도 다 읽어본 김재성 노인의 기록 내용을 말해주어야 할 것 같았다. 김인후는 냉장고 안에 넣어둔 삼겹살을 꺼내어 프라이팬에 구웠다. 마당 한쪽에 쌈으로 남겨놓은 배추 한 포기를 뜯어와 씻어 놓으니 저녁상이 푸짐했다. 저녁을 마치고 김인후가 설거지를 하는 동안에 아내에게 전화를 걸었다. 전화는 통화 중이었다. 설거지를 마칠 즈음에 다시 전화를 걸었는데 여전히 통화 중이었다.

설거지를 마친 김인후는 차를 끓여왔다. 불그레한 색깔이 고운 차였다. 산에 지천으로 널려 있는 감태나무 잎과 줄기를 넣어 끓인 차라고 했다. 혈액순환과 뼈 건강에 아주 좋은 차라고 했다. 맛을 보니 맛과 향도 그런대로 괜찮았다. 알고 보면 주변에 널린 것이 약초라며 자신의 약초지식을 자랑했다.

나는 차 맛을 음미해가며 천천히 이야기를 시작했다. 며칠 동안 어렵게 읽어낸 내용이지만 요점만 전달하는 데는 그리 오랜 시간이 걸리지 않았다. 요점은 우연찮게 일본인 순사가 김일환이란 반곡사람에게 살해되고 김재성씨는 그 일본인 순사 부인이 좋아서 같이 일본으로 건너가 살다가 그녀가 늙어서 죽게 되자 한국으로 돌아왔다는 이야기였다.

"기록에는 작은 할아버지가 대곡건업이라는 큰 건설회사를 일으킨 것으로 나옵니다. 들어오실 때 자기 지분의 주식을 모두 딸과 사위에게 양도하고 들어왔다고 했는데 그래도 뭔가가 더 있지 않을까 하는 생각이 들기는 합니다."

"우리 어머니에게 들은 이야기는 작은 할아버지가 일본에 돈을 벌러 갔다고 들었어요. 차마 일본여자와 바람이 나서 간 것이라고 말할 수 없었나 봅니다. 그런데 벌써 한국에 들어온 지 이십 오 년이 지났는데 뭐가 더 있겠습니까."

"그런데 그동안에 일본에 있는 딸이라는 사람과 한 번도 왕래가 없었다는 것도 좀 이상하지 않습니까?"

"그건 그렇네요. 이번에 또 찾아온다는 것도 그렇고요. 작은 할아버지가 살아있다는 걸 알고 있었다는 이야기인데."

"어쨌든 만나보면 알게 되겠지요."

김인후와의 이야기는 시간이 가는 줄 몰랐다. 쉴 새 없이 고속열차가 지나가는 소음이 집을 흔들었지만 이제는 익숙해져서 견딜만했다. 우리는 이루어질 수 없는 조건에도 무모하게 돌진하는 남자들의 생태에 대해 이야기를 나누었다. 김인후는 불길이 자신의 날개를 태워버릴 것을 알면서도 불길 속으로 날아드는 불나방 같은 게 남자들의 속성이라고 했다. 나는 그런 것 때문에 인류가 종족을 보존하지 않았느냐고 했다.

"총각이 처녀를 보고 그런 것이야 이해가 되지만 왜 짝을 지어 잘 살고 있는 것들이 그러느냐 말이죠."

김인후는 작은 할아버지의 일탈에도 불만을 가지고 있는 사람 같았다. 모든 불륜을 용서할 수 없다는 입장인 것 같았다.

"작가님이 쓰신 별의 전쟁에서는 북한에 두고 온 처자식을 그리워하면서도 남한에서 결혼을 다시하게 된 것은 어쩔 수 없는 상황 때문이라지만 멀쩡한 처자식을 버리고 다른 여자를 따라 간다는 것은 이해가 안 되죠. 더구나 임자가 있는 남의 부인을."

김인후의 언성이 약간 높아졌다. 나는 나 자신을 향한 질타로 착각했다. 분위기를 부드럽게 끌고 가기 위해 일부러 과장되게 웃으며 농담조로 말을 받았다.

"그런데 참 인간들이란 알 수 없는 종자들이죠. 도둑질이 나쁜 줄은 다 알면서도 없어지지 않는단 말입니다. 남의 돈을 훔치는 놈도 있고 남의 마누라를 훔치는 놈도 있고 심지어는 남의 글을 훔치는 놈도 있습니다."

"헛! 글도 훔칩니까?"

"글뿐만 아니라 머릿속에 든 생각까지 훔치는 세상입니다."

"허 참."

김인후는 케케묵었다고 유교적인 가르침을 내팽개친 결과가 아니냐고 했다. 인간의 기본도리를 가르치는 면에서는 법에 모든 걸 맡기는 것보다는 유교적인 도덕률이 필요한 것이 아니냐고 했다. 나는 그의 주장에 일부분 동조해 주었다. 그런데 왜 많은 남자들이 배우자가 아닌 여자에게 쉽게 빠져 들어가는 것인지 그의 의견을 물었다.

그의 대답은 독특했다. 수컷 사마귀는 교미를 마치면 암컷에게 잡아먹히는데 그 사실을 사전에 알았을까 몰랐을까 생각을 해보라고 했다. 나는 후손을 남기기 위해 알고도 감행한 것이 아니냐고 했다. 그의 대답은 아니었다. 인간 같으면 단지 후손을 위해서 자신의 목숨을 버리겠느냐고 반문했다.

김인후는 자신은 생물학을 전공하지는 않았지만 일시적으로 암컷이 숫컷의 지능을 마비시키는 호르몬이나 향수 같은 것을 내뿜지 않았을까 추측한다고 했다. 그렇게 생각해보면 인간들도 마찬가지가 아닐까 생각한다는 것이었다. 그것이 성분이 밝혀지지 않은 생화학 물질인지 아니면 독특한 인간만의 기나 염력 같은 것인지 모른다고 했다.

나는 그와의 대화를 잠시 중단한 채 엉뚱한 생각을 하고 있었다. 에리코란 여자에게 빠져 평생 남의 나라에 가서 살고 온 김재성 노인은 암컷에게 잡아먹힌 숫컷 사마귀와 동일한 범주에 드는 것일까? 그렇다면 감추고 있을 뿐 가슴 속에 거센 사막의 회오리바람을 품고 있는 나라는 존재는 무엇일까?

이제야 이름을 알게 된 김동휘라는 여자의 존재가 회오리바람처럼 나를 휘감았다. 내가 기억하고 있는 김동휘는 20년 전에 잠시 보았던 핼쓱한 낯빛에 옴폭 파인 볼우물로 생생하게 남아 있었다. 김은경 시인이 건네준 시 잡지에 실린 김동휘는 형체조차 없는 유령과 같다는 생각이 들었다. 사막에서 불어온 후끈한 바람이 치맛자락을 날리고 있을 뿐, 그녀는 세상의 시선에 등을 돌리고 있었다.

어떻게 생각해 보면 20대에 남의 부인에게 정신이 팔린 김재성 노인보다는 내가 더 세상의 손가락질을 받을 것 같았다. 환갑이 지난 나이에 멀쩡한 부인을 두고 바람이 났다고 하면 세상 사람들이 뭐라고 할까 생각해보니 아찔했다. 나를 향해 손가락질하는 사람들의 모습이 눈앞에 보이는 듯했다.

사랑은 모든 걸 감내해내야 하는 것이라지만 이것의 실체가 사랑인지 알 수도 없었다. 어쩌면 치매에 걸린 노인의 노망쯤으로 치부되지 않을까, 하는 생각까지 들었다. 정말 내가 노망이 난 걸까? 고속열차가 천지를 흔들며 지나간다. 내 모든 사고의 틀이 엉망진창으로 곤죽이 되어 흘러내리는 것 같다.

그날 밤 12시가 넘도록 김인후와 이야기를 나누다 잠이 들었다. 새벽녘에 요의를 느껴 잠이 깨어 보니 벌써 날이 희부윰하게 밝아오고 있었다. 볼일을 보고 나서 다시 자리에 누울까 하다가 그대로 옷을 챙겨 입고 밖으로 나섰다. 김인후는 그때까지 깊은 잠에 빠져 있었다. 밖으로 나오니 새벽안개가 자욱하게 마을을 감싸고 있었다. 대곡댐이 가까이 있어 그런가 보았다.

국도로 들어서 곧장 언양 방향으로 달리다가 구량리에서 좌회전을 해서 서석곡으로 들어갔다. 서석곡은 겨울잠에 들어있는 듯

조용했다. 차에서 내리니 겨울 새벽공기가 싸늘하게 느껴졌다. 서석 앞에 서서 문양들을 살펴보았다. 김재성 노인의 기록에 나와 있는 문양들이 선명하게 눈에 들어왔다. 맨 윗부분에 있는 연속된 겹마름모꼴은 다섯 개 마을의 표시라고 했다. 그것은 어떤 고대문자 해독학자가 달려들어도 반박할 수 없을 것 같았다. 그 밑에 별도로 떨어져 있는 겹마름모꼴이 다섯 개 마을과는 다른 해안가에서 고래잡이를 하며 살았던 마을의 표시라고 했다. 이름을 사흘이라고 불렀다는 미호 마을의 청년 문양을 찾아보았다. 바위 면에서 문양을 찾아내는 게 쉽지는 않았다. 바위 면 바로 앞에 보기 쉽게 안내판에 새겨진 문양에서 겨우 사람모양을 찾을 수 있었다. 김재성 노인이 좀 더 자세하게 기록을 했더라면 찾기가 쉬웠을 것인데 아쉬운 생각이 들었다. 김재성 노인도 50년 전에 들은 이야기라 상세하게 기억을 떠올리기가 쉽지 않았을 것 같았다.

정말 아쉬운 것은 김용삼이었다. 김용삼의 할아버지 김일환 노인도 오천 년 동안이나 구전되어 오던 이야기를 들었을 터인데 그것을 왜 후대에 정확하게 이어주지 못했는지 아쉬웠다. 김용삼은 어려서 할아버지가 서석 앞에서 아버지를 나무라는 걸 본 기억이 있다고 했다. 아마 김용삼의 아버지 대에서 이야기의 전달이 끊어진 것 같았다.

혹시라도 김일환 노인 외에도 이야기를 알고 있는 사람이 있다면 분명 백운산 청년단이라는 항일단체에서 활동하던 사람일 가능성이 커 보였다. 보훈처에서 그 사람들의 존재를 찾고 있으니 조만간 나타날 가능성도 있었다. 그렇게 되면 그 후손들을 찾아가 서석문의 해독에 대해 물어볼 수도 있었다.

나는 김재성 노인이 기록에서 남의 아내를 탐하지 말라는 글 밑에 그려 넣어 놓은 문양을 찾기 시작했다. 한참을 헤맨 끝에 두 사람이 엉켜있는 듯한 문양을 찾아냈다. 휴대폰을 꺼내 사진을 찍었다. 이하우 교수에게 직접 물어 볼 생각이었다. 학자들이 문양 하나가 한 문장을 나타내는 해독법에 수긍을 할지는 미지수였다.

사랑은 어디에서 오나

 집에 가까워질수록 조바심이 일었다. 이번에도 아내에게 잔소리를 들을 것 같았다. 어제 저녁에 전화를 두 번이나 걸었는데 왜 받지 않았는지 궁금하기도 했다. 현관문을 열고 거실로 들어서는데 아무런 기척이 없었다. 평상시에는 아내가 잠에서 깨어 있을 시간이었다. 내가 집에 있을 때는 아침밥을 거르는 일이 없었다.
 거실에 들어서자 소파 위에 아내가 잠들어 있었다. 무릎까지 오는 롱패딩을 벗어 이불 대신 덮고 잠들어 있었다. 현관문 여는 소리에도 깨어나지 않는 걸 보니 늦게 들어와 잠들어 있는 게 분명했다. 아내를 깨우지 않으려고 발소리를 줄여가며 조심스럽게 욕실로 찾아들어갔다. 아침 샤워를 자주 하는 편은 아니지만 따뜻한 물을 틀어 샤워를 하니 몸이 개운했다.
 욕실에서 샤워를 마치고 나오니 아내가 깨어 있었다. 아내가 먼저 말을 꺼내기 전에 어딜 갔다가 늦게 들어와서 소파에서 잠을 잔 것이냐고 물었다. 아내는 내 말을 듣더니 빙그레 웃었다. 분명 적반하장이라 가소롭다는 뜻이었다.

"어제 저녁에는 왜 전화를 받지 않았어?"

"전화를 다 했어요? 어쩐 일이세요. 전화를 다 하고. 고마워요. 전화를 해주어서."

나는 수건으로 젖은 머리를 말리느라 아내의 말투를 시비조로 알아들었다. 그러나 머리 말리기를 잠시 중단한 사이에 아내가 소파에서 일어나 내 앞에 바짝 다가와 서 있었다.

"고마워요."

아내는 양팔을 벌려 나를 안았다. 나는 예상치 못한 아내의 행동에 눈을 크게 떴다. 어쩐 일인지 아내의 목소리에 물기가 묻어 있었다.

"왜 이래? 어제 무슨 일이 있었어?"

"네. 있었어요. 어제 형부가 죽었어요."

나는 일순간에 몸이 굳어졌다. 아내가 형부라고 부르는 사람은 단 한 사람밖에 없었다. 하나밖에 없는 사촌 언니의 남편인데 나와 동갑내기였다. 사촌 언니도 동갑이니 두 부부가 모이면 셋이 동갑이었다. 우리는 사촌간이라도 사는 곳이 가까운 관계로 자주 만나 외식도 같이하고 술도 가끔씩 했다. 나이는 같아도 언니의 남편이니 함부로 말을 놓지는 못했다. 그래도 속마음은 서로 털어놓을 만큼 각별하게 지내는 사이였다.

그는 평생 동안 다니던 직장에서 작년에 은퇴를 했다. 은퇴 후에 소일거리를 찾기 위해 여러 가지에 손을 댔다. 색소폰을 배우러 다니기도 했고 같이 은퇴한 사람들끼리 바다낚시를 다니기도 했다. 지난주에도 친구들과 같이 바다낚시를 다녀와서 우리 부부를 불렀었다. 그는 신이 나서 자기가 잡아온 감성돔을 자랑하며 손수 회를 떴다.

낚시가 이렇게 재미있는 줄 알았으면 진즉에 다닐 걸 그랬다고 안타까워했다. 앞으로는 시간 날 때마다 낚시를 다닐 것 같았다. 그는 지금까지는 회사에 다니는 것이 유일한 즐거움인 줄 알고 살았다고 했다. 아직은 삶에 대한 에너지가 펄펄 넘쳐흐르던 사람이었다.

내가 정신을 가다듬고 그의 사인에 대해 물었을 때, 아내는 흐르는 눈물을 주체하지 못해 대답을 하지 못했다.

어제 내가 김인후의 집에서 전화를 할 때는 언니와 둘이서 백화점에서 쇼핑을 했다고 했다. 백화점이 문을 닫을 시간까지 쇼핑을 하고 나와서 카페에서 차 한 잔까지 마시고 헤어졌다고 했다. 집에 들어오자마자 언니의 다급한 전화를 받고 바로 달려갔다고 했다.

"형부는 식탁에 가만히 앉아 있었어요. 턱에 손을 괸 채 싱긋 웃고 있었어요. 숨도 쉬지 않고 몸은 이미 빳빳하게 굳어 있었지요."

나는 아내의 설명을 마저 듣지도 않고 방으로 들어가 옷을 입고 나왔다. 아내는 입은 옷차림 그대로 나를 따라 나왔다. 장례식장인 국화원으로 가는 동안 만감이 교차했다. 그렇게 팔팔하던 사람이 어떻게 그렇게 맥없이 갈 수 있는지 믿어지지 않았다.

장례식장에 들어서자 처형이 나를 보고는 목을 놓아 울었다. 세 사람의 동갑이라는 연대가 무너진데 대한 상실감도 은연중에 작용한 것 같았다. 그는 우리 곁을 떠난다는 어떤 언질도 주지 않고 저 혼자 홀러덩 떠나버리고 만 것이었다.

그는 빈 집에서 혼자 술을 마셨다고 했다. 식탁 위에는 막걸리 두 병이 비워져 있었다고 했다. 대작할 사람도 없이 두 병의 막걸리를 마시고 급성 심장마비로 즉사를 한 것이었다. 나는 사람이 그렇게 수월하게 죽을 수도 있다는 사실이 신기했다.

코로나 사태로 조문객은 거의 없었다. 가까운 친척들만 장례식장을 지켰다. 하루 낮과 밤을 지내고 나니 바로 발인이었다. 화장장에서 나와 동갑인 손위 동서가 한줌 재가 되어 떠나갔다. 슬픔은 살아 있는 자들의 몫이었고 남아 있는 자들도 언젠가는 떠나야한다는 사실이 더욱 우울하게 했다.

장례를 치르고 집에 들어왔는데 온몸이 찌뿌둥했다. 자리에 눕고 싶은 마음뿐이었다. 그대로 씻지도 않고 소파 위에 벌러덩 누웠다. 천정에 매달린 거실등이 서서히 돌기 시작했다. 누워 있는데도 배를 탄 것처럼 몸의 중심이 일렁거렸다. 먼젓번에 유촌 마을의 미호천 개울바닥에 쓰러졌던 생각이 퍼뜩 떠올랐다. 다급한 생각에 아내를 불렀다.

　욕실에 들어가 씻고 있던 아내가 놀라서 맨몸으로 뛰어나왔다. 방금 큰일을 치르느라 놀란 터라 더 당황했다. 아내는 나에게 물어보지도 않고 구급차부터 불렀다. 나는 아내의 대처가 너무 성급하지 않았나하는 생각을 했다. 그러나 구급차가 도착했을 때는 상황이 많이 달라졌다. 하늘이 빙빙 돌다 못해 땅이 꺼지는 느낌이 들며 구역질까지 났다.

　구급차는 먼저 수술을 했던 병원으로 직행을 했다. 응급실로 들어갔는데 먼저 이석증으로 수술을 받은 환자라고 하니 담당했던 이비인후과 의사와 전화 연결이 되었다. 응급실 의사는 기본 조치를 한 뒤 바비큐요법을 시행했다. 사람 몸을 바비큐처럼 좌로 눕혔다가 한참 후에 서서히 우측으로 눕히는 것이었다. 간단한 치료에도 효과는 바로 나타났다.

　한 시간 정도를 그렇게 처치를 하고 나니 어지럼증은 어느 정도 가라앉았다. 나는 응급실에서 나와 집으로 돌아가고 싶었다. 담당의에게는 내일 오전에 이비인후과로 바로 찾아가겠다고 하고 퇴원했다. 사실은 장례식을 치르느라 너무 피곤해 쓰러져 잠들고 싶어서였다. 병원 응급실에서 잠이 들면 아내가 옆에서 지키고 있어야하니 그것도 할 짓이 아닐 것 같았다. 장례를 치르느라 피곤한 것은 아내가 더하면 더했지 못하지 않을 것이기 때문이다.

집으로 돌아오자 밤도 제법 깊어 있었다. 아내와 나는 도착하자마자 바로 안방으로 들어가 침대 위에 쓰러졌다. 나는 깊이 잠들기 전에 아내의 손을 잡았다. 반쯤 잠이 들어 몽롱한 상태에서 둘이 함께 손을 잡고 다른 세상으로 건너뛰어 가면 어떨까 생각했다. 윗동서도 혼자서 그렇게 가지 말고 둘이 함께 갔더라면 좀 좋았을까 하는 생각을 하며 깊은 잠 속으로 빠졌다.

실컷 자고 일어나니 날이 훤히 밝아 있었다. 시계를 보니 아홉 시가 다 되어가고 있었다. 아내는 아침상을 차려놓고 내가 일어나길 기다리고 있었다.

"어지러운 건 좀 어때요?"

나는 머리를 상하좌우로 돌려 보았다. 어지럼증은 말끔히 가셨다. 다시 병원으로 찾아갈 필요가 없을 것 같았다.

아내는 아침식사를 하면서 내내 곁에 바짝 붙어 있었다. 내가 뜬 밥숟갈 위에 반찬을 올려놓기까지 했다. 전에 없던 일이었다.

"이제부터는 당신 곁에 바짝 붙어 있기로 했어요. 혼자 도망갈 생각은 하지도 마세요."

나는 무슨 일인가 하고 아내의 얼굴 빤히 바라보았다. 형부의 갑작스런 사망으로 받은 충격 때문인 것 같았다. 저번에 미호천 개울바닥에서 쓰러졌던 일이 새삼 떠올랐다. 혼자서 다니다가 그런 사고를 당하는 경우를 생각하지 않을 수 없었다. 아니나 다를까 아내는 그때 이야기를 꺼냈다.

"그때는 내가 너무 무신경했었던 것 같아요. 당신이 아직 팔팔한 젊은이라고 생각했었거든요. 환갑이 지난 노인인 걸 몰라보고."

아내의 말에는 약간의 농담끼가 묻어있었다. 이제부터는 내 뒤에 바짝 붙어 따라다닐 것이라고 할 때는 진짜 농담인 줄로 알고 있었다. 그러나 식사를 마치고 오늘의 계획을 물어볼 때는 긴장하지 않을 수 없었다. 지금까지 내가 하는 일에 간섭하는 경우가 없었기 때문이었다. 어디 가서 무슨 일을 하든 물어보지도 않던 아내였다. 밖에서 잠을 자고와도 마찬가지였다. 그렇다고 한 번도 여자를 데리고 잔 적이 없었다. 아내도 그 점에 대해서는 안심하는 것 같았다.

지금부터 나의 일에 간섭을 하겠다는 것은 여자문제 때문이 아니라 건강문제 때문에 그렇게 하겠다는 것이었다. 불시에 찾아올지도 모르는 저승사자로부터 남편을 지키겠다는 것이었다. 나는 아내의 결연한 얼굴표정을 보고 헛웃음을 지었다. 사람의 목숨이 노력으로 지켜지는 것이라면 이 세상에 죽을 사람이 어디에 있을까 생각하니 웃음이 나왔다.

"내가 따라다닌다고 하니 좋으신가 봐요?"

"허허허."

나는 그날 하루만은 아내의 뜻대로 몸을 맡기기로 했다. 아침을 먹고 나서 바로 이비인후과를 찾아갔다. 수술을 담당했던 의사는 증세를 물어보더니 대수롭지 않게 대답했다. 극히 피곤하거나 체력이 달릴 때는 무조건 쉬어야 한다고 주의를 주었다. 신경을 많이 쓰는 일도 피하고 규칙적인 운동도 하라고 조언했다. 아무것도 아닌 주문 같았지만 내가 쉽게 지킬 수 없는 것이었다. 글을 쓰는 사람이 신경을 쓰지 않는다는 것은 있을 수 없는 것이다. 글을 쓰지 말라는 말과 똑같은 것이다. 규칙적인 운동을 하는 것도 쉬운 일이 아니다. 쓰다보면 시간이 어떻게 흘러가는지 잊고 있을 때가 많았다. 규칙적으로 시간을 정해놓고 쓰는 것도 어려웠다. 집필하는 중에는 밤을 꼬박 새우는 일도 흔했다.

이비인후과를 나와서 주전 바닷가로 드라이브를 갔다. 몽돌밭을 같이 걷기도 하고 점심 때가 조금 지나 화암 바닷가에 있는 고급 레스토랑에 들어갔다. 넓은 창밖으로 푸른 바다가 시원하게 펼쳐져 있었다. 코로나 사태 때문인지 손님은 별로 없었다. 제일 한가운데 전망이 좋은 자리에 앉았다. 아내는 나에게 물어보지도 않고 가격대가 만만치 않은 랍스타 요리를 주문했다.

나는 요리가 나올 동안 창밖의 바다를 바라보았다. 바다 물빛이 시드니의 리틀 베이 바닷가에서 바라보던 것과 흡사했다. 남극의 얼음덩어리가 떠내려와 녹은 것 같던 청회색의 물빛을 보며 꿈꾸었던 사막은 지금 어떤 모습을 하고 있을까? K는 아직도 사막의 어느 지점에서 푸른 하늘을 바라보고 있을까?

마주 앉아 바다를 바라보고 있는 아내의 모습을 바라보았다. 내가 사막으로 간다고 하면 아내는 절대로 놓아줄 것 같지 않았다. 사막에 가서 찾아오는 것이 황금이라고 해도 그럴 것이고 그 어떤 값어치 있는 것이라 해도 놓아주지 않을 것 같았다. 더군다나 그것이 속물스런 사람들의 비웃음이나 살 사랑 시 나부랭이라면 말할 것도 없을 것이다.

어딘지 모르지만 차가운 바다에서 잡혀 온 랍스타 한 마리는 건강을 염려하는 한국의 늙은 부부 앞에서 온몸이 부서졌다. 속에 감추어져 있던 속살은 회로도 나오고 찜으로도 나왔다. 나는 껍질을 부수고 속살을 몽땅 내보인 한 마리 랍스타처럼 내 안에 감추어져 있는 아프고 비밀스런 속살을 모두 꺼내놓고 싶었다.

식사가 모두 끝나고 후식으로 나온 커피를 마실 때였다. 아내가 냅킨으로 눈물을 찍어냈다. 내가 놀란 표정을 짓자 아내는 아무것도 아니라고 죽은 사람이 잠시 생각나서 그랬다고 했다. 아마 네 사람이 모여서 이런 자리에서 식사를 했으면 얼마나 좋았을까 생각했던 모양이었다. 나는 그런 아내의 모습을 바라보면서도 사막을 바라보고 있는 K의 아내를 생각했다. 김동휘. 20년 만에 알아낸 그녀의 이름이었다.

아내를 앞에 두고 다른 여인을 생각하다니 이 얼마나 사악한 짓인가? 더구나 죽음의 사자가 언제 데려갈지 몰라 전전긍긍하고 있는 나이에 가당키나 한 짓인지 모르겠다. 도대체 내 머릿속에는 무엇이 들어있는지 모르겠다. 수천 년 전에 사람의 머리를 내려찍었다는 붉은 돌도끼로 내 이마를 부수고 속을 들여다보고 싶었다.

그날은 하루 종일 아내와 오붓한 시간을 보내고 이른 시간에 같이 잠자리에 들었다. 하루 쉬기는 했지만 그동안 누적된 피로 탓인지 성욕이 일지 않았다. 아내의 머리를 팔 위에 올려놓고 끌어안으니 만감이 교차했다. 아내에게 죽었다 다시 태어나도 나와 만날 것인지 물었다. 유치한 질문이었지만 아내는 확신에 찬 목소리로 그렇다고 대답했다. 그렇다면 우리가 전생에도 부부였을까 물어보니 그것도 그랬을 것이라고 대답했다.

"당신은 전혀 기억이 안 나세요? 나는 가끔씩 우리가 전생에도 부부가 아니었나하고 깜짝깜짝 놀랄 때가 있었는데."

"에이."

아내는 나의 반응이 못마땅한가 보았다. 현실에서의 부부는 전생에도 인연이었기 때문에 만나는 것이라고 억지를 부렸다. 아내의 주장대로라면 이렇게 내 머릿속을 흔들고 있는 현실 속의 다른 여인은 도대체 무엇이란 말인가? 도대체가 알 수 없는 노릇이었다. 나는 아내를 안고 잠이 들었다. 꿈속에서도 사막을 가로질러가 그녀가 있는 곳에 닿고 싶었다.

다음날 아침에는 훨씬 가벼운 기분으로 잠에서 깨었다. 오늘 하루 무엇을 할까 고민하다가 그동안 너무 밖으로 돌아다녔다는 생각이 들었다. 그래서 오늘 하루쯤은 집에서 할 수 있는 일을 하기로 마음먹었다. 아침식사를 하고 나서 김재성 노인의 기록물을 모두 복사했다. 원본과 붉은 도끼는 김인후에게 돌려 줘야 하기 때문이다. 그런 다음 우리말로 번역을 해놓았다. 한 번 읽어 보았기 때문에 번역은 그리 어렵지 않았다.

아내는 일부러 밖에 나가지 않고 차를 끓여 내오며 하루 종일 내 옆에서 맴돌았다. 번역작업을 하는 짬짬이 운동도 할 겸 욕실에서 붉은 홍옥석 원석을 페이퍼에 갈았다. 김용삼에게 구입한 돌이었다. 어린 시절 시골에서 낫을 갈아본 경험이 있어 날을 세우는 방법은 알고 있었다. 양면의 날을 똑같은 방향으로 갈아야만 날카로운 날이 섰다. 방향을 엇갈리게 갈면 아무리 오래 갈아도 날이 서지 않는다는 사실을 알고 있었다.

한 시간 정도를 갈다가 다시 들어와 번역작업을 하고 노트북 앞에서 온몸이 찌부둥할 때면 다시 욕실에 들어가 돌을 갈았다. 그렇게 몇 번을 번갈아 하자 저녁 때가 되니 제법 돌에 날이 섰다. 손바닥을 그어보니 살이 베일 것 같은 느낌이 들었다.

아내가 저녁준비를 위해 주방에서 돼지고기를 썰고 있었다. 나는 갈고 있던 홍옥석을 들고 아내 곁으로 갔다. 붉은 돌로 고기를 썰어보겠다고 했더니 장난을 치는 줄 알고 자리를 비켜주지 않았다. 아내에게 상황 설명을 하느라 진땀을 뺐다. 아내는 자리를 비켜주면서도 못마땅한 표정이었다.

"살다가 돌로 고기를 자른다는 이야기는 처음 들어봐요."

믿어지지 않는다는 말이었다. 그러나 붉은 돌칼이 비계가 붙은 돼지고기를 깔끔하게 잘랐을 때 아내는 놀란 입을 다물지 못했다. 그날 저녁은 돌칼로 자른 돼지고기를 넣어 끓인 김치찌개를 먹었다.

편안한 하루를 보낸 아내는 기분이 좋은가 보았다. 아무것도 아닌 것 같은 평범한 하루가 우리에게는 아주 소중한 것이라고 했다. 이렇게 편안하고 건강하게 생명이 다하는 날까지 살자고 했다. 그러나 나는 돼지고기를 자른 돌칼에만 신경이 꽂혀 있었다.

내가 생각하는 것은 한 가지였다. 왜 학자들이라는 사람들은 암각화를 새긴 도구에 대해 연구를 하지 않는 것일까. 돌로 쪼아서 돌에다 그림을 그렸으면 당연히 주변에서 구할 수 있는 제일 강한 돌을 사용했을 터인데 그런 사실을 언급하는 학자는 아무도 없는 것 같았다. 이하우 교수에게는 좀 더 확실한 근거를 찾아낸 다음에 이야기 할 작정이었다.

다음날 아침을 먹고 아내와 함께 집을 나섰다. 아내는 내가 어디를 가든 따라다니겠다고 했다. 나는 반구대를 중심으로 주변의 지형을 눈으로 확인해 보기 위해 돌아다닐 작정이었다. 제일 중요한 것은 김일환이란 사람이 일본인 순사 마츠오와 김재성 노인에게 서석곡의 서석문양을 설명한 부분이었다. 김재성 노인이 당시의 기억을 떠올려 적은 것이지만 어느 정도 신빙성은 있어 보였다. 정말 서석곡을 중심으로 다섯 개 마을이 어떻게 교류했는지 살펴볼 필요가 있었다.

아내와 함께 처음으로 찾아간 곳은 반곡 마을이었다. 김용삼의 집이 있는 곳에서 북쪽으로 오백 미터쯤 올라가면 반곡지석묘군이 있어 옛적에도 사람이 살았다는 걸 짐작할 수 있었다. 백운산에서 발원한 개울이 반곡 마을을 흘러 대곡천으로 흘러 들어가는데 지도에도 반곡천 표시가 되어있었다. 그런데 지도에는 반곡천을 따라 내려가는 부분이 중간에서 끊어져 있었다. 지도에 나타나 있는 좁은 포장도로의 이름은 고하길이었다. 길 이름이 무엇을 의미하는지는 알 수 없었다. 골짜기는 아래로 내려갈수록 좁아졌다. 포장도로가 끝나는 지점에는 좁은 논조차도 없었다. 마지막 길이 끝긴 지점에 차를 세웠다. 아내와 나는 집에서 나설 때 예상을 하고 등산복차림으로 준비를 하고 나왔다.

아내는 소설을 쓰는데 이런 것도 필요한 것이냐고 물었다. 나는 범죄 집단의 생태를 알아보기 위해 조직폭력단과 함께 생활했던 소설가의 이야기를 들려주었다. 아내는 그것보다는 이게 훨씬 낫겠다며 입을 다물었다.

개울을 따라 조금 내려가다 보니 제법 큰 바위벽이 나타났다. 7미터쯤 되는 바위벽 꼭대기에는 모자를 쓴 것처럼 바위가 툭 튀어나와 있었다. 마을 사람이 부르는 이름이 있다면 분명 처마 바위나 갓 바위로 불릴 것 같았다.

바위 밑에는 아니나 다를까 돌로 단을 쌓고 촛불을 피운 흔적이 눈에 띄었다. 학자들이 반구대 암각화나 서석곡 서석문을 보고 종교의식을 치르던 장소라고 언급을 하는 이유를 잘 말해주고 있는 듯했다. 나는 바위벽을 세밀하게 살피기 시작했다. 혹시라도 무슨 문양이라도 나타날까 하는 생각에서였다. 그러나 기대했던 문양은 찾아볼 수 없었다.

이하우 교수는 전화통화에서 반구대 암각화의 큰 특징 중의 하나는 암각화가 여기저기 산발적으로 흩어져 있지 않고 콩을 그릇에 담아 놓은 것처럼 한군데 집중되어 있는 점이라고 했다. 그것은 암각화가 주는 의미가 굉장히 넓다는 것을 증명하고 있는 것이라고 했다. 이곳에 살던 사람들이 새긴 문양이라고 하는 주장이 문장부터 잘못된 것이라고 했다. 그것은 나도 그렇게 생각하고 있었던 바였다. 반구대나 서석곡처럼 바위로 둘러싸인 좁은 곳에서 많은 사람이 생활하는 것이 불가능하다는 생각이었다.

이하우 교수의 말은 서석곡의 문양보다는 반구대 암각화가 더 오래된 것이며 그림을 그린 사람은 이곳에서 가까운 연안에서 고래잡이를 하던 사람들이었고 이곳에 모여든 사람들은 동해를 중심으로 포경으로 살아가던 집단이었을 것이라고 했다. 꼭 이곳에 살던 사람들뿐만 아니라 지금의 일본열도나 러시아 극동지역까지 포함되어 있었을 것이라고 했다.

그 증거가 같은 시대의 암각화가 더 이상 발견되지 않고 있다는 것이 그런 사실을 말해주고 있다고 했다. 그 후에 농경이 발달하면서 서석곡의 기하학문양이 나타나게 되고 그 문양이 경주로 포항으로 전해지게 된다고 했다.

  갓바위의 벽면을 샅샅이 살펴보아도 문양 같은 것은 찾을 수 없었다. 다음에는 개울 바닥으로 내려섰다. 바닥은 돌로 마루를 깔아놓은 것처럼 너럭바위로 이루어져 있었다. 20년 전에 반구대 가는 길목에서 공룡발자국을 발견했던 기억을 떠올리며 바닥을 유심히 살펴보았다. 그러나 바닥은 오랜 물살에 수마되어 흔적이 남아있지 않았다. 더러 초식공룡의 발자국처럼 움푹 파인 부분이 있었지만 물살에 닳아 명확하게 공룡발자국이라고 볼 수도 없었다. 조금 더 아래로 내려가니 수자원공사에서 설치한 철책선이 나타났다. 외부인의 접근을 금지한다는 오래된 문구도 붙어 있었다. 아내는 문구를 보고 겁을 먹은 듯했다.

  나는 문구를 의식하지 않고 계속 걸어 내려갔다. 철책은 양쪽 개울가에 설치되어 있을 뿐 개울 가운데는 장마 때 흐르는 물 때문에 설치할 수가 없었던 모양이었다. 나는 자꾸만 뒤처지려고 하는 아내를 끌고 하류로 내려갔다. 그렇게 십 분쯤 내려갔을 때 버드나무 숲을 헤치고 개활지가 나타났다. 반곡천이 대곡천과 만나는 지점 너머에 낯이 익은 곳이 나타났다. 바로 반구대 암각화로 걸어가는 길이었다.

나는 한참을 멈추어 서서 반대편을 바라보았다. 20년 전에 K가 학생들을 이끌고 걸어갔던 사막길이었다. 그때의 사막은 사라지고 버드나무 숲이 무성하게 우거져 있었다. 대곡댐이 생기면서 반구대 암각화가 물에 잠기는 일수가 반으로 줄어들었다고 했는데 그 영향으로 상류의 침수지에 버드나무가 자라기 좋은 환경을 만든 것 같았다.

내 기억은 20년 전의 사막을 시작으로 그녀의 야위고 흰 볼과 그 볼 위에 움푹 파인 볼우물을 떠올렸다. 그녀의 치맛자락을 흔드는 사막에서 불어오는 모래바람을 떠올렸다. K는 돌아왔을까? 아내가 다가와 내 손을 살짝 잡았다. 나는 깜짝 놀라 아내의 얼굴을 바라보았다.

아내의 얼굴에는 어떤 간절함 같은 것이 배어나 있었다. 상을 치르는 내내 혼이 반쯤은 나가 있던 처형의 얼굴빛도 닮아 있었다. 이미 떠나간 사람을 안타까워해도 소용없는 일이었다.

─그렇게 갑자기 가버릴 줄은 몰랐어요. 정말로….

처형의 목소리는 상처를 입은 들짐승이 울부짖는 소리로 들렸다. 처형의 아픔은 고스란히 아내에게 전이된 것 같았다.

아내는 형부의 장례를 치르고 와서 뭔가 많이 달라진 것 같았다. 이미 떠나버린 형부가 나인 것처럼 여겨지는 모양이었다. 동서와 나는 동갑인데다 나는 동서보다 체력이 영 말이 아니었다. 팔팔하게 백 살까지는 거뜬히 살아낼 것 같았던 사람이 하루아침에 죽고 나니 아내의 불안은 걷잡을 수 없게 된 것 같았다.

  그러나 아내는 모르고 있었다. 나는 몸은 멀쩡하게 살아 있어도 마음이 이미 물기 한 방울 남아 있지 않은 사막으로 떠나버렸다. 마음이 떠나버린 사람은 이미 죽은 사람과 다를 바가 없었다.

  버드나무 숲으로 변해버린 사막을 뒤로 하고 왔던 길로 되돌아 나왔다. 차를 타고 반곡 마을로 나와 북쪽으로 조금 올라간 뒤 반구대 암각화로 가는 길로 들어섰다. 경부고속도로를 가로지르는 다리를 건너 좁고 구불구불한 산길로 들어섰다. 방금 갔다 왔던 평지길을 놓아두고 왜 산을 넘어 반구대로 다니게 된 것인지 이해가 되지 않았다. 분명 옛사람들이 다니던 길이 아니고 댐이 들어서면서 새로 생긴 길인 것 같았다. 아니면 반구대 암각화와 서석곡암각화의 중간 지점인 반구대 집청정으로 다니기 위한 길인 것 같았다.

  산길이 끝나고 대곡천이 나타나는 지점에 암각화 박물관이 있었다. 대곡댐 입구에 있는 대곡 박물관과는 가까운 거리에 있는 또 다른 박물관이었다. 체온측정을 하고 인적사항을 적은 뒤 안으로 입장하고 나니 11시 50분이었다. 직원 한 사람이 12시에 문을 닫아야 하니 얼른 보고 나와야 한다고 했다. 귓전으로 흘리고 안으로 들어갔다. 영상관람실로 들어가니 볼거리가 아무것도 없었다. 3D촬영으로 고래들이 공중에 떠다니고 있었다. 유치원생 아이를 데리고 오면 딱 좋을 전시였다.

다음에 석기시대 유물이 있는 방으로 들어갔다. 내가 찾고 싶은 것은 암각화를 새기는데 사용한 도구였다. 정으로 사용했음직한 유물은 눈에 띄지 않았다. 한군데 연마한 돌도끼를 전시해 놓은 곳이 있었다. 크고 작은 돌도끼 중에 내 눈을 사로잡은 돌도끼가 있었다, 크기는 10cm가 되지도 않는 작은 크기인데 붉은색을 띤 돌도끼였다. 대곡댐 수몰 전에 삼정리에서 출토된 것이었다.

표면을 자세히 보기 위해 눈을 유리면에 바짝 갖다댔다. 붉은 표면에 반짝거리는 입자가 보였다. 김용삼에게 구입한 홍옥석에도 석영처럼 반짝거리는 성분이 섞여 있었다. 그러나 전시된 붉은 돌도끼가 홍옥석처럼 진한 빨간색은 아니었다. 오랫동안 흙속에 묻혀서 퇴색된 것인지도 몰랐다.

한참을 붉은 돌도끼와 눈씨름을 하고 있는데 남자 직원이 가까이 다가왔다. 점심시간으로 잠시 문을 닫아야 하니 나가라는 것이었다. 평일이라 그런지 박물관 안에는 나와 아내 이외에는 아무도 없었다. 그러나 왠지 불쾌했다. 쫓겨 나오다시피하면서 안에 진열되어 있는 붉은 돌도끼를 가까이에서 볼 수가 있느냐고 물었더니 단호하게 안 된다고 했다. 귀찮으니 어서 꺼지라는 투였다.

아내는 쫓겨나면서 내가 유명하지 않아서 그런 것이니 이해를 하라고 했다. 하는 수 없이 박물관에서 나와 두서면사무소가 있는 인보로 갔다. 시골 마을이기는 했지만 몇군데 식당이 있었다.

봉계식당이란 간판을 보고 들어갔다. 평범한 시골 한식당이었는데 현관 입구에서부터 커다란 수석을 진열해 놓았다. 활천에서 나오는 구갑석과 흑돌이 많았다.

안으로 들어가니 내 눈을 사로잡는 커다란 돌 하나가 눈에 들어왔다. 바로 미호천 홍옥석이었다. 사이즈가 30cm 이상 되는 제법 큰 것이었다. 나는 자리에 앉기도 전에 홍옥석 앞으로 갔다. 크기도 좋지만 지금까지 실물로 보지 못했던 색감이 아주 좋은 돌이었다. 김재성 노인의 기록에 나오는 홍옥석을 보는 듯했다. 맨 손으로 돌을 쓰다듬다가 아내의 부름에 자리에 가서 앉았다. 아내는 내가 붉은 돌에 혼이 나간 것 같다고 했다.

주문을 받으러 온 식당 주인남자는 내 나이 또래로 보였다. 주문을 하고 나서 돌에 대해 물어보았다. 남자는 예전에 자기가 손수 탐석한 돌들이라고 했다. 근방의 수석 산지에 대해서는 자기만큼 잘 아는 사람이 없을 것이라고 했다. 그러나 그가 알고 있는 산지는 봉계흑돌이었다. 이삼십 년 전에 수석꾼들이 활천의 상류인 내와리에서 산돌을 채취하던 이야기를 했다.

나는 홍옥석을 구한 경로에 대해 물었는데 자기가 구한 것이 아니라 돌아가신 부친이 물려준 것이라고 했다. 돌아가신 부친은 살아계시면 올해 93세라고 했다. 백운산 청년단과 연결해서 보기에는 조금 무리가 있어 보였다. 김재성 노인보다 11살이 적으니 해방 당시의 나이가 18세 밖에 되지 않는 앳된 청년이었을 것이다.

부친이 어떻게 홍옥석을 구하셨는지 들은 바가 있느냐고 물었더니 고개를 갸웃했다.

"예전에 얼핏 듣기에 일본사람들이 이 돌을 캐낼 적에 몰래 훔쳐낸 사람들이 있었다고 했었던 것 같습니다."

나는 귀가 번쩍 열렸다. 돌을 훔쳐낸 사람들은 지금 보훈처에서 찾으려고 하는 백운산 청년단원일 가능성이 높았다. 반곡 마을의 김용삼을 아느냐고 물었더니 모른다고 했다. 예전에 반곡에 살았던 김일환이란 사람에 대해 들어본 적이 있느냐고 물었더니 전혀 모르겠다고 했다.

"전읍 마을에 살았다고 하는데 일제강점기에 이곳 두서면사무소에 근무하다가 일본으로 건너간 사람이 있었는데 이름은 김재성이라고 한답니다. 혹시 들어 본 적이 있나요?"

"나는 모르겠습니다."

"그럼 해방되기 전에 일본인 순사가 서석곡에서 살해되었다는 이야기는 들은 적이 있습니까?"

"그 이야기는 어려서 들었던 것 같아요. 독립군들이 그랬다고 했어요."

그제야 끈이 닿을 듯한 대답이 나왔다. 그러는 사이 주문한 음식이 나왔다. 시골식당에 어울리게 차돌배기를 넣은 청국장이었다. 구수한 청국장 냄새가 식욕을 자극했다. 음식을 먹어야 했으므로 주인과의 대화는 더 이상 할 수가 없었다. 나는 부지런히 수저를 놀리면서도 흘끔흘끔 홍옥석을 훔쳐보았다.

  식사를 마치고 나서 계산을 하면서 주인남자에게 명함을 건네주었다. 혹시라도 홍옥석에 관해 들려줄 이야기가 있으면 전화를 해달고 부탁했다. 남자는 명함을 받아 한참을 들여다보더니 아무 말도 없이 계산대 아래의 서랍에 넣었다. 다시 찾아와 보아야 더 이상 얻을 게 없어 보였다.

  식당에서 나와 봉계로 갔다. 봉계 마을 입구에서 초락당 한의원을 찾아갔다. 대곡댐 수몰 전에 백련정을 옮겨 놓은 곳이었다. 백련정은 경주최씨 문중의 소유여서 공공용지가 아닌 개인 소유의 한의원에 옮기게 된 것이다. 20년 전에 보았던 백련정의 모습은 전혀 기억에 남아있지 않았다. 그때 당시에는 큰 관심을 가지지 않고 대충 보아왔던 탓이었다. 경사지에 있어서 바깥 쪽에 굵은 기둥을 세우고 지은 모양은 기억이 났다. 그러나 사방이 틔어 있는 줄 알았던 건물에는 양쪽으로 방이 두 칸 들어가 있었다.

  예전에 빼어난 경관을 지닌 강가에 있던 때의 운치는 찾아볼 수 없었다. 개인이 운영하는 한의원 안이라 오래 구경할 수도 없어 바로 되돌아 나왔다. 시간이 오후 두 시가 훨씬 지나있었다. 바로 암각화 박물관으로 갔다. 점심 식사를 마치고 온 직원들은 한가하게 자리를 지키고 있었다. 평일이어서 관람객은 한 명도 없었다.

오전에 보았던 붉은 돌도끼 앞으로 바로 찾아갔다. 휴대폰 카메라로 사진을 찍었는데 아무래도 본래의 색을 담기 힘들었다. 분명 붉은색이긴 한데 황토빛이 많이 섞여 있는 붉은색이었다. 미호천에서 주운 홍옥석이나 김인후에게서 받은 돌도끼의 색감과는 분명한 차이가 있었다. 똑같은 재질이었는데 오랜 세월 땅속에 묻혀 있어서 변색된 것인지 몰랐다. 실물을 만져보기 전에는 홍옥석인지 비슷한 붉은 돌인지 가늠할 수 없었다.

나머지 일층의 전시물을 둘러보고 이층으로 올라갔다. 이층은 천전리 서석 문양에 대해 심도 있게 설명을 해놓았다. 문양의 해석이 학술대회에서 들었던 것과 별반 차이가 없었다. 발견된 지 50년이라는 세월이 흘렀어도 신라시대에 한문으로 기록된 명문은 해석을 거의 완벽하게 해 놓았지만 동심원이나 마름모꼴 등의 원시문양에 대한 해석은 한 발자국도 진전이 없는 상태였다. 아마 백 년이 지난다고 해도 진전이 없을 듯했다.

나는 천전리 암각화 전체를 모형으로 만들어 놓은 곳 앞에 서서 호흡을 가다듬었다. 지긋이 눈을 감고 김재성 노인의 기록에 나온 상황을 음미해 보았다. 김일환이란 사람이 마즈오라는 일본인 순사와 김재성이란 조선인 면서기 앞에서 암각화 문양을 읽어내는 광경을 상상해 보았다.

맨 윗부분의 겹마름모문양이 다섯 개가 연속되어 있는 것은 다섯 개 마을을 의미하는 것이라고 했다. 또 하나 비스듬히 아래쪽에 있는 겹마름모꼴 하나는 연안에서 고래잡이를 하는 마을이라고 했다. 반구대 암각화가 시기적으로 앞서 있다는 것은 고래잡이의 번성기가 지난 시점에 농경이 주를 이루며 천전리 암각화를 새기지 않았나 짐작이 되었다. 농경이 본격화 되면서 고래잡이는 점점 쇠퇴해 가고 있었을 것 같았다.

  나는 문양 중에서 특이한 두 점을 찾아냈다. 하나는 사흘이라는 이야기의 주인공 격인 남자를 가리키는 문양과 남의 아내를 탐하지 말라는 뜻을 지닌 문양이었다. 김재성 노인이 좀 더 자세하게 설명을 해 놓았더라면 김일환이라는 남자가 읽어낸 암각화 내용을 알 수 있었을 텐데 기록만 가지고는 완벽하게 재현해 내는 것이 쉽지 않을 것 같았다.

  나는 이층 전시실에서만 두 시간을 넘게 보내고 있었다. 아내는 처음에는 함께 관람을 하다가 흥미를 잃어버리고는 아래층으로 내려가 의자에 앉아서 휴대폰을 만지작거리고 있었다.

흐르는 물

    K의 소식을 들은 건 전시회가 시작되기 하루 전이었다. 소식을 전해 온 건 경주의 김은경 시인이었다. 먼저 김동휘의 글이 실린 문학잡지를 돌려주지도 못한 상태였다. 책을 돌려주기 위해 김은경 시인을 만날 생각을 하고 있었다. 전화를 걸어와 대뜸 한 말은 K가 돌아왔다는 것이었다.
    처음에는 사막으로 갔던 K가 무사귀환을 한 것으로 알아들었다. 그러나 K가 돌아온 것이 아니고 그의 유골이 돌아온 것이었다. 정말 돌아온 것은 그의 아내인 김동휘였다. 사막에서 죽은 K의 주검을 찾아냈던 것이다. K는 한 줌 재가 되어 그녀의 손에 들려 돌아왔다.
    나는 K의 주검에 애도하기보다는 사막으로 달려가기 위해 상용비자를 받지 않아도 된다는 사실에 안도했다. 20년 동안 마음에만 품고 있었던 그녀가 돌아왔다는 사실 하나만으로 가슴이 뛰었다. 김은경 시인은 김동휘가 K의 유골을 반구대 암각화 앞에 자연장으로 뿌렸으면 한다고 했다. 나는 그 의도를 충분히 알 것 같았다.

그러나 사연댐은 울산시민의 상수도원이다. 함부로 유골을 뿌리다가는 무슨 일이 벌어질지 알 수 없는 노릇이었다. 유골을 강이나 바다에 뿌리는 것은 위법인 것이다. 김은경 시인은 어떻게 도와줄 방법이 없겠느냐고 물었다. 나는 순간 머릿속에 번개가 지나가는 것 같았다. 어쩌면 하늘이 나에게 기회를 준 것일지 모른다는 생각까지 했다. 나는 김은경 시인에게 방법을 알고 있으니 도와주겠다고 했다. 김은경 시인은 정말이냐고 되묻고는 당장 연락을 하겠다고 했다.

전화를 끊고 나니 가슴이 마구 벌렁거렸다. 자연스럽게 그녀와 만날 기회가 온 것이다. 그렇지 않고는 그녀와 만날 기회가 영영 다가오지 않을 것 같았다. 아무리 상수원이라고는 하지만 유골 한 줌이 수질에 미치는 영향은 전혀 없을 것이다. 확실하게는 모르겠지만 그렇다고 생각되었다.

나는 아내와 함께 갔었던 반곡천을 생각했다. 반곡천이 대곡천과 만나는 지점에 가면 예전에 K가 걸었던 사막길이 건너다 보였다. 사막은 사라지고 버드나무 숲이 우거졌지만 분명 사막이 시작된 곳은 그곳이다. 김동휘에게도 그 사실을 알려 주면 좋아할 것 같았다.

전화를 끊고 이십 분 정도가 지나니 다시 전화가 왔다. 당장 시내에서 만날 수 없느냐고 했다. 나는 홍수에 떠내려가는 작은 버드나무처럼 마구 물살에 휘말리는 기분이었다. 내 의지대로 떠내려가는 것이 아니라 운명이 끌어당기는 대로 마구 휩쓸려 가는 것 같았다. 과연 20년이 지난 그녀의 모습은 어떻게 변해 있을까?

나는 집을 나서기 전에 양치질을 한 번 더하고 제일 아끼는 옷으로 갈아입었다. 아내는 그런 나의 모습을 물끄러미 바라보았다. 어디를 갈 것인지 물었다. 내가 얼른 대답을 못하자 자기도 따라가겠다고 했다. 나는 가슴이 뜨끔했다. 아무리 그래도 내가 20년 동안이나 가슴에 품었던 여자를 만나는데 아내를 데려간다는 것은 있을 수 없는 일이었다.

경주에 사는 김은경 시인을 만나러 가는데 만난 지 얼마 되지 않은 사람이라 같이 가기가 좀 곤란하다고 했다. 물론 김동휘를 만난다는 이야기는 할 수가 없었다. 금방 만나고 올 테니 저녁에 외식이나 하러 나가자고 둘러댔다. 아내는 할 수 없다는 듯 동행을 포기했다.

나는 약속장소인 태화강 대밭공원이 내다보이는 파스쿠지 커피숍으로 갔다. 주차할 공간을 찾지 못해 커피숍과는 다소 떨어진 곳에 차를 세웠다. 날씨는 제법 쌀쌀해 몸을 움츠러들게 했다. 커피숍 간판이 보이기 시작하자 가슴이 방망이질 치기 시작했다. 20년 전에 두 번 만났던 사람을 기억해 낼까 궁금했다. 두 번을 만났을 뿐이지만 20년 동안이나 그리워하던 사람을 전혀 몰라본다면 매우 서운할 것 같았다.

커피숍 문을 열고 들어서서 발열체크를 했다. 화상에 비친 숫자는 36.2도였다. 이렇게 얼굴이 화끈거리는데 온도가 정상이라니 기계가 잘못된 것이 아닐까 하는 생각이 들었다.

먼저 출입구 쪽을 바라보고 있는 김은경 시인의 모습이 보였다. 김 시인도 나를 바라보았다. 김 시인의 앞에 등을 보이고 있는 단발머리가 눈에 들어왔다. 검정색 투피스가 단발머리와 어우러져 사무적이고 딱딱한 이미지를 풍기고 있었다. 의자 등받이에 걸쳐 놓은 모피깃이 달린 외투가 아니었으면 외근을 나온 공무원으로 보였다.

가까이 다가가 김 시인에게 인사를 건네자 그녀가 자리에서 일어서며 뒤돌아본다.

'이럴 수가. 이럴 수가.'

나는 벌린 입을 다물 수 없다. 20년 전에 내 시신경을 강렬하게 자극했던 모습은 온데간데없다. 파리한 듯 새하얀 얼굴에 움푹 팬 볼우물. 20년 동안이나 내 기억의 끈을 붙들고 있었던 모습은 어디에서도 찾아볼 수 없었다. 파리한 듯 핼쑥한 얼굴에는 남반구의 강렬한 햇볕이 만든 검은 그림자가 깊게 드리워져 있다. 움푹 파인 볼우물은 이마에서 부터 깊게 파여져 내려온 주름살에 묻혀 온데간데없이 사라지고 말았다.

김은경 시인이 서로 인사를 시켰는데 어색하기 그지없었다. 20년 전에 집을 방문했었는데 기억하고 있느냐고 했더니 고개를 한 번 까딱했다. 아마도 김은경 시인이 나를 소개할 때 전해들은 것이지 싶었다. 내가 그토록 애를 태우던 사람의 귀에는 숲을 지나가는 바람소리로도 들리지 않았을 것 같았다.

　나는 예의상 K의 주검에 애도를 표했다. 형식적인 인사를 받는 그녀의 표정이 특이했다. 주름에 묻혀 있던 볼우물이 희미하게 살아난 것 같았다. 마치 사막에 주저앉아 있다가 천천히 일어서는 사람 같았다. 어쩌면 무거운 짐을 지고 가다가 불현듯 걸음을 멈추고 뒤돌아보는 것 같기도 했다. 나는 진심으로 그녀를 위로할 아무런 말도 준비하지 못했다.

　잠시 침묵의 시간이 지난 뒤 김은경 시인이 반구대 일원에서의 자연장에 대해 운을 떼었다. 두 사람 모두 상수원 보호구역에서 자연장을 치르는 것이 법에 저촉된다는 사실은 알고 있었다. 그녀는 K가 남긴 유언에 대해 자세히 설명해 주었다. 절대로 흔적을 남기는 묘지나 비를 남기지 말 것과 화장 후 유골을 사막이 시작되었던 반구대 일원에 뿌려줄 것을 부탁했다고 했다.

　반구대에서 사막을 만들어 낸 것은 K가 아니라 나였다. 그 사막을 몽땅 거두어간 것이 K였다. 그는 결국 사막을 가슴 속에 품고 몸부림치다가 사막에서 생을 마친 것이다. 나는 사막이 아주 잘 내려다보이는 곳으로 안내해 주겠다고 했다. 그녀는 내가 어떻게 사막에 대해 잘 알고 있는 것인지 묻지 않았다.

세 사람은 내일 아침에 다시 만날 것을 약속했다. 내일 오후에는 대곡박물관에서 일본화가 유리 여사의 전시회가 열리는 날이었다. 오전에 반곡천에서 산골을 하고 나면 오후에 충분히 대곡박물관의 전시회 오픈 행사에 참석할 수 있었다. 김은경 시인도 일본화가의 전시회에 많은 관심을 가지고 있었다. 어떻게 일본의 여류 화가가 한국의 암각화 문양을 작품으로 그리게 된 것인지 궁금한 모양이었다.

두 사람과 헤어져 집으로 돌아오면서 머릿속이 복잡했다. 20년 전에 보았던 모습을 보고 그토록 애를 태웠던 나의 마음이라는 것은 도대체 정체가 무엇일까 하는 생각이 들었다. 단지 그녀의 아름다운 이미지만을 사랑했던 것인지 아니면 또 다른 무엇이 있는 것인지 알 수 없었다. 어쩌면 운명이라는 것이 이미 정해져 있어 내 마음조차도 운명이 이끄는 대로 변하는 것인지도 몰랐다.

그녀의 모습이 많이 변했다는 사실은 부인할 수 없다. 모습이 변하면 사람도 변하는 것인가? 그렇다면 그것은 생물학적인 끌림에 불과하지 않을까? 이제 와서 어쩔 것인가. 지금의 아내와 이혼을 하고 미망인이 된 그녀와 결혼을 한다면 사랑이 성취되는 것인가? 수컷 사마귀는 암컷에게 잡아먹히면서 자신의 씨앗이라도 남기지 않는가. 나는 무엇을 남길 것인지. 새삼 백세가 넘은 나이에 요양원에서 죽음의 날을 기다리고 있는 김재성 노인이 생각났다. 그는 지금 무슨 생각을 하고 있을까?

마침 유촌 마을의 김인후에게 전화가 왔다. 지금 요양원에 있는 작은 할아버지에게 문제가 생겨 다녀왔다고 했다. 며칠 전 같은 병실에 새로 노인 한 분이 들어왔는데 다짜고짜 김재성 노인을 폭행했다고 했다. 요양원측에서는 그 노인을 즉각 다른 병실로 격리를 시켰는데 아무래도 두 사람이 서로 아는 사이인 것 같다고 했다. 요양원 측에서 보여주는 노인의 사진을 보고 왔는데 작은 할아버지와 너무 닮았다고 했다.

순간적으로 집히는 게 있었다. 김재성 노인의 기록에 보면 유리라는 일본인 여자와 같은 나이의 아들이 있었다고 했다. 살아 있다면 지금 80세였다. 그이야기를 했더니 김인후도 그런 생각이 들었다고 했다. 저쪽의 가족들에게 연락을 해놓았으니 조금 기다리면 사실관계를 확인할 수 있을 것이라고 했다.

전화를 끊고 나서 김재성 노인의 기록을 다시 들추어 보았다. 분명 자신의 아내는 이름이 김순조이고 에리코란 여자를 백련정에서 처음 만났을 때 아들도 같이 갔었다고 적혀 있었다. 에리코란 여자에게 빠져 아내와 아들을 버리고 일본으로 건너간 것이었다. 그런데 김재성 노인의 아내였던 김순조란 여인이 큰집인 김인후의 가족과 연락을 끊고 살았던 이유도 궁금했다. 정말로 일본인 순사와 바람을 피웠던 사실이 부끄러워 스스로 잠적을 했던 것인지도 몰랐다.

아내가 차를 들고 서재로 들어왔다. 심각한 얼굴을 하고 있는 내 눈치를 살피더니 무슨 고민거리가 있느냐고 물었다. 아내의 손을 잡아 옆 자리에 앉게 했다. 아내가 내 얼굴을 빤히 바라보았다. 나도 아내의 얼굴을 자세히 들여다보았다. 늘 보아오던 얼굴이라 이마의 주름이나 쳐진 눈꺼풀이 자연스럽게 보였다. 예전 처녀적의 모습을 떠올리기가 쉽지 않았다.

"이제는 가는 세월이 너무 빨라 현기증이 느껴지는군. 무섭다는 생각이 들기도 해."

"왜 갑자기 그런 생각을 해요?"

"갑자기가 아니야. 세월이 쏜살같다는 게 실감이 나."

나는 K의 주검에 대해 아내에게 들려주었다. 그가 나와 동갑이었으며 20년 전부터 인연을 이어온 사람이었다는 것을 자세하게 설명해 주었다. 그러나 그의 아내에 관한 이야기는 한 마디도 할 수가 없었다. 세상 그 누구에게도 하얀 얼굴과 깊은 볼우물에 관한 이야기는 할 수가 없는 것이었다. 세상에 드러낼 수 있는 것은 아는 시인의 아내라는 사실 밖에 없었다.

내일 아침 세 사람이 반곡천에 자연장을 치르러갈 것이라고 했더니 자신도 따라가겠다고 했다. 나는 단호하게 아내의 동행을 거절했다. 아내는 더 이상 동행에 대해 말하지 않았다. 내가 너무나 단호했기 때문이었다. 그대신 내일 오후에 대곡박물관에서 열릴 일본화가의 전시회에 찾아오라고 했다.

그날 저녁은 아내와 함께 잠자리에 들어서도 마음속이 복잡했다. 김재성 노인의 일이 자꾸만 머리를 어지럽히는데다 김동휘의 변해 버린 얼굴이 천정에서 맴돌았다. 내일이면 정말 K를 사막으로 보내는 날이었다. 최초의 사막은 호주의 사막이 아니었다. 사막은 실상이 없는 곳이었다. 사막은 우리들의 가슴 속에 있었고 우리는 각자의 메마른 가슴 속에서 오아시스를 찾아 헤매었던 것이다. 최초에 사막을 불러온 것은 나였다.

아침 9시에 태화교 남쪽 하부주차장에서 두 사람을 만났다. 김은경 시인은 경주에서 왔고 김동휘는 동생 집이 있는 덕하에서 왔다. 두 사람 모두 가벼운 등산복 차림이었다. 유골은 등산배낭에 넣어왔다. 유골이 든 배낭을 조수석 위에 올려놓고 두 사람은 뒷좌석에 탔다. 나는 운전을 하면서도 가끔씩 배낭에 눈길을 주었다. K가 배낭에서 툭 튀어나와 나에게 말을 걸어올 것 같았다.

살아있을 때 이렇게 네 사람이 차를 타고 다녔으면 얼마나 좋았을까 하는 생각도 들었다. 신복로타리를 지나 언양으로 가지 않고 부산 방면으로 핸들을 돌렸다. K와 처음 만났던 울산대학교로 가기 위해서였다. 신복로타리에서 1킬로쯤 남쪽으로 내려가면 울산대학교 정문이었다. 방학 중이라 학교 안은 한산했다. 정문으로 들어가 본관 앞의 광장을 한 바퀴 돈 다음 도서관 건물을 지나 예전에 사회교육원이 있던 건물까지 갔다가 돌아 나왔다.

교문을 빠져 나올 때 룸 밀러로 김동휘를 바라보니 손수건으로 눈물을 찍어냈다. 그런 모습을 보니 내 마음도 저릿해왔다. 20년 전에 같이 우산을 쓰고 도서관 옆길을 걸어 나왔던 생각이 떠올랐던 것이다. 차가운 봄비가 내리고 있었고 꽃을 활짝 피운 자목련이 속절없이 봄비를 맞고 서 있었다.

울산대학교를 나와 곧장 언양으로 갔다. 반곡마을에서 고하길로 접어들었다. 먼저 아내와 왔던 길이었다. 콘크리트 포장길이 끝나는 지점에 멈추었다. 시간은 아홉 시 반이었다. 이른 시간이라 그런지 주변에는 사람의 그림자라곤 얼씬도 하지 않았다. 이별의 시간이 가까워 옴을 느끼는지 김동휘의 양 볼에는 눈물이 주르륵 흘러내렸다. 김은경 시인은 낯선 길에 두려움을 느끼고 있는 듯했다.

"이리로 가면 정말 반구대로 갈 수 있나요?"

"네. 내가 먼저 다녀왔으니 걱정하지 마세요. 이 물을 보세요. 이 물길이 대곡천으로 흘러들어가는 반곡천입니다."

나는 차에서 내려서 유골이 든 배낭을 걸머졌다. 무게가 무거워서가 아니라 장례를 치르는 예식으로 그러는 게 맞을 것 같다는 생각이 들어서였다. 나는 앞장서서 걸었다. 먼저 왔을 때 갔었던 편한 길을 찾아갔다. 조금 내려가자 갓바위가 나타났다. 먼젓번에 보지 못했던 치성의 흔적이 남아있었다. 반반한 돌 위에 과일과 떡이 남아있고 녹아내린 촛농도 보였다.

과학이 발달한 21세기에도 바위를 찾아와 치성을 드리는 사람이 있다는 것은 아이러니가 아닐 수 없다. 암각화를 새기던 시절에도 바위를 향한 사람들의 염원은 같았으리라. 김동휘도 김은경 시인도 바위 아래 남아 있는 치성의 흔적을 바라보고 나서 바위 꼭대기에 위압적으로 툭 튀어나온 갓바위를 올려다보았다.

　개울을 따라 잠시 걸으니 곧바로 대곡천과 만나는 지점에 도착했다. 버드나무 숲이 끝나는 지점의 개활지였다. 김은경 시인이 가르쳐 주지도 않았는데 건너편 버드나무 숲이 우거진 곳이 반구대 암각화로 가는 길임을 알아보았다.

　"아니 반구대로 가는 길이 이렇게 가까운 곳에 있는데 왜 산을 넘어가도록 길을 낸 것이죠?"

　"그건 저도 잘 모르겠습니다. 이 반곡천이 암각화와 아주 의미가 있는 곳인데 학자들도 모르고 있더군요. 언제부터 길이 바뀌었는지 모르겠지만 예전에는 모두 이 길을 이용하지 않았나 싶습니다."

　"이건 새로운 발견입니다. 학계에 보고를 해야 해요."

　"보고까지 할 사안은 아닌 것 같아요. 이 주변 사람들은 모두 알고 있는 걸요."

　나는 유골이 든 배낭을 바닥에 내려놓았다. 김동휘에게 장소가 어떤가 물었다. 덧붙여 반구대 암각화가 있는 바위벽이 지금 서 있는 곳의 오른쪽 산 끝에 있다는 것을 일러 주었다. 20년 전에 건너편의 버드나무 숲이 우거진 곳을 함께 걸었다는 설명도 해주었다.

"저곳이 바로 최초의 사막이었습니다. 지금은 버드나무 숲이 되었지만 그때는 풀 한 포기 없는 사막 같은 길이었죠. 상류에서 떠내려 온 모래가 저 위에서부터 암각화 앞까지 덮여 있었어요."

김동휘는 대체로 만족하는 표정이었다. 김은경 시인이 가져온 깔개를 깔고 그 위에 유골함을 올려놓았다. 간단하게 차려온 과일을 앞에 놓고 술을 따라 놓았다. 김동휘가 마지막 이별의 절을 하고 뒤따라 나와 김은경 시인이 함께 절을 했다. 유골함을 열었다. 김동휘가 장갑을 낀 손으로 유골을 한 줌 쥐어 앞 쪽에 뿌렸다. 가벼운 바람에 유골이 흩날렸다. 마치 바람이 K를 암각화로 데려가는 듯했다.

김은경 시인이 K의 시를 낭송했다. 그토록 사랑을 열망했던 그의 시가 유골과 함께 공중으로 흩어졌다. 수천 년 전에 이곳에서 암각화를 새기던 사람들이 모두 어디로 갔는지 알 것 같았다. 이제 K도 그들이 간 길을 따라 가고 있을 것이다. 암각화에 새긴 고래그림은 수천 년 동안 이어져 오고 있는데 K의 시도 수천 년을 이어 내려갈지는 미지수였다.

김은경 시인이 낭송을 마치고나자 김동휘는 손바닥에 얼굴을 묻고 한참을 울었다. 울음소리는 낮은 겨울바람 소리처럼 바닥에 낮게 깔려 버드나무 숲속으로 흩어졌다. 울음소리가 길게 이어질수록 그녀의 몸안에 남아있는 생명의 기운들이 빠져 나가는 것 같았다. 김은경 시인이 그녀의 어깨를 다독이며 울음을 그치게 했다. 이미 떠나간 사람은 기분 좋게 보내드려야 한다는 말에 정신이 퍼뜩 돌아오는 듯했다.

돌아오는 길에 김동휘의 발걸음이 무척 무거워 보였다. 조금 단이 높은 돌을 밟고 올라서는데도 힘들어했다. 김은경 시인이 팔을 잡고 부축해 주었다. 나에게도 은근히 다른 쪽 팔을 잡고 부축해 주었으면 하는 눈길을 보냈다. 하지만 나는 함부로 그의 팔을 잡을 수 없었다. 방금 K의 유골을 뿌린 팔을 어떻게 잡을 수 있을까 하는 생각이 들었던 것이다. 그녀의 입장에서 보면 방금 남편을 보내고 나서 다른 남자의 팔에 기댄다는 게 용납이 될 것 같지 않았다. 슬픔은 당분간 그녀의 몫이었다.

차에 돌아오니 12시였다. 전시회 오픈 시간은 오후 한 시였다. 오영수문학관의 최영숙 관장에게서 전화가 왔다. 저번에 수자원 공사 안내로 댐 탐방에 나섰던 팀들이 전시회에 참가하기 위해 문학관에 집결해 있다고 했다. 점심 식사 전이면 언양에서 같이 만나자고 했다. 나는 세 사람이 따로 식사를 하겠다고 했다.

차를 출발시키기 전에 김용삼에게 전화를 했다. 제일슈퍼 바로 옆에 있는 중국집에서 점심을 같이 하자고 했다. 점심을 먹은 후에는 대곡박물관에 같이 가자고 했다. 김용삼은 대수롭지 않다는 듯 승낙했다. 중국집까지는 10분이 채 걸리지 않는 거리였다.

중국집에 들어가니 김용삼은 아직 도착 전이었다. 세 사람이 자리에 앉아 주문을 넣고 있는데 김용삼이 들어왔다.

김용삼은 내 앞 자리에 두 여자가 마주앉아 있는 걸 보고 야릇한 미소를 지었다. 주문을 마치고 나서 김용삼을 두 여자에게 소개했다. 내가 보기에 김용삼이야말로 수천 년 전부터 이곳에 터를 잡고 살던 사람들의 후손이었다. 김용삼의 할아버지인 김일환이 천전리 서석문을 자유자재로 읽었다는 것은 대를 이어 구전되어 왔다는 것이었다. 아마 김용삼의 아버지 대에서 그 맥이 끊어진 것 같았다.

내가 그런 이야기를 하자 김용삼 자신도 놀라고 두 여자들도 믿어지지 않는다는 표정을 지었다.

"천전리 서석문을 읽을 수 있다면 완전 대박인데요."

김은경 시인이 놀랍다는 투로 이야기 했다. 그녀의 목소리는 방금 전까지 우울했던 분위기를 확 털어낸 듯했다. 나는 김용삼에게 20년 전에 일본 노인에게 팔아먹은 붉은 돌도끼가 수천 년 전에 만들어져 내려 온 것이라는 걸 알려 주었다.

"어떻습니까? 수천 년 동안 조상대대로 내려 온 물건을 단돈 몇백만 원에 팔아치운 소감이."

"수천 년이라구요? 설마요."

김용삼은 믿기지 않는다는 투였다.

"네. 아마 오천 년쯤 되었을 겁니다. 그 돌도끼에 얽힌 이야기를 정확히 알아내야 하는데 말입니다."

"돌도끼라니요?"

김은경 시인이 끼어들었다. 나는 잠시 후 전시회에서 돌도끼에 대한 이야기를 해주기로 하고 말문을 닫았다. 점심식사를 마치고 유촌 마을의 김인후에게 전화를 걸었다. 잠시 후에 대곡 박물관에서 만나기로 약속하고 바로 전화를 끊었다. 시간은 여유가 있었지만 김용삼까지 포함해 네 사람이 차를 타고 바로 대곡 박물관으로 갔다. 대곡 박물관 주차장에는 이미 많은 차량이 주차해 있었다.

나는 박물관으로 들어서서 관장부터 만나게 해달라고 했다. 이유를 묻는 직원에게 전시회 주인공인 일본인 화가를 잘 아는 사람이라고 했다. 필요하면 통역까지 맡을 생각이라고 하자 바로 2층의 관장실로 안내했다. 김은경 시인과 김동휘 그리고 김용삼은 세미나실로 바로 가 있으라고 했다. 관장실의 문을 열고 들어선 나는 깜짝 놀랐다. 울산대학교의 이하우 교수가 자리에 앉아 있었다.

"반갑습니다."

이하우 교수는 얼마 전 동구의 현대호텔에서 한 번 보았을 뿐인데 단번에 나를 알아보았다. 전화통화를 오래하긴 했지만 단번에 알아보리라고는 생각하지 못했다.

"교수님께서는 여기 어쩐 일이십니까? 안 그래도 한 번 찾아뵈

려던 참이었습니다."

"저도 작가님을 뵙고 싶었습니다. 저번에 말씀하신 붉은 돌에 대해 좀 더 알아볼 게 있어서요. 그게 작가님 말씀처럼 암각화를 새기는 도구로 사용되었을 가능성은 충분한데 유물로 내려온 것이 없어서요."

나는 암각화 박물관에 삼정리에서 출토된 붉은색 돌도끼가 있다고 말해 주었다. 그리고 암각화를 새기던 시절에서부터 지금까지 사람의 손에서 전해내려온 돌도끼가 있다고 말해주었다. 이하우 교수는 믿어지지 않는다는 듯 두 눈을 크게 떴다.

"그런 유물이 어디에 있단 말입니까?"

"제가 임시로 보관하고 있는데 오늘 전시를 하는 유리란 분하고도 연관이 있는 물건입니다. 좀 있으면 주인이 여기 오실 것인데 그때 보여드리겠습니다."

잠시 후에 관장실 문 밖이 소란스러웠다. 직원이 관장실 문을 열자 한 떼의 사람들이 문 밖에 서 있었다. 그 중에는 암각화 최초 발견자로 이름이 올라 있는 문명대 교수도 있고 나와 같은 울산소설가협회의 이양훈 소설가도 있었다. 이양훈 소설가의 옆에는 백발의 할머니 한 분이 서 있었다. 나는 직감으로 오늘 전시회의 주인공인 화가라는 걸 알아보았다. 이양훈 소설가는 울산지역의 역사나 문화예술 분야에 깊은 지식을 가지고 있어 울산을 방문한 외국인들의 안내는 도맡고 있었다. 특히 일본어에 능숙했다.

 직원은 갑자기 관장실로 많은 사람이 몰리자 난색을 지었다. 코로나 19 방역지침에 따라 사람이 한꺼번에 모일 수가 없으니 모두 세미나실로 장소를 옮겨 달라고 했다.

 나는 이양훈 소설가에게 눈인사만 나누고 곧장 세미나 실로 자리를 옮겼다. 이양훈 소설가와 유리 여사만 관장실에 남고 나머지 사람들은 모두 세미나실로 자리를 옮겼다. 세미나실에는 이미 많은 사람들이 와서 자리에 앉아 있었다. 오영수문학관 댐 탐방 팀들도 앞 쪽에 자리를 잡고 앉아 있었다. 윤원기 수자원공사 차장도 최영숙 관장의 옆자리에 앉아 있었다.

 김인후도 구석진 자리에 혼자 앉아 있었다. 나는 뒷자리에 나란히 앉아있는 김은경 시인을 보고 깜짝 놀라 몸이 굳어졌다. 김용삼이 맨 가에 앉고 그다음에 김은경 시인이 앉아 있고 다음에 김동휘가 앉아 있었다. 내가 놀란 것은 김동휘 바로 옆에 앉아 있는 아내를 발견했기 때문이었다.

 아내가 이곳에 오리라고는 상상도 못하고 있었다. 더구나 어떤 연유로 김동휘의 옆자리에 앉아 있는 것인지 알 수가 없었다. 나는 천천히 아내에게 걸어갔다.

 "전화라도 하고 오지 그랬어."

 "그냥 갈 데가 없었어요."

 "어머 사모님이세요?"

김은경 시인이 아는 체하고 나섰다. 나는 세 사람에게 아내를 소개시키지 않을 수 없었다. 김동휘와 아내가 서로 손을 잡지는 못하고 가볍게 고개를 숙여 인사를 나누었다. 그 모습을 지켜보는 내 가슴이 마구 두근거리기 시작했다.

"사모님이 미인이시네요."

김동휘가 아내가 들으라고 나에게 한 말이었다. 나는 아내와 김동휘를 번갈아 쳐다보았다. 30년을 넘게 살아온 아내의 모습은 거실 벽에 수십 년 동안 걸려있는 벽시계처럼 편안한 느낌이었다. 어쩌면 편안하다 못해 내 몸의 일부인 것 같기도 했다. 그런 아내와 한 이불을 덮고 자면서도 다른 여자를 그리워했다는 것이 신기했다.

그러나 무엇보다도 신기한 것은 두 여자가 우연히 한 자리에 앉게 되었다는 사실이었다. 운명의 실타래가 어떻게 얽혀있는 것인지 기가 막혔다. 나는 어색한 분위기를 바꿔보려고 아내에게 점심은 먹었는지 물어보았다. 아내는 경쾌한 목소리로 집에서 먹고 왔노라고 대답했다. 나는 아내의 옆자리에 가서 앉았다.

잠시 후에 박물관 관장이 나와서 유리 화가의 전시회 개막식를 시작했다. 먼저 주인공인 유리 화가를 소개했다. 유리 여사는 단상에 나와 간단한 인사를 했다. 물론 이양훈 소설가가 그녀의 인사말을 통역했다. 박물관장은 원래 박물관에서 그림 전시회를 한다는 것이 어울리지 않는다고 생각했는데 작가의 그림이 모두 천전리 암각화 문양을 토대로 재해석 되어 그려진 것이기 때문에 받아들이게 되었다고 했다. 작가는 일본인이지만 언양에서 태어났고 지금은 수몰되어 있는 대곡댐 안에 있던 백련정에 대한 추억도 간직하고 있어 꼭 대곡박물관에서 전시회를 열고 싶어 했다는 것이었다.

다음으로 반구대 암각화 발견자로 이름을 올리고 있는 문명대 교수의 축사가 있었다. 문명대 교수는 천전리 암각화 문양이 예술로 재해석 되어 나온데 대해 지대한 관심을 가지고 있으며 문화 예술을 통해 암각화가 널리 알려져야 한다고 했다. 그런 면에서 한국인도 아닌 일본의 화가가 우리의 암각화를 소재로 그림을 그렸다는데 대해 더 고맙게 생각한다고 했다.

다음은 이하우 교수의 축사가 있었다. 이 교수는 반구대 암각화는 꼭 이곳에 거주하던 사람들로 한정 된 것이 아니라 동해를 무대로 포경으로 살아가던 사람들의 이야기가 새겨진 것이라고 했다. 그러니 일본열도에서 포경으로 살아가던 사람들도 당연히 반구대 암각화에 찾아왔을 것이라고 했다. 반구대 암각화가 환동해권의 넓은 지역을 아우르는 장소였던 반면에 천전리 암각화는 농경이 본격적으로 시작되면서 범위가 좁아지고 시간이 지나면서 형산강을 끼고 있는 경주 포항으로 전달되어진 것이라고 했다.

천전리 문양의 해석은 여러 곳에 흩어져 있는 암각화들을 비교분석하며 풀어가야 할 것이라고 했다. 그러려면 학자들의 치열한 연구가 있어야 할 것이라고 했다. 문화 예술로의 승화는 세상 사람들의 이목을 집중시키는 데는 도움이 되어도 문양의 해석에는 직접적인 도움이 되지는 않을 것이라고 했다.

다음은 주인공인 유리 여사가 나와 천전리 서석문을 소재로 그림을 그리게 된 사연을 이야기 했다. 나는 또박또박 발음하는 유리 여사의 이야기를 알아들을 수 있었지만 이양훈 소설가의 번역으로 또 한 번 더 듣는 셈이었다.

"나는 일본인이지만 이곳에서 태어났습니다. 태어난 곳으로 따지면 나는 조선인인 셈입니다. 여기 가까운 곳에 백련정이라는 정자가 있었습니다. 나는 어렸지만 그곳의 풍경을 기억 속에 담고 있습니다. 저는 한일 수교가 이루어지고 몇 년 후에 이곳을 방문한 적이 있습니다. 그때 천전리 암각화를 처음으로 보았습니다. 아직 학계에 보고가 되기도 전이었지요. 여러분은 신기하지 않습니까? 천전리 암각화는 학계에 보고하기 전부터 이곳과 가까운 곳에 살고 있던 사람들의 생활과 밀접한 관계를 가지고 있던 곳입니다. 이곳에서 가까운 곳에 살고 있던 사람들이 여름이면 더위를 피해 쉬러 왔던 곳이죠. 갑자기 하늘에서 뚝 떨어진 것이 아니었지요. 나는 처음 천전리 암각화를 보는 순간 전율을 느꼈습니다."

나는 유리 여사의 이야기를 들으며 김재성 노인이 기록해 놓은 내용을 떠올렸다. 천전리 암각화는 바로 유리 여사의 친아버지인 일본인 순사 마츠오가 김용삼의 할아버지인 김일환에게 살해된 곳이었다. 유리 여사는 우연하게 자신의 아버지가 살해된 장소에 가게 된 것이었다. 귀신이 없다고는 하지만 알 수 없는 힘에 이끌려 들어간 것 같았다.

"저는 바위에 새겨진 그림들을 하나도 놓치지 않고 카메라에 담았습니다. 그때부터 암각화 문양은 내 그림의 모태가 되었습니다. 일본에서는 제 그림이 꽤 알려져 있지만 한국에서 전시회를 열 생각은 하지 않았습니다. 그건 제 개인적인 일 때문이었습니다. 저는 암각화 문양에서 받은 느낌을 하나하나 감정을 실어 그리려 애를 썼습니다. 그림들이 지극히 제 개인적은 영감에 따라 그린 것이므로 제목과 내용이 일치하지 않아도 어쩔 수 없습니다. 한 점 한 점 설명을 드릴수도 없는 점 양해하시기 바랍니다."

유리 여사의 설명이 끝나고 모두 아래층으로 테이프 커팅을 하러 이동했다. 코로나 방역지침에 따라 한꺼번에 몰려다니지 않고 적당한 거리두기를 하며 이동했다. 테이프 커팅을 하는 사람도 가운데 유리 여사를 중심으로 양쪽으로 네 명씩 섰다. 나는 겨우 오른쪽 끝줄에 설 수 있었.

테이프 커팅을 마친 후 전시된 그림들을 둘러보았다. 그림들은 모두가 20호를 넘지 않는 작은 것들이었다. 첫 번째 걸려 있는 그림은 너무나 눈에 익숙한 겹마름모꼴을 형상화시킨 것이었다.

천전리 암각화의 맨 꼭대기에 그려져 있어 눈에 쉽게 들어오는 문양이었다. 문양의 선 하나하나는 모두 철조망으로 그려져 있었다.

작품 제목을 보니 구속이라고 적혀 있었다. 김재성 노인의 기록에 보면 겹마름모 무늬 하나는 한 마을을 나타내는 것이라고 되어 있었다. 어쩌면 마을의 둘레를 에워싸고 있는 울타리를 상징한다는 점에서 맥이 닿아 있는 것 같았다.

나는 조금 뒤에 서서 유리 여사와 문명대 교수와 이하우 교수를 번갈아 바라보았다. 학문적으로 문양을 바라보는 학자와 예술가 사이의 접점을 찾을 수 있을까 하는 의문이 들었다. 두 교수는 입을 굳게 다물고 그림을 들여다보았다. 유리 여사도 굳이 학자들에게는 신경을 쓰지 않는다는 듯했다. 모두가 입을 굳게 다물고 그림 앞에 잠시 서 있다 다음 그림으로 이동했다. 바로 뒤에서 댐 탐방팀들이 따라오고 있었다. 김은경 시인은 댐 탐방팀과 같이 어울려 있고 아내와 김동휘가 친한 친구처럼 같이 걸어오고 있었다. 눈치를 보니 그림 앞에 둘이 같이 서서 느낌을 서로 이야기 하는 것 같았다. 김동휘의 모습은 방금 남편의 유골을 뿌리고 온 여자같이 보이지 않았다.

나와 김은경 시인의 일정에 맞추어 따라온 걸음이지만 아무리 그래도 그림에 마음이 가지는 않을 것 같았다. 처음 만난 나의 아내에게 상주 행세를 할 수는 없어 태연한 척 대꾸를 해주는 것 같왔다. 나는 아내와 김동휘에게 신경을 쓰느라 그림에 집중할 수 없었다.

선두가 중간쯤 왔을 때 그림과 제목을 읽어 본 나는 온 몸이 얼어붙는 듯했다. 무슨 형태인지 잘 알아볼 수 없는 문양이었는데 남녀가 앉은 자세로 포옹하고 있는 그림으로 묘사되어 있었다. 그림 제목은 일본어로 '(이타이 코이)와 시나이데쿠다사이'였다. 한국어로는 '(아픈 사랑)은 하지 마세요'였다. 나는 한 발 앞으로 나서 유리 여사에게 말을 건네었다.

"당신은 이 아픈 사랑의 주인공을 알고 있지요? 당신의 조선인 아버지 다케시."

유리 여사는 두 눈을 번쩍 떴다. 통역을 하는 이양훈 소설가가 아닌 사람이 일본어를 해서 놀란 것이 아니었다. 다케시라는 이름에 크게 놀란 것이 틀림없었다.

"당신은 누구십니까? 당신이 어떻게 우리 아버지를 알고 있는 것입니까?"

유리 여사의 목소리는 부들부들 떨렸다. 나는 유리 여사를 향해 한 발 앞으로 걸어갔다. 유리 여사와 적당한 거리에서 고개를 가볍게 숙였다.

"당신은 왜 지금까지 조선인 아버지 다케시를 찾지 않으셨는지요?"

유리 여사는 먼저보다 더 놀라는 듯했다. 온몸이 자빠질 듯 크게 흔들렸다. 곁에 있는 이양훈 소설가가 유리 여사의 팔을 부축해 주었다.

"다케시. 다케시. 그는 어디 있나요? 아직도 살아있나요?"

"아직 살아있습니다. 왜 그를 찾지 않으셨나요? 대곡건업의 지분 때문이었나요? 아니면 당신 친아버지 마츠오를 살해한 사람이라고 생각하고 있는 것인가요?"

유리 여사는 나의 얼굴을 빤히 바라보고 서 있을 뿐 무어라고 말을 하려고 입을 달싹거렸는데 말이 되어 나오지 못했다. 나는 뒤에서 걸어오고 있던 김인후를 앞으로 불렀다. 김인후는 아무런 영문도 모른 채 곁으로 왔다.

"이 사람이 다케시의 친 조카손주입니다. 지금 104세이신 다케시 노인을 모시고 있죠."

"오오! 하나님."

유리 여사는 오른손으로 성호를 그었다. 이양훈 소설가가 후들후들 떨고 있는 유리 여사를 겨우 붙들고 있었다. 박물관 관장은 유리 여사가 많이 불편하다는 사실을 간파하고 전시실을 나와 휴게실로 안내했다. 나는 김인후와 함께 유리 여사를 따라갔다. 이양훈 소설가가 나를 보며 아는 분이냐고 물었다. 나는 오늘 처음 보는 분이지만 집안 내력에 대해 자세히 알고 있다고 말했다.

"허허. 우리 홍성범 작가님이 일본어를 유창하게 하는 줄은 오늘 처음 알았네요. 어떻게 일본 화가님까지 알게 된 것인지 흥미

진진하군요."

유리 여사는 박물관 직원이 내온 음료수를 한 잔 마시고 숨을 몰아쉬었다. 잠시 후 차분한 목소리로 다케시가 어디 있는지 어떻게 살고 있는지 물었다. 나는 김인후를 소개했다. 수년 전 김인후의 어머니가 돌아가시기 전까지 유촌 마을에서 함께 지내다 최근에 요양원에 들어가 있다고 자세히 설명했다. 김인후가 엉거주춤 인사를 하는데 주머니에서 전화벨이 울렸다. 김인후는 전화를 들고 얼른 휴게실 밖으로 나갔다.

잠시 후에 전화통화를 끝낸 김인후가 휴게실 문을 열고 나를 밖으로 불러냈다. 그의 얼굴에 몹시 당황한 듯한 표정이 역력했다. 나는 유리 여사에게 잠시 실례하겠다며 밖으로 나갔다.

"아. 이거 큰일났습니다. 우리 작은 할아버지가 돌아가셨답니다. 사고로 돌아가셨답니다."

"사고로요? 요양원에 계신 분이 무슨 사고를 당해요?"

나는 사고를 교통사고로만 이해를 했다. 김인후의 대답은 예상 밖이었다. 교통사고가 아니라 살인사건이 일어났다는 거였다.

"우리 작은 할아버지가 살해를 당했다는 겁니다. 저번에 사고를 친 그 노인에게요. 그 노인이 작은 할아버지가 버리고 간 아들이었답니다."

말을 마친 김인후는 서둘러 박물관을 빠져나갔다. 나는 잠시 동안 멍하니 서 있다가 자리에 앉아 있는 유리 여사를 바라보았다. 이제 잠시 후면 만날 사람을 지척에서 놓쳐버리고 만 것이다.

"무슨 일이 있나요?"

유리 여사가 나의 눈치를 살피며 물었다. 나는 아무 일도 아니라고 얼버무리고 말았다. 안 그래도 지쳐있는 노인에게 더 큰 충격을 안길 수는 없었다. 나는 되도록 알아듣기 쉽게 김재성 노인이 일본에서 돌아온 후에 살아온 이야기를 들려주었다. 유리 여사는 내 이야기를 듣는 내내 믿기지 않는다는 듯 고개를 가로 흔들었다. 이야기의 전말을 다 듣고 난 유리 여사는 긴 한숨을 몰아쉬었다.

"우리 아버지는 25년 전에 일본을 떠날 때 시한부 선언을 받은 상태였어요. 내가 직접 병원에서 의사선생님에게 확인까지 받았습니다. 폐암 말기였어요. 그런 분이 아직 살아계신다니 믿기지 않아요."

이번에는 내가 놀라지 않을 수 없었다. 김재성 노인의 기록에는 암에 대한 이야기는 전혀 찾아볼 수 없었다. 증세가 어떠했고 어떻게 치료를 받았었는지 알 수 없었다.

"이런 이야기는 소용이 없는 것이겠습니다만 아버지께서 이곳으로 건너오실 때 집에 있던 아까다마를 가지고 오셨어요. 우리 집의 수호신처럼 모시고 있던 돌인데 아마 그 돌이 아버지를 지켜준 것 같아요."

"그건 말이 안 됩니다. 그 붉은 홍옥석은 오시자마자 미호천 상류에 있는 미호저수지 안에 넣었다고 기록되어 있습니다."

"그렇군요. 저는 아버지의 나라에 되돌려 준다는 의미로 일본의 골동품상회에서 아까마다 하나를 구입해서 가지고 왔습니다."

유리 여사는 박물관 직원에게 자신의 가방을 가져다 달라고 부탁했다. 나는 직원이 나간 뒤 자동차 트렁크에 넣어 온 서류가방 안의 붉은 돌도끼를 생각해냈다. 유리 여사가 생각하고 있는 황당한 믿음대로라면 김재성 노인을 지금까지 지탱하게 해준 것은 붉은 돌도끼의 힘이 되는 셈이었다. 나는 양해를 구하고 건물을 나가 차 트렁크에서 서류가방을 들고 왔다.

가방 안에는 김재성 노인이 직접 작성한 서류와 내가 번역해 프린트한 서류가 들어 있었다. 그 위에 수건으로 곱게 싼 붉은 돌도끼가 들어 있었다. 돌도끼를 조심스럽게 꺼내 옆자리에 앉아 있는 이하우 교수에게 건네었다.

"이걸 한 번 보아주십시오. 기록대로라면 이 돌도끼는 오천 년 전에 만들어진 것이라고 보아야 합니다. 그 당시 유일하게 붉은 홍옥석이 생산되던 미호 마을 사람들이 이곳 천전리 서석곡에서 암각화를 새겼다고 되어 있습니다. 이 돌도끼는 미호 마을의 상징처럼 서석문 옆에 깃발과 같은 의미로 세워져 있던 것이라고 했습니다."

붉은 돌도끼를 받아 든 이하우 교수는 이리저리 살펴보더니 알 수 없다는 덤덤한 표정으로 돌도끼를 문명대 교수에게 건네주었다. 돌도끼를 받아 든 문명대 교수 역시 마찬가지였다. 학문을 연구하는 학자들이 돌도끼의 형태나 빛깔로 진위여부를 가린다는 것은 내가 생각하기에도 어불성설인 것 같았다. 진위 여부를 감정 받아야 하는 것은 김재성 노인의 기록물이었다.

나는 문명대 교수에게 돌려받은 돌도끼를 유리 여사 앞의 탁자 위에 올려놓았다.

"여사님의 친아버지 마츠오에 대한 이야기는 알고 계십니까? 1945년 6월에 돌아가셔서 언양 화장산에 장사 지냈다고 기록되어 있습니다만."

유리 여사는 장소까지 정확하게 알고 있느냐고 물었다. 나는 전시실에 있는 오영수문학관 최영숙 관장을 불러들였다. 오영수 소설가의 무덤이 문학관 윗쪽의 화장산에 있으니 혹시나 오래된 일본인 무덤에 대해 알고 있는 것이 있을까 해서였다.

"묘지가 없는 무연고 묘는 더러 있지만 일본인의 무덤에 대해서 들은 바가 없습니다."

"그래도 그 산에 한번 가보고 싶어요."

"제가 안내해 드리겠습니다."

유리 여사의 얼굴에 혈색이 돌아온 것 같았다. 나는 내친 김에 마츠오의 죽음에 대해서도 알려주기로 마음먹었다. 탁자 위에 놓인 붉은 돌도끼를 가리키며 유리 여사에게 말했다. 이 돌도끼가 바로 당신의 아버지 마츠오를 살해한 흉기였다고. 그리고 살해당한 장소가 바로 천전리 서석문 앞이었다고 가르쳐 주었다. 내가 생각하기에도 아버지가 살해당한 장소에 우연히 오게 되었지만 뭔가 느낌이 다르게 다가왔던 것은 당연했던 것 같았다.

"아아. 그랬었군요."

유리 여사의 입에서 신음소리 같은 일본어가 나지막하게 흘러나왔다. 나는 천전리 서석곡 암각화에 같이 가보겠느냐고 의사를 물었다.

"안 그래도 개막식이 끝나고 그곳에 가려던 계획이었습니다."

박물관 관장이 대신 대답했다.

우리는 각자 차를 나누어 타고 천전리 암각화로 향했다. 한 겨울이라 그런지 서석곡을 찾아오는 손님은 아무도 없었다. 입구의 안내실에도 코로나로 인해 당분간 안내를 중단한다는 안내판이 붙어있었다. 고령의 유리 여사를 배려해 차가 닿을 수 있는 개울가까지 갔다. 차에서 내려 50미터만 가면 바로 천전리 서석곡 암각화였다.

나는 김용삼을 불러 유리 여사의 한쪽 팔을 잡도록 했다. 김용삼의 할아버지 김일환이 유리 여사의 아버지인 마츠오를 이곳에서 살해 했다는 이야기를 할 필요는 없었다.

천전리 암각화 앞에 모인 사람은 스무 명이 넘었다. 유리 여사는 암각화 맞은 편의 의자에 앉아있었다. 나는 가지고 온 붉은 돌도끼를 공중 높이 치켜들었다. 그러자 시간을 거슬러 올라가 오천 년 전의 세상에 와 있는 듯한 착각에 빠져들었다. 붉은 돌도끼는 태화강 물줄기의 상류인 미호천을 중심으로 살아가던 미호 마을을 상징하는 표식이었다. 미호 마을의 사흘이라는 남자가 암각화에 글자를 새기고 있었다. 그가 왼손에 들고 있는 것은 붉은 홍옥석을 갈아 끝을 뾰족하게 만든 붉은 정이었다. 오른손에는 소나무 옹이를 이용해 만든 나무망치가 들려 있었다. 나무망치로 붉은 돌정을 두드릴 때마다 미세한 돌가루들이 떨어졌다.

내 귓속에서 KTX고속열차가 지나가는 소리가 우루루하고 들려왔다. 나는 두 눈을 질끈 감았다 떴다. 맨 가운데 유리 여사가 간이 의자에 앉아 있고 그 주위에 박물관 관장을 비롯한 여러 사람이 둘러싸고 있었다. 아내와 김동휘도 나란히 서서 나를 바라보고 있었다. 나는 붉은 돌도끼를 들고 서석문 앞에 나지막하게 설치된 철책을 넘어섰다.

"지금부터 제가 하는 이야기는 내가 임의로 지어낸 것이 아닙니다. 바로 여기 앞에 서 있는 김용삼씨의 할아버지가 일본인 순사 마츠오에게 전해준 이야기입니다. 지금으로부터 75년 전 여름에 있었던 이야기입니다."

나는 김재성 노인의 기록대로 서석문 맨 꼭대기에 있는 다섯 개 겹마름모꼴 문양부터 설명을 하기 시작했다. 한 번을 읽었고 번역까지 했던 터라 이야기의 요지는 충분이 암기하고 있었다. 모두들 숨을 죽이고 내가 하는 설명에 귀를 기울였다. 가끔씩 이야기를 하면서 아내와 김동휘의 모습을 바라보았다. 둘은 어느새 친자매처럼 가까워졌는지 두 손을 서로 맞잡고 있었다.

의자에 앉아 있는 유리 여사를 바라보니 얼굴에 완전히 혈색이 돌아 소녀처럼 눈망울을 굴리고 있었다. 자신이 그림으로 나타내고자 했던 내용이 내 이야기 속에 다 들어있는 것 같았다.

내가 한 문양에 손을 대고 한 토막의 이야기를 이어갈 때마다 사람들의 시선은 내 입과 문양을 번갈아가며 집중했다. 내 손이 문양에서 떨어지면 잔뜩 긴장하는 것 같았다. 다음에는 어떤 문양을 지목할까 자신들이 더 긴장하는 것 같았다. 시간이 지날수록 나는 목이 마르기 시작했다. 목이 껄끄러워 목소리가 갈라져 나오기도 했다.

김은경 시인이 자신의 배낭 안에 들어 있던 생수병을 꺼내 나에게 건네주었다. 나는 생수병을 받아 단숨에 반 병 넘게 물을 들이켰다. 물병을 바닥에 내려놓고 상체를 일으켜 다음 문양을 바라보는데 고속열차 지나가는 소리가 우르르 들려왔다. 이곳에서 고속철도까지의 거리는 상당히 멀리 떨어져 있었다. 소리가 여기까지 들려올 리가 없는 데 이상한 일이었다.

소리는 유촌 마을 김인후의 집에서 밤중에 들었던 것과 똑같았다. 나는 이야기에 집중하기 위해 잠깐 눈을 질끈 감았다. 눈을 뜨니 앞에 서 있던 사람들이 모두 동물가죽을 걸친 원시인 복장을 하고 있었다. 유촌 마을 물속에서 보았던 환영이 다시 떠오른 것이었다. 나는 영화촬영이라는 생각보다는 빨려들어가서는 안 되는 컴컴한 어둠이 내 앞에 다가와 있다는 두려움에 사로 잡혔다. 얼른 아내를 불렀다. 원시인 복장으로 분장을 한 아내가 무리에서 앞으로 걸어 나왔다. 아내가 내 앞으로 다가오자 원시인 복장은 감쪽같이 사라졌다.

"목이 말라. 물을 좀."

내 말을 듣고 다시 김은경 시인이 물병을 들고 앞으로 다가왔다. 아내가 물병을 받아 뚜껑을 열고 나에게 건네주었다. 물을 마시고 사람들을 바라보자 모두가 제 모습대로 돌아와 있었다. 나는 안도의 한숨을 길게 내쉬었다. 빈 물병을 건네주고 암각화 벽면을 바라보았다. 다음에 내가 가리켜야 하는 문양은 바로 '아픈 사랑'이었다. 유리 여사의 그림에 선명하게 그려져 있는 바로 문제의 문양이었다.

내가 문양에 손을 대는 순간 머릿속에서 수많은 아픈 사랑들이 거품처럼 떠올랐다. 마치 병 속에 들어 있던 비누방울들이 한꺼번에 허공으로 날아오르는 듯했다. 오천 년 전 사흘이라는 남자의 사랑이, 75년 전 김재성의 사랑이, 가깝게는 20년 동안이나 허공을 헤매던 내 사랑이, 거품 속에 섞여 허공으로 날아올랐다.

나는 암각화 문양에서 손을 떼고 뒤돌아보았다. 아내가 걱정스런 눈길로 나를 뚫어질 듯 바라보고 있었다. 그 옆에 방금 남편의 자연장을 치르고 온 김동휘가 아내의 손을 잡고 서 있었다. 20

년 동안 내 가슴을 들끓게 했던 백옥처럼 하얀 얼굴빛에 움푹 팬 볼우물이 선명하게 나타나 있었다.

  나는 바닥에 놓인 붉은 돌도끼를 집어 들었다. 왼손으로 돌도끼를 들고 오른손으로 암각화 속 아픈 사랑을 짚었다. 그 순간 고속열차가 땅을 흔들며 지나갔다. K의 목소리가 열차소리에 묻혀 아스라이 들려왔다.